世界の辺境とハードボイルド室町時代

高野秀行
清水克行

JN179681

集英社文庫

目次

はじめに

私はふつうの人が行かないアジアやアフリカなどの辺境地帯を好んで訪れ、その体験を本に書くという仕事をしている。こんなことで生活できるのはありがたいと思うが、一つ困るのは話し相手がいないことだ。

たとえば、ここ五年ほど通って取材を行っているアフリカのソマリ人。彼らは数百年前から続く伝統的な社会システムを現在でも維持しており、それに従って内戦も和平も恋愛も海賊行為も行われている。面白くてたまらないのだが、ソマリ人が主に暮らすソマリアやソマリランドは数多くの武装勢力が群雄割拠する危険地帯と見なされているがゆえに、日本には専門とする研究者もジャーナリストも存在しない。

結局、私が一人で細々と取材し、相談する相手もないまま考えを巡らせている。これではなかなか知見が深まらないし、淋《さび》しい。「ソマリ人の復讐《ふくしゅう》の方法って徹底してるよね？」と言えば、「そうそう、あれはすごいよね」と打てば響くように返してくれる「同好の士」が欲しいと常々思っていた。

そんなとき、ドンピシャの話し相手が想像もしない方角から現れた。日本中世史を研究している明治大学教授・清水克行さんだ。

清水さんの著作を読み、室町時代の日本人と現代のソマリ人があまりに似ていることに驚いた私は、縁あって清水さんご本人と直接お会いする機会を得たのだが、ソマリ人はもとより、アジア・アフリカの辺境全般に過去の日本と共通する部分が多々あるということを発見、あるいは再認識し、ほとんど恍惚《こうこつ》状態となった。

何しろ、私が「ソマリアの内戦は応仁の乱に似てるって思うんですけど、どうですか」などと、誰にも打てない魔球レベルの質問を投げかけても、清水さんは「それはですね……」と真正面からジャストミートで打ち返してくれるのだ。

同席していた編集者の女性に後で「高野さん、あのとき目がハートマークになってましたよ」と笑われたほどである。私としては長年探していた青い鳥がすぐ近くにいたうえに、その青い鳥が実は黄色かったというくらいの衝撃であり、予想外の喜びだった。最初は素面《しらふ》で、途中から居酒屋に移って日本酒を飲みながら、都合五時間もしゃべり倒した。後半は何をしゃべったか記憶がない。

当初はこれを仕事にしようなどとは毛頭思っていなかったが、その編集者が気を利かせて私たちのおしゃべりを録音し、後で文字に起こしてくれた。読むと意外に面白い。最初から異様に素面の部分と酔っ払っていた部分の区別がつかなかったのにも驚いた。

テンションが高かったのだろう。

好奇心旺盛な清水さんもこの奇妙な会話録を面白がってくれ、「もっと話を続けて対談本をつくりましょう」ということになった。そしてできたのが本書だ。

話題は多岐にわたっている。タイやミャンマーの話もあれば、日本の古代や江戸時代にも飛ぶ。酒や米、国家やグローバリズム、犬や男色にも及ぶ。でも、清水さんと話していて興奮するのは、それが単なる雑学に終わらないことだ。

今まで旅してきた世界の辺境地ががらりと変わって見えるのだ。

いくら自分の目で見ても、アジアやアフリカの人々の行動や習慣は、近代化が進んだ都市に住む外国人の私にはなかなか理解できない。だが、日本史を通して考えれば、「あ、そういうことか」と腑《ふ》に落ちる瞬間がある。

逆に、清水さんは、「前近代を体感するうえで世界の辺境地の現状はとても参考になる」と言う。歴史学者といえども、何百年も前に生きた人の考え方や生活を想像するのは難しい。今、実際に生を営むアジアやアフリカの人たちと比べることで、古文書の理解が深まることもあるそうだ。

要するに、「世界の辺境」と「昔の日本」はともに現代の我々にとって異文化世界であり、二つを比較照合することで、両者を立体的に浮かび上がらせることが可能になるのだ。

では、世界の辺境と中世の日本はなぜ似ているのか。どちらも現代日本に比べれば格段にタフでカオスに満ちた世界なのはなぜなのか。

本書を手に取られたみなさんがそんな疑問を感じたら、もうしめたもの。それこそが本書最大のテーマだからだ。

これから始まる魔球対決にみなさんが参加し、私たちの同好の士となってくれることを祈念してやまない。

高野　秀行

世界の辺境とハードボイルド室町時代

第一章　かぶりすぎている室町社会とソマリ社会

かぶりすぎている室町社会とソマリ社会

高野　室町時代の日本人とソマリ人[*1]が似ているというツイートがあって、清水さんの『喧嘩両成敗《けんかりょうせいばい》の誕生』[*2]（講談社選書メチエ、二〇〇六年）を読んでみたら、本当にすんごく似ているんで、びっくりしました。ちょっとかぶりすぎなぐらいですね（笑）。

清水　僕も高野さんの『謎の独立国家ソマリランド』[*3][*4]（本の雑誌社、二〇一三年）を読みましたけど、確かに中世の日本人とソマリ人は似てますよね。

高野　それで、何から話し始めたらいいかっていう感じなんですが。清水さんは、中世の魅力っていうのは、複数の法秩序が重なっていて、それらがときにはまったく相反しているんだけれども、その中で社会が成立しているところだっていうふうにお書きになっているじゃないですか。

それはまさに、僕がよく取材に行くアジア・アフリカ諸国の現実と同じなんですよね。表向きは西洋式の近代的な法律があるん

＊1　ソマリ人
アフリカ大陸東端、「アフリカの角」と呼ばれる地域に住む民族。氏族社会を構成し、旧ソマリア、ジブチ、エチオピア、ケニアにまたがって暮らしている。ソマリ語を話し、イスラム教を信仰する。

＊2　『喧嘩両成敗の誕生』
清水が書いた最初の一般向けの歴史書。室町時代の社会では、どのような些細な理由で喧嘩が起こり、複雑な経緯を経て解決に至るかを具体的な事例を豊富に挙げて解説。一見すると理不尽に思える喧嘩両成敗法を支えた当時の人々の心性を明らかにした。

だけど、実際には、伝統的というか、土着的な法や掟（おきて）が残っていて、それが矛盾していたり、ぶつかり合っている。

日本の室町時代も、複数の秩序がせめぎ合っていたということは、本の字面を追っているだけだとなかなか腑に落ちないんですが、アジア・アフリカの現実をイメージして置き換えると、ああ、同じなんだなって、すんなり実感がわくんです。

清水　そう言っていただいて、ありがたいです。日本の中世には、幕府法[*5]など公権力が定める法があった一方で、それらとは別次元の、村落や地域社会や職人集団の中で通用する法慣習がありました。それらは互いに矛盾していることもあって、訴訟になると、人々は自らに都合のよい法理をもち出して、自分の正当性を主張していたんですよ。

高野　本当に似ていますよね。たとえばアフリカだと、市場で泥棒が盗みを働くと、捕まえてリンチするんですよね。それもかなり一般的なことで、僕も見ているんですけど。

清水　しょっちゅうあるんですか。

高野　今までに二、三回見ましたね。まさに袋叩《ふくろだた》きで、もうすご

＊3　ソマリランド
旧ソマリアから独立した共和国。国際的には国家として承認されていない。一九六〇年、イギリス領ソマリランドが独立。五日後に南部のイタリア信託統治領ソマリアと合併し、ソマリア共和国となった。一九九一年、バーレ政権が崩壊すると、ソマリランドは独立を回復。一時、武装集団が跋扈する状態となったが、独自に内戦を終結させ、複数政党制・大統領制による民主主義国家に移行した。

＊4　『謎の独立国家ソマリランド』
内戦が続く旧ソマリアの中にあって、独自に武装解除し、平和を維持している独立国家「ソマリランド」を取材したルポルタージュ。

いんですよ。悪くすると、犯人が死んでしまう。騒ぎが大きくなると警察が来るけど、無理に止めようとすると自分たちが危ないから、適当に収まるところまで待っているわけですよ。で、もし犯人が殺されてしまっても、問題にはならないみたいなんですよ。でも、法律的には絶対にいけないことじゃないですか、殺人ですから。だから、たとえば、その国の大統領なり警察トップなりに聞いたら、「わが国では許されない行為だ」と答えるんでしょうけど、実際にはリンチが行われていて、それを認めないと、おそらく秩序維持ができないんでしょう。

清水　「本音と建前」というようなこととも、またちょっと違うんでしょうね。「赤信号は渡ってはいけないというルールがあるんだけど、信号を無視する人もいる」といったレベルじゃなくて、「赤信号、渡って何が悪いんだ」という価値観がもう一方にあるんでしょうね。

高野　そうなんですよ。

清水　日本の中世もまさにそうだったんですよ。盗みの現行犯は殺していいっていうルールが庶民の間にはありました。

二〇一三年に第三十五回講談社ノンフィクション賞、第三回梅棹忠夫・山と探検文学賞、R-40本屋さん大賞（ノンフィクション部門）を受賞。二〇一七年、集英社で文庫化された。

＊5　幕府法
鎌倉幕府・室町幕府の定める制定法や判例。中世社会には、このほかに京都朝廷の定める公家法、荘園領主が定める本所法、村落が定める村掟などが多元的に存在した。

支配者層である荘園領主[*6]は、自分の領内で盗みが起きると、それによって生じるケガレ[*7]を除去するために犯人を荘園の外に追い出していました。犯人を逮捕したり牢屋《ろうや》に入れたりすると、ケガレが領内に閉じ込められてしまうし、まして犯人の首を斬るとなると、それによってまた新たなケガレが発生してしまうから、犯人を外に追い出して、荘園が形式上、清浄な空間に再生されればいいというふうに領主は考えていたんです。

だけどその一方で、住民の側には、自分の大事な物を盗んだ人物が荘園の外でのうのうと生きているのは納得できないという論理もあって、現行犯殺害を容認する過酷なルールが定められていたんですよね。領主の論理と住民の論理が、矛盾しつつ併存していたんです。

あれはなんなんでしょうね、盗みという行為を人々が激しく憎むのは。日本の中世は「一銭斬り」という言葉があるくらいで「銭一文《いちもん》盗んでも首が飛ぶ」みたいな社会だったんですけど、盗みを単なる財産上の損害とはとらえていなかったみたいなんですよね。

＊6　荘園領主
荘園を領有する公家や武家や大寺社。多くは京都や奈良など大都市に住み、荘園現地に代官（預所・下司など）を任命して支配を行った。

＊7　ケガレ
死や出産、月経、犯罪などによって生じると考えられていた不浄。古代からの宗教的禁忌に由来し、それを浄化するためには、祓いや清めの儀礼が必要とされた。

高野　そうですね。アフリカの市場で売られている物なんて、高い物なんてないんですよ。盗むのも、せいぜいタバコ一箱とか、バナナ一房とか、そんなものです。それでも犯人に対してあそこまでやる。

清水　中世の人たちは、人の物を取るという行為そのものが倫理的に許せなかったんでしょうね。ただ、それは、「物が足りないから」というのとも、また少し違う理由なんですよね。

高野　アフリカでもそうだと思います。

清水　やっぱりそうですか。

高野　でも、住民の間にそういう意識があるからこそ、治安が保たれているんだと思うんですよ。僕なんか誤解されていて、「よくそんなに危ない所へ行くね」って言われるわけですよ。でも、辺境って危なくないんですよね、意外に。どこでも一番危ないのは都市なんですよ。そこから離れて、辺境に行けば行くほど安全になっていく。というのは、顔が見える社会になって、お互いに監視が利いている状態になるからですよね。だから、旅行者とか外国人に対してうかつなことを仕掛けてこないんです。

清水　知らない者同士がすれ違っている社会の方が、やっぱり危ないんですか。

高野　そうなんですよ。だから危険なのは圧倒的に都会ですね。南アフリカのヨハネスブルグとか、ケニアのナイロビとか、ナイジェリアのラゴスとか、そういう大都会になればなるほど危険で、田舎は、警官なんかどこにも見当たらないけど、治安がいい。それは、何か悪いことをしでかしたら、もう大変なことになるから。そこにもう住めなくなるとか。

清水　田舎には自前のルールができている。そこが都市とは違うんでしょうね。

室町時代の本を書いていると、「あの時代は殺伐としていたんですね」とよく言われるんですよ。確かに殺伐とした時代ではあったんですが、東京で電車に乗っていると、現代の都市の方が危ないんじゃないかと思うんですよ。

高野　危ないって思うこと、ありますよね。

清水　ちょっと肩が触れ合っただけで、相手を威嚇するなんてこと、同じ共同体に生きる室町の人同士はやらなかったんじゃないかなと思うんですよね。暴力の本当の怖さを知っていたから。

僕も、高野さんほどじゃないけれど、学生時代にインドやパキスタンの田舎を旅行したことがあって、そのとき感じたアジアの僻地《へきち》のイメージを自分が書く日本中世史の本に投影させているようなところもあるんですが。ああいった所の人たちも、いきなり手を出したりはしませんよね。手を出すのは最後の手段で、出したら殺し合いになるかもしれないってわかっているから。

高野 そうですよね。

清水 暴力の怖さを知っている人は制御していて、そうでない人は限度を知らないところがある。東京で起きる暴力の方が、よほど脈絡がなくて怖いなって思いますよね。

高野 あと、東京で僕が怖いと思うのは、仲裁する人がいないですよね。喧嘩が起きると、みんなもう……。

清水 見て見ぬふりをしてそそくさと……。

高野 アジア・アフリカなんて、何かトラブルがあると、必ず誰かが中に割って入りますからね。まったく関係なくても。

清水 たぶん入る人は地域の顔役なんですよね。「俺の顔を立ててくれ」って言って仲裁する。

高野　見逃せないんでしょうね、きっとね。

清水　ああ、それもありますよね、気質的に。

高野　でも、そういうのは日本ではもうなくなってきているので、そういう点が怖いですよね。

清水　戦後しばらくは、そういうお節介なおじさんが都会にも田舎にもいましたよね。喧嘩があると、「何だ、何だ」って言って飛んでくる人が。

高野　ちょっとヤバい感じの人もいましたけどね。

清水　今はすっかり見かけないですものね。

以前、神戸市で中学生が子どもを殺傷する事件[*8]が起きたとき、子どもたちに「なぜ人を殺してはいけないの？」と聞かれたら、親はどう答えたらいいんだっていうことが、ひとしきり話題になりましたよね。あれは愚問だなって僕は思っていて、中世の日本人なら明確に、「人を殺したら、自分や家族も同じ目に遭うからだ」って答えるでしょう。そのことが肌でわかっているから、そもそも「なぜ殺してはいけないのか」という問いが生じる余地が

＊8　神戸市連続児童殺傷事件　一九九七年に兵庫県神戸市で五人の小学生が殺傷された連続通り魔事件（うち二人死亡）。残忍な犯行や犯行声明文の存在とは対照的に、犯人が当時十四歳の中学生であったことが、世間に大きな衝撃を与えた。

ないんですよね。ソマリの人もたぶん同じでしょうけど。今の日本は、殺し殺されっていうことを肌身で感じない社会、死と離れている社会になってるから、そういうのんきなことを言っていられるんだろうなあと思いますね。

血であがなうか、金であがなうか

高野　清水さんの本に出会ったのは、僕の『謎の独立国家ソマリランド』を読んだ、翻訳家で映画評論家の柳下《やなした》毅一郎《きいちろう》*9さんが、「ソマリの氏族による庇護《ひご》と報復のシステムは、『喧嘩両成敗の誕生』で描かれている室町時代の日本社会とまったく同じ」というようなことをツイッターでつぶやかれているのを知ったからなんです。読んでみて本当にそうだと思いました。

『喧嘩両成敗の誕生』のまとめの章に、「当時の人々は、身分を問わず強烈な自尊心をもっており、損害を受けたさいには復讐に訴えるのを正当と考え、しかも自分の属する集団のうけた被害をみずからの痛みとして共有する意識をもちあわせていた」とあり

*9　**柳下毅一郎（一九六三〜）**　映画評論家・翻訳家。多摩美術大学造形表現学部映像演劇学科非常勤講師。大阪府生まれ。著書に『興行師たちの映画史　エクスプロイテーション・フィルム全史』（青土社）『シネマ・ハント　ハリウッドがつまらなくなった101の理由』（エスクァイア マガジンジャパン）など。

ますよね。

これって、まるっきりソマリ人の説明じゃないかって思えるんですよね。それから、室町人の苛烈な心性の上に現れた法は、事件の理非（どちらが正しいか）を問うことではなく、社会の衡平や秩序を回復させることを目的とした、という説明もありますよね。これもソマリ社会の掟にすごく似てるんですよ。

ただ、僕のブログにも書いたんですが、不思議なのは、お金で解決するという賠償の発想が中世の日本にはなかったということです。ソマリ人も事件の理非とは関係なく復讐を行いますけど、トラブルはお金で解決するという道も用意されています。復讐するより賠償金をもらった方がいいと考えたら、そっちを選べるんです。

清水　「ラクダ何頭で」という話が出てくるんですよね（笑）。

高野　そうなんです。多くの場合、賠償金は当事者が属する集団（氏族）の責任によって支払われていて、ソマリランドやプントランド[*10]では、男性一人が殺されたらラクダ百頭、女性一人ならラクダ五十頭で賠償すべしというふうに定められています。現代で

＊10　プントランド
旧ソマリア北東部に樹立された政府とその支配地域。ソマリランドとは違い、独立を宣言しておらず、新たに樹立されたソマリア政府でも重要なポジションを占めている。周辺海域に出没する海賊の拠点はプントランドに多いとされ、政府の関与も疑われている。ソマリランドとの間に領土問題を抱えている。

はラクダ一頭は二百数十ドルぐらいに換算されているみたいです。そういう賠償の発想は、日本の中世にはなかったんですか。

清水　ないんです。高野さんのブログを読ませていただいて、鋭い指摘だなあと思ったんですが、賠償の発想がなかったということは、実は日本法制史上の大問題なんですよ。

一般的に人間の社会は、自力救済が横行する社会から、復讐が公に認められる社会に移行し、さらに復讐が制御される社会、復讐が禁止される社会というふうに進んでいくと、人類学的にも法律学的にも説明されます。そして、復讐が制御されていく過程で、必ず賠償の発想が生まれてきます。血で血をあがなっているときりがないから、血をお金に換えるという考え方がワンクッションとして入り、それによって復讐はネガティブな行為に位置づけられるようになるんです。ところが日本の歴史にはそれがなかったんです。

高野　ずっと賠償の発想がなかったんですか。

清水　室町時代、戦国時代と続いた中世が終わって、江戸時代に入っても、賠償の発想はほとんどなかったんですよ。そのことは日本の特殊性を表しているんじゃないかと言われています。

じゃあ、なぜなかったのか。僕も考えているところなんですけど、肉親の命といったものはお金には換えられないという強固な意識が日本人にはあるみたいなんですよね。

たとえば自分の親が亡くなったとき、葬儀屋さんに相応のお金を渡して葬儀をしてもらって、自分はハワイ旅行に行くなんてことをしたら、「あいつはけしからん」と世間的には非難されますよね。仇討《かたきう》ちに関してはそれに近い感覚があって、やっぱり肉親が自分でやらなければならないんです。仇討ちは弔いの一種だという考え方があって、お金で片をつけてチャラにするなんていうのは親不孝だというような、それぐらいの意識があったんじゃないかと思うんですよね。

実際、平安時代の『今昔物語集』[*11]には、親の仇を討った人がその後で親の葬式をやり直しているような話が出てくるんです（巻第二十五　第四話）。本人が仇を討った後で喪服で現れたので、集まった人はみんな「立派だ」と言って涙を流して感激したという。非業の死を遂げた人の魂は、仇を討たない限り、さまよい続

＊11　**『今昔物語集』**
平安後期（一二世紀初め）の説話集。作者不明。内外の説話千四十話を、天竺（インド）・震旦（中国）・本朝（日本）の三部に編集した日本最大の説話集。特に本朝世俗部には、当時勃興しつつあった地方武士や庶民群像が活写されており、民衆生活史の史料としても価値が高い。

ける。仇討ちまでやって葬式は完結するというような意識があったんじゃないでしょうか。だとすると、人の命をお金に換えることには抵抗がある、やっぱり血は血であがなわなければならない、という考え方はずっと続いていくのかなあと思いますよ。

高野　そのあたりは、現代の日本人にも残っている根本的な部分ですよね。清水さんの本では、「痛み分け思考」という言葉を使ってましたよね。あれは日本人にとってすごく大きなものじゃないかと思って。要するに日本人は、自分が痛めつけられたら、相手も同じように痛めつけないと気が済まない。やっぱりお金では相手を痛めつけたことにはならないというふうに考えるんじゃないかと思うんですよね。

清水　たぶん日本人にとって、人の命は計量不可能なものなんですよね。それを金銭に置き換えるという発想自体が無意味だという考え方があるんですかね。

ソマリの方では、賠償の発想はどこから出てきているんですか。人の命を計量可能なものと見なして、ラクダの頭数や金額に換算するというのは、そういう意味では非常に合理的ですよね。

高野　もともとはイスラムの思想なんですよ。[*12] イスラム圏には基本的にある考え方なんです。ただ、ソマリ社会以外でさすがにそこまで厳密にやっている所はないらしくて。たとえばリビアとかサウジアラビアとかイエメンとか、[*13] 中東の、まだ氏族社会が続いているような所では、似たようなことをやっているみたいではありますよね。ただ、やっぱりソマリほどガチガチにやっている所はたぶんないだろうと。

清水　ソマリの方は紛争が多いから、そういう処理の仕方がルールとしていつまでも生きているということはあるんでしょうか。

高野　それはあると思いますね。

清水　トラブルや紛争にイスラム指導者[*14]が割って入ってくることはないんですか。

高野　あります。今回の僕の本では氏族の話にページを費やしてしまったし、そこまで取材できなかったということもあって、あまりイスラムには触れていないんですが、イスラム指導者の役割はやっぱり大きくて、和平の仲介に、コミュニティのリーダーだけでなく、イスラム指導者がニュートラルな立場の人間として呼

＊12　追章四一四頁参照

＊13　**リビア・サウジアラビア・イエメン**　リビアは北アフリカにある国家。サウジアラビアは中東・アラビア半島に位置し、南でイエメンと国境を接する。イスラム教最大の聖地メッカはサウジアラビア西部にある。

＊14　**イスラム指導者**　アラビア語で「イマーム（模範）」と言う。学識名望のある人が選ばれ、集団礼拝を指導する。

ばれることはよくあるようです。

清水　わかる気がします。その点も日本の中世とよく似ていますね。日本の場合は、お坊さんが割って入ります。お坊さんは人命を優先するという倫理観をもっているし、俗世間から離れている人なので、どこにも利害関係がない。だから、紛争当事者をなだめるには最適任者なんです。

「生きている法」は現実社会の中に

高野　でも、やっぱりね、ソマリ人の中に入っていくとか、その世界観を知るというのはものすごく大変ですよね。ソマリ人だから大変というんじゃなくて、外国人である僕がその世界に入っていく、知ろうとすること自体がすごく大変ですね。彼らにとって当たり前のこともなかなかわからないんですよ。たとえば、司法的なことがどうなっているのかっていうこともやっぱりよくわからなくて。

ソマリ社会の場合、要するに三重構造なんですよね。ソマリの掟があって、イスラムの法廷があって、さらに国の裁判所があるわけですよね。それらをどう使い分けているのか、聞いても、やっぱりよくわかんないわけですよね。

清水　ソマリ人も日常的にはあまり法にお世話になることはないんですか。

高野　いや、あるはずなんですけどね。だから、やり方を知るには具体例を追っていくしかないと思うんですよ。抽象的な聞き方をしても、わかりやすい答えは返ってこない。実際に事件が起きたときにどう解決するのかという事例を取材していくしかないんですよ。

たとえば「男を殺せばラクダ百頭」といっても、いつもスムーズにそういう賠償が行われているかというと、そんなわけはないんですよね。「あいつが先に手を出したんだ」とか、「いや、そうじゃない」とか、当然いろいろ言うはずですよ。そこですったもんだがあった挙句に、「じゃあ、今回の件はラクダ百頭で」というふうになっているんだと思うんですよね。実際、そうだってソマリ人は言っているんだけど。

清水　解決の手前に、示談の話が何層もあるはずですよね。

高野　だから、その何層というのが、どういうメカニズムなり力関係で動いているのかがわかりにくいんです。

清水　取材は大変じゃないですか。

高野　それは、個別の事例をいくつも追っていかないと見えてこないということですよね。案件によって、どの法廷が強いかということも変わってくるだろうし。あと、個人の問題も大きいと思うんですよ。場合によっては、習慣や制度を超えた人望というものが働いている感じがするんですよね。

たとえば、ふだんは重きを置かれていない国の裁判官であっても、人望があれば、みんなが「あの人は立派な人だから」と言って話を聞くことは当然あるわけですよ。そんなときは、ソマリの掟の方が裁判所よりも上だという一般的な考え方は、覆されたりするんでしょうね。

清水　僕は『喧嘩両成敗の誕生』を書いたとき、公家の日記[*15]から事例を拾い集めていくというアプローチを取ったんですが、それが法制史の専門家にはちょっとした衝撃だったみたいなんです。

＊15　公家の日記
公家（朝廷に仕える貴族）の社会では儀式を遂行するうえで先例や故実が重視されたため、それらの情報の備忘録として、古代から近世にかけて多くの日記が書かれた。中世後期になると、それらの日記の中に身辺雑事に関する記述の比重が増えていくため、社会史研究の素材としても活用することが可能となる。

彼らは法学部を卒業して法の歴史を専門的に研究している人たちなんですが、とにかく成文法を研究しますから、戦国時代の分国法である「今川かな目録」[*16]に喧嘩両成敗法が定められているというと、その法文解釈の方に関心がいってしまうみたいです。

しかし、あの本で僕はやたらと事例を挙げて、法があるから機能しているとは限らない、法の背景には当時の社会事情があって、法が機能している場合もあれば、そうでない場合もあって、ケースバイケースとしか言いようがない、という書き方をしました。生きた法を考えようとする際には、おっしゃる通り、事実を追っていくしかないんですよね。

高野　僕は、清水さんの本を読んで、ちょっと反省したんです。それまではソマリの掟ってすごいなと思って、感心しすぎちゃってたんですよね。現実にソマリランドでは内戦を終結させて、すごく治安のいい社会をつくっているんで、うまくいっている面にどうしても目が行きますよね、内戦が終わらない南部ソマリア[*17]と比較して。

でも、清水さんの本を読んで、全部がうまくいってるはずなん

＊16　今川かな目録
駿河の戦国大名今川氏親が一五二六年に定めた分国法。全三十三条。東国最古の分国法で、喧嘩両成敗の規定を盛り込むなど先進的な内容をもつ。氏親の子、義元は一五五三年に「かな目録追加」二十一条を定めている。

＊17　南部ソマリア
首都モガディショがあり、旧ソマリアの政治経済の中心だった地域。政権崩壊後、無法地帯と化し、国連や欧米諸国の介入も失敗。激しい内戦が続いていた。二〇一二年八月、ソマリア連邦共和国として約二十一年ぶりに中央政府が誕生。だが、新政府の支配が及ぶ範囲は限られており、イスラム過激派のアル・シャバーブや

てないよなって。本当はソマリランドでももっといろいろなことが起きているはずで、その中で、なんていうか、最大公約数的に落ち着いている、あるいは七、八割方は解決している、というふうになっているんだろうなって。

清水　そうですか。お役に立てたなら幸いです。

高野　自分の中でクリアに整理できちゃうと、そこで思考が停止しかけるところがあるんですよ。

外国人がイスラム過激派に狙われる本当の理由

高野　『喧嘩両成敗の誕生』には、「頼まれた以上は断れない」という話も出てきますよね。

清水　中世の日本では、武家の屋形にも公家の屋形にも「治外法権」があって、殺人事件を起こした人が逃げ込んできた場合でも、屋形の主人は理由を問わず許容していたという話ですね。

高野　あれを読んで思い出したのは、アフガニスタンの旧タリバン政権[*18]のことなんです。タリバンのパシュトゥーン人[*19]も、庇護を

多数の武装勢力がせめぎ合っている。

＊18　旧タリバン政権　一九九六年から二〇〇一年までアフガニスタンを支配したイスラム主義勢力の政権。タリバンは「イスラム神学校の学生」という意味。アメリカ同時多発テロの首謀者とされる国際テロ組織アルカイダの指導者ウサマ・ビン・ラディンを保護したとして、アメリカなどの攻撃を受け、政権は崩壊。現在はアフガン南部でテロ活動を続けている。ビン・ラディンはサウジアラビア出身。タリバン政権崩壊後、行方が判明しなかったが、二〇一一年、パキスタン国内でアメリカ海軍特殊部隊によって急襲、殺害された。

求めて逃げてきた人は誰であっても守るのが男の義務であると考えていて、アルカイダのウサマ・ビン・ラディンをかくまった一番大きな理由もそれだと言われているんです。思想的に意気投合したからではなく、逃げ込んできた客人だから守るんです。

　ソマリ社会でも似たようなことはあって、自分が招いたわけではない客人であっても、徹底して守ります。

清水　追う側とかくまう側で「引き渡せ」「嫌だ」の押し問答になって、かえってトラブルが大きくなったりしませんか。

高野　もちろんそれもあるんですよ。だから、必ずしもいいことかどうかはわからないんですけど、客人を守るという意識はびっくりするぐらい強いものなんです。

　以前、暮れから正月にかけて、早稲田大学に通うソマリ人留学生を家に泊めたことがありました。彼は寮に住んでいたんですけど、年末年始にかけては寮が閉まってしまうんで、ホームステイさせてくれないかと頼まれて、「いいよ」って引き受けたんです。

　それで、彼は十二日間、わが家に滞在したんですが、結構てんやわんやがあったんですよね。まず日本文化にまったく興味を示

＊19　**パシュトゥーン人**　アフガニスタン南部・中部、パキスタン北西部に住む民族。アフガニスタンでは多数派民族で、人口の四五％を占めると言われる。

さないし、日本食もぜんぜん食べようとしない。外にも出かけないで、ずっと家にこもって、パソコンでフェイスブックを見たりチャットをやったりしている。おまけに、うちの家電製品のコードをコンセントから抜いて、勝手に自分のパソコンを充電するし、それっきりコードを元に戻さない。それで、だんだん僕もかみさんもイライラしてきちゃって。

清水　客人というよりは、迷惑な居候が一人いる感じだなあ（笑）。

高野　そうなんです。それでだんだんお互いに険悪な雰囲気になってきて、特にかみさんが怒っていたんで、僕は彼に「ちょっと謝れ」と言って、「少しは家のことを手伝いなさい」って説教したんです。そうしたら彼がしぶしぶ謝ったんで、その後、ファミレスに連れていって二人だけで話していると、涙を流して言うんですよ。「今日は屈辱的だった。ゲストがあんなふうに扱われるなんて、僕らの文化ではありえない」って。

清水　「悪い態度をとってすみません」という反省の涙じゃないんですか（笑）。

高野　違うんです。「ゲストが家に来たら、その家のルールを曲げてでもゲストに合わせるものだ。ましてゲストに頭を下げさせるとは、本当に屈辱的だ」って言って泣くんです（笑）。

清水　それは強烈な文化ですね。

高野　強烈ですよ。

清水　彼から宿泊の対価は支払われないんですよね。高野さんに対して何らかの金品が提供されるわけではない。

高野　ないんですよ。そういう例は枚挙にいとまがないですね。僕は二〇一二年の秋に南部ソマリアを取材したんですが、そのとき首都モガディショの隣の州、日本で言うと千葉県みたいな所まで州知事に同行したんです。僕だけだったら危なくて行けないけど、知事は三十人ぐらいの兵士を、まあ部隊ですよね、連れていたし、これだったら日中は大丈夫だろうということで。

だけど、結局、その州知事に半分だまされるような形で、どんどん遠くまで行くことになっちゃって、最初は松戸くらいに行くつもりだったのが、柏《かしわ》になって、成田になって、そのうち茨城との県境ぐらいまで行って、日帰りできなくなったんですよね。それで、近くに駐屯していたアフリカ連合[*20]の平和維持部隊、主にウガンダ[*21]とかブルンジ[*22]から来て、ソマリア政府軍に代わってイスラム過激派のアル・シャバーブ[*23]と戦っている部隊なんですが、その基地に滞在させてもらったんです。帰るに帰れなくなっちゃって。で、そのときは、現地のジャーナリストの若者たちも一緒だったんですが、彼らが州知事やアフリカ連合の司令官に対して、ものすごく横柄な態度をとるんですよ。向こうのジャーナリストって、命の危険を顧みないでどこまでも行っちゃうという、若者があこがれる職業なんですけど、みんな二十代の若造のくせに、「茶が飲みてえ」とか、「水ねえのか、水」とか、「コーラ！」とか言ってね、持ってこさせるんです。州知事は五十歳ぐらいの政治家だし、アフリカ連合に至っては、外国からわざわざ助けに来てくれている人たちなのに、「飯はまだなのか」とか、そういうことを平気で言う。

なんでこんなに横柄なんだろうと思って、「そんなこと言っていいの？」って聞くと、「だって、俺たちはゲストで彼らはホストだから。逆の立場だったら、俺たちもホストをするんだから」

＊20　アフリカ連合（African Union：AU）
アフリカ五十五カ国・地域が加盟する国際機構。二〇〇二年、アフリカ統一機構が発展改組されて発足した。エチオピアの首都アディスアベバに本部を置く。

＊21　ウガンダ
アフリカ東部にある国家。

＊22　ブルンジ
アフリカ中部にある国家。

＊23　アル・シャバーブ
アルカイダと強いつながりがあるとされるイスラム過激派組織。南部ソマリアの半分以上の地域を支配していると言われる。潤沢な資金と武器を備え、自爆テロも辞さない。二〇〇八年、ソマリランドの首都ハルゲ

って言うんですよ。やっぱり、ここでもゲストとホストの関係が出てくるんだと思って。

清水　金銭で返さないまでも、将来的に、たとえば自分が出世した後で、「あのときはお世話になりました」みたいな形で何かを返すといったことはないんですか。

高野　ある場合とない場合があると思うんですよ。たとえば友人を助けるような場合は、いつか自分が困ったときは相手がきっと助けてくれるだろうと考えるんだと思います。でも、あのときのケースでは、その後どうなるかわからない。州知事とは二度と会わないかもしれないし、そこまで計算していないと思うんです。

清水　高野さんの家に泊まりに来たソマリ人学生も、それっきりの関係になるかもしれないけど、それでもゲストはゲストで、ホストはホストなんですね。

高野　そうなんです。それで基地に三日間ぐらい滞在した後、アフリカ連合の部隊に護衛してもらって帰ることになったんですが、その途中でアル・シャバーブの待ち伏せ攻撃に遭遇して、めちゃめちゃ撃たれたんですよ。戦闘になっちゃって。今は携帯電話も

イサでもテロを起こし、二十一人が死亡、約五十人が負傷した。

あるし、基地のある村にはアル・シャバーブ側に通じている村人もたくさんいるから、僕らの動きは筒抜けだったんですよね。

清水　すごい、はあ……。

高野　僕もすごくびっくりしたんだけど、それはまあいいんです。戦闘が終わった後、誰が狙われたのかという話になって、僕らの方には政治家もいたし、ジャーナリストもいたわけですけど、みんなに聞いたら、「一番の標的はタカノ、お前だろう」って言うんですよね。「何しろ外国人だから」って。だけど、それはアル・シャバーブが外国人嫌いだからではないんです。イスラム過激派はよく外国人を狙いますよね。それはただ彼らが外国人を嫌悪しているからだと、一般的な報道では解釈されているし、僕もずっとそうだと思っていたんです。西洋文明への反発から外国人を襲うんだと。

清水　攘夷《じょうい》ですね。

高野　そういう排外思想のためだと思っていたんですけど、それだけじゃないんだと。外国人は政府側の客で、客がやられたら政府にとっては最大の屈辱になるから狙うんだと。政治家もターゲットにはなりうるけど、客に比べたらそれほどではない。

清水　なるほど。高野さんが殺されてしまったら、政府は保護義務を履行できなかったことになり、メンツがつぶされる。だから、身を挺《てい》してゲストを守らなければならないってことだ。論理が通っていますね。

高野　通ってるんですよ。

清水　日本の中世ではそこまでの話はないですね。

天が来ても地が来ても渡さない

高野　でも、ソマリ社会の客人を扱う際のルールは、室町人の「頼まれた以上は断れない」という論理と似ていると思ったんですけど。

清水　どうなんだろう。日本の中世社会では、ホストとゲストの関係は、かなりこう、主従関係に近いものになってしまうんですね。だから、客の態度が横柄になるというのは考えにくいですよね。客は主人に生殺与奪の権を握られて隷属下に置かれてしまい、人として扱われなくても文句を言えないような形だったんじゃないですかね。

だけど、中世の人たちにも、自分を頼ってきた人間が殺されたら、自分のメンツがつぶれるという意識はあったと思います。

高野 主客の関係じゃなくても、たとえば「物を預かる」という行為でも、同じようなことがいえませんか。

清水 それは日本の中世にもありましたね。下手《へた》をすると、かなりのトラブルになります。

高野 アフリカ連合の基地にいたとき、やることがないんで、カート[*24]をずっと食べていたんですよね。若造たちが「カート、持ってこい」って言うと、州知事が「はいはい」って配るわけですけど。みんなそれぞれに取り分があるんですよ。だから、トイレに立つときなんかに、「タカノ、ちょっとこれ預かってて」と頼まれるんです。「アマーンカ（誰にも渡すなよ）」と言われて。ソマリ語には、「アマーンカと言われたら、天が来ても地が来ても渡さない」という成句もあるぐらいで、人から預かった物は、親きょうだいにも渡しちゃいけないと言うんです。

＊24 カート
ニシキギ科の覚醒植物で和名はアラビアチャノキ。ツバキやサザンカに似た照葉樹。葉を食べると、多幸感に包まれ、集中力も増す。ソマリランドではエチオピア産が市場で売られている。水やコーラ、お茶などと一緒に出す「カート居酒屋」でも食べられる。

清水　高野さんが他の人に渡しちゃったら、どうなるんですか。

高野　本人はすごく怒るでしょうね。

清水　二人の関係に大変な亀裂が入るわけですね。

高野　きっとね。

清水　中世の日本には、戦争や紛争で勝者が敗者の財産をすべて没収できるというルールがあって。敗者が生前に他者に預けた物を勝者が取りにいくことを「預け物改め」と言っていたんですが、預かった側はやはりおいそれと提出してはいけないんです。「これは何があっても渡さない」とか、「そもそもそんな物は預かっていない」と言って、結構頑張るんですよ。それで、もめるんです。滋賀県の本福寺[*25]という一向宗のお寺に『本福寺跡書』という古文書[*26]が残っているんですが、それには「お札を渡しても受け取らないような名望ある人が、物を預けても間違いのない人」という意味の記述もあります。他人の物を無条件に守れる人は人格的に優れていると考えられていたんでしょうね。

高野　なるほど。そういう考え方がやっぱりあったんですね。

＊25　本福寺
滋賀県大津市本堅田にある浄土真宗本願寺派の寺院。戦国期は蓮如を支える湖西地域の浄土真宗門徒の拠点であった。当寺に伝わる六世明誓の『本福寺跡書』は、寺の来歴とともに子孫への教訓が多く記されており、戦国期の本願寺教団や在地社会の実態を語る重要史料。

＊26　古文書
歴史資料として活用される過去の手紙や記録。正しい読み方は「こもんじょ」。厳密には、特定の相手に意思を伝えるために書かれた物（手紙や法令など）を「古文書」と言い、不特定の相手に対して書かれた物（日記や記録物など）は「古記録」と言う。

盗まれた物は元の物ではない

清水　ソマリ社会では、男性を殺すとラクダ百頭、女性を殺すとラクダ五十頭で賠償するということは、男性の方が値段が高いんですね。日本の中世だと、女性の値段の方が高いんです、倍するんですよね。賠償ではなく、人身売買の場合ですけど。

高野　そこはちょっと違うんですね。

清水　男性は肉体労働に従事させるぐらいの価値しかないけど、女性は妻や妾《めかけ》にしたり売春をさせたりする価値があるっていうことなんですけど。日本の中世は、女性にとってはきわめて過酷な社会だったなと思いますね。「大坂夏の陣図屏風《びょうぶ》＊27」なんかにも、戦争の場面で女の人がさらわれていく様子が描き込まれているんですよ。村レベルの紛争ではそういうことはないんですけど、大名同士の戦争だと、人身売買のために女性が拉致されていたんですよね。

高野　ソマリの掟では、女性を襲ってはいけないですから。

＊27　**「大坂夏の陣図屏風」**　大阪城天守閣所蔵。大坂夏の陣（一六一五年）に参戦した福岡藩主黒田長政が制作させたと伝わる。屏風の右隻には大坂城を舞台に激突する東西両軍が描かれるが、左隻には落城後に逃げ惑う庶民たちの混乱や、東軍による殺害・略奪の様子が凄惨に描かれている。

清水　それも興味深いですね。

高野　そこはすごく高度で、「ビリ・マ・ゲイド」というジュネーブ諸条約*28にも匹敵するような戦争法があるんです。直訳すると「殺してはいけない者の掟」という意味で、女性だけでなく、子ども、老人、その場に居合わせたゲスト、傷病者、宗教指導者、共同体の指導者、和平の使節、捕虜に危害を加えることを禁止しています。実際の戦闘では女性が巻き込まれることもあるから、ラクダ五十頭という賠償基準が示されているわけですけど、女性を意図的に殺すのはよくないと考えられているんです。一つには神罰が下るから。もう一つは、男として恥だからという理由で。

清水　倫理で制御できているんですね。

高野　そうですね。周りからも、あの氏族はあんなことをやっているとかって言われてしまうし。そこで制御が働いている感じがありますよね。

賠償といえば、『喧嘩両成敗の誕生』には「墓所の法理」の話が出てきますね。鎌倉末期から南北朝期にかけては、殺人の被害者が属した宗教集団が、犯行現場や加害者の権益地を被害者の

＊28　ジュネーブ諸条約
一九四九年のジュネーブ会議で採択された四つの国際条約。戦地での軍隊の傷病者の状態改善条約、海上の軍隊の傷病者及び難船者の状態改善条約、捕虜の待遇に関する条約、戦時における文民の保護条約の四つからなる。現在、世界のほとんどすべての国がこれに加入している。

「墓所」として加害者に請求していたという。

清水　中世における賠償の法慣習はあれぐらいなんです。しかも、あれはかなり宗教的な意味合いが強いんですよね。中世では殺人現場は不吉な場所だと考えられていたので、たとえば、ある場所で山伏《やまぶし》が殺されたら、そこを山伏のお寺のものにしてしまうことで、けがれた場所を聖なる場所にしてしまうんです。それは、命の対価として土地を渡すというより、本来的には殺人現場を別の形に昇華するための措置で、だからレアケースなんです。

高野　宗教の絡まない、ふつうの殺人事件では、下手人が捕まったらおしまいですか。

清水　被害者側に何らかの金銭的な賠償をという話にはなりません。あくまでも人の命は人の命でドロー（引き分け）にするということで、金銭は入り込まないんですよね。入り込んでもよさそうなものだけど。

高野　それは近隣諸国、たとえば中国とか朝鮮ではどうだったんですか。

清水　わかんないですね。どうだったんでしょう。

高野　ソマリ人の友だちに「日本ではどうしているんだ。遺族が困るじゃないか」と聞かれて、そうだよなと思ったんですけど、今でも日本では、殺人事件が起きると、真犯人を捕まえて、裁判所で罪を吟味して、判決が出れば解決というふうに、多くの人は考えますよね。

清水　被害者遺族は置き去りにされるとよく言われますね。

高野　正義については、みんな熱く語るのに、被害者の遺族のことはほとんど問題にされないでしょう。被害者遺族が加害者からどのように償われるのかということが話題になることは滅多にないし、たとえ民事裁判で加害者に賠償金の支払いが命じられたとしても、それがちゃんと遺族側に払われているのかどうかはわからない。

清水　先ほど言ったように、中世の人々は盗みをすごく嫌ったんですが、泥棒が捕まって、盗まれた物が見つかっても、それは被害者のもとには戻らなかったんですよ。警察権を握っている荘園領主や武士が没収するんです。そのことを授業で説明するのにいつも困っていたんですけど、あるとき知り合いの女性研究者がいつも授業で使っているというたとえ話を教えてくれて、はっと気づいたんです。

その人は下着泥棒にたとえるとわかりやすいと言うんですね。つまり、女性が洗濯して干しておいた下着を泥棒に盗まれたけど、泥棒は捕まって、盗品は警察に押収されたとします。だけど、その下着を警察から返してもらったとしても、ふつうは使いたくないでしょう。それと同じ感覚で、盗まれた物はもう前と同じではない、けがれた物であって、戻ってきたとしても使いたくないという感覚が中世の人たちにはあったんじゃないかと。

高野　下着泥棒にたとえるなんて、なかなかさえた説明の仕方ですね（笑）。

清水　私もまねして、授業では、「女性の下着の話を例に出すのもなんだけど……」と前置きをしてから話すんですが、結構みんな納得してくれるんですよ。

中世を生きていたのは、亡くなった父親の形見の服を着て暮らしているような人たちですし、当時はユニクロでどんな服でもすぐに買えるような時代ではありませんから、物に対する認識の仕方が今とは違っていたんでしょう。中世の人たちは物に対して呪術的な認識をもっていて、盗まれた物は、たとえ返してもらったとしても元には戻らないし、代わりにお金をもらってもチャラにはならないと考えていたんじゃないかと思うんです。「一銭でも盗んだら殺す」というのも、たぶんその観念とつながっているんじゃないかな。

　同じことは殺人や暴力の被害についても言えて、お金をもらっても元には戻らない、それぐらい悪いことなんだという呪術的な観念がベースにあったのではないかと思います。

高野　しかし、賠償の発想はなかったとしても、室町期は贈答が盛んな時代で、人々はしょっちゅう品物を贈り合っていたんですよね。

清水　室町時代は贈答が大切にされた社会です。桜井《さくらい》英《えい》治《じ》[*29]さんが『贈与の歴史学』（中公新書）という本を書かれていますが、互いに品物を贈り合うにしても、価値や量が釣り合うということに徹底的にこだわるんです。それがまた変に合理的で（笑）。

「折紙《おりがみ》」という金額を記した目録みたいな物もあって、それを贈

＊29　**桜井英治**（一九六一〜）　歴史学者。東京大学大学院総合文化研究科教授。茨城県生まれ。専門は日本中世史、流通経済史。他の著書に『日本中世の経済構造』（岩波書店）『室町人の精神（日本の歴史12）』（講談社学術文庫）など。清水との対談録に『戦国法の読み方』（高志書院）がある。

答に使うことも結構ありました。後で、それを書いた人の所に持っていくと、お金を受け取ることができるんです。たとえば、僕が高野さんにプレゼントとして「金一万円」と書いた折紙を渡して、高野さんが後日、それを僕の所に持ってきたら、それを僕は現金一万円と交換してあげるわけです。たぶんそもそもは現ナマをそのままプレゼントするのには抵抗があったからなんでしょうね。

でも、足利《あしかが》将軍なんかは、Aという人からもらった折紙をそのまま使い回して、別のBという人に譲り渡したりしていて。Bさんは後でAさんのところに行って折紙の換金を請求できるんです。逆にAさんは、知らないBさんに現金を支払わなくちゃならない。

高野　それ自体に価値が出てくる。手形ですよ、それ（笑）。

清水　そうなんです。室町時代には、そんなふうにある種の約束手形や紙幣みたいなものが誕生し、人々が自力でそれを流通させていたことになるのではないか、と桜井さんは指摘しています。

神社やお寺にお参りに行って、さい銭の代わりに折紙を置いてくる人もいました。その場合は、願いがかなわないと、換金してあげないんです。神仏は願いをかなえるために奔走しなきゃならない。でなければ、折紙はいつまでたってもただの紙切れで、さい銭にはならないんです。

なんなんでしょうね。商業主義が極限まで行くと、現代では考えられないような発想が生まれるんですね。贈与というのは本来、心の問題であって、金銭に換算することは不可能なはずなのに、そのレベルまでそろばん勘定が入ってきて合理化しちゃう。

ソマリアの内戦と応仁の乱

高野　僕はソマリの取材をするようになってから、足軽[*30]の存在にすごく興味をひかれたんですよ。というのも、旧ソマリアの独裁政権が倒れた後に、首都モガディショで内戦が始まって虐殺が起きたんですが、その原因が何なのかということが、いまだによくわからないんですよ。まだ戦闘が続いているので、誰もちゃんとした調査をしていないし、ソマリ社会は氏族に分かれていて、誰に聞いても自分の氏族に有利なことしか言わないから、とにかく

＊30　足軽
中世以降の雑兵。「足軽く駆け回る者」の意。食い詰めた農民や牢人を母体とした傭兵で、戦場で放火・略奪などを行った。応仁の乱以降、活躍が目立つようになり、戦国時代には訓練された歩卒として弓足軽・鉄砲足軽などに組織化されていった。

よくわからない。

ただ一つ、みんなが口をそろえるのは、内戦の中心にいたハバル・ギディルという氏族分家が悪いということだけなんです。「あいつらはノマド（遊牧民）だから」「田舎の荒くれ者だから」とソマリ人たちは言います。

でも、あちこちに行って話を聞いたり調べたりするとわかるんですが、田舎の人ほどソマリの掟を守って暮らしていますから、そもそもは女性や子どもを殺したりはしないはずなんですね。じゃあ、なぜそういう人たちがモガディショに入った途端に虐殺に走ったのかというと、結局、場所が都市だったからじゃないかと思うんです。お互いの顔が見える田舎では、人を殺せば復讐されるかもしれないけれども、街に入れば、そういうことはない。まったく別の世界が広がっている。

室町時代の応仁の乱[*31]がめちゃくちゃな戦争になったのも、足軽が戦闘に加わるようになったからだと言われていますよね。

清水　そうですね。

高野　寺社に火を放つような、それまでは誰もやらなかったこと

＊31　応仁の乱
室町後期（一四六七～一四七七年）に京都を中心として続いた大乱。応仁・文明の乱。足利将軍家、管領畠山・斯波（しば）両家の跡継ぎ問題に端を発した争いが、細川（東軍）、山名（西軍）両有力守護大名の勢力争いと絡まり合い、天下を二分する戦いに発展した。戦乱は地方にも拡大。京都は荒廃、幕府の権威は失墜し、戦国時代へと移行するきっかけとなった。

を足軽が平気でやりだして、都が荒れ果てた。そこにソマリアで虐殺が起きた理由を考える際のヒントがあるんじゃないかと。

清水　僕の大学時代の指導教授だった藤木久志《ふじきひさし》さん*32が『雑兵《ぞうひょう》たちの戦場』（朝日選書）という本で、足軽は略奪集団だったという説を唱えています。

僕もこの説に賛成で、室町時代には、民衆が、京都の富裕層である土倉や酒屋を襲撃して債務破棄を求める徳政一揆《いっき》*33が頻発するんですが、これは自分たちの借金を清算するためだけの動きかというと、そうじゃなくて、明らかに略奪行為なんですよ。飢饉《ききん》とリンクして起きて、農村で食えない人たちが首都の富を奪いに襲ってくるんです。

ところが、その徳政一揆は、応仁の乱の間にはまったく起きていないんです。それは、応仁の乱が続いている間は、略奪集団が足軽に姿を変えて京都を襲っていたからで、平時の徳政一揆と戦時の足軽は表裏一体、どちらも村からあぶれて食い詰めた人間のサバイバルだったんです。

ただ、藤木さんがこの説を唱えるのには勇気がいったみたいで

＊32　藤木久志（一九三三〜）
歴史学者。立教大学名誉教授。新潟県生まれ。専門は日本中世史。戦国時代研究の第一人者。当時の庶民生活の実像を豊富な史料から明らかにし、時代像を一新させた。他の著書に『豊臣平和令と戦国社会』（東京大学出版会）『戦国の村を行く』（朝日選書）『刀狩り』（岩波新書）など。

＊33　徳政一揆
室町時代、徳政（債権債務関係の破棄）を要求して蜂起した土一揆。初期には京都周辺の村落が主体であったが、後に牢人やあぶれ者が主体となった。幕府によ

す。僕たちより上の世代の研究者はマルクス主義歴史学[*34]の影響を大なり小なり受けているので、徳政一揆を民衆の反権力闘争と位置づけてきました。藤木さんもその世代の研究者なので、民衆にシンパシーを感じていて、徳政一揆を略奪集団とか暴徒と単純に一緒にしてしまっていいのだろうかというためらいを感じたみたいなんです。

高野　それは勇気がいりますよね。

清水　ええ。でも藤木さんは最終的に、飢饉という実態があったがゆえに、民衆があいった、倫理的に許されないけれども生きるために必要な行動をとっていたのであって、そのことも正しく位置づけなければいけないと考えられたようです。

高野　応仁の乱もソマリアの内戦も、同じように訳がわかんないですけど、共通しているのは戦争の中心が都だったことでしょう。ふつうはある場所が戦場になっても、そこが戦いによって荒廃すれば、他の場所に戦場が移るけど、都が戦場になると、いくらそこが荒廃しても、誰かが完全制圧するまで戦いの舞台が移らないんですよね。しかも、戦争が長引くと、だんだん対立軸がねじれ

る徳政令を待たずに、私徳政と称し、金融業を営んでいた土倉や酒屋、寺院を襲った。

＊34　マルクス主義歴史学　マルクス及びエンゲルスの史的唯物論に理論的な基礎を置く歴史学。世界史の発展法則と生産関係（下部構造）を重要視し、階級矛盾に着目することを特徴とする。戦後の日本の歴史学界で一世を風靡したが、一九七〇年代後半から理論的硬直性が顕著になり、現在ではかつてのように教条主義的に信奉する研究者はほとんどいない。

てくるし、外部勢力も介入してくる。中央が乱れれば地方も乱れてきて、戦争の構図がさらに複雑になっていく。

清水　そうなんですよ。応仁の乱はまさにその通りですよ（笑）。

帰属意識と村の機能

高野　日本中世に関して、もう一つ僕がよくわからないのは、人々の帰属意識なんです。ソマリ人の場合は氏族への帰属意識がはっきりしているんですが、室町時代の人たちは何に帰属意識を感じていたんですか。本を読んでみた限りでは、地域やシチュエーションによってかなり違ってたんじゃないかと思うんですけど。

清水　日本の中世では、まず地縁ですね。共同体のメンバーシップ。あとは、主従関係ですね。氏族というのはまずないですね。

高野　農村部だと、村ということになるんですか。

清水　ええ、そうですね。

高野　荘園という概念もいまひとつよくわからないんですけど、大小ピンきりなんですか。

清水　ピンきりです。五十軒足らずの村が一つの荘園になっていたケースもありますし、一番大きい島津荘は薩摩《さつま》・大隅《おおすみ》の二国を合わせた広さですから、国より大きいんです。

高野　すごいですね。

清水　荘園は基本的に、都の貴族やお寺などによる大土地所有制度なので、設定の仕方が非常に任意で、エリアが広くも狭くもなるんですよ。一つの村が二つの荘園に分かれてしまうっていうこともあったり。あくまで税制上の枠組みで、実際に住んでいる人の生活圏とは関係なく設定されるという形ですかね。

高野　なんだかフィリピンや中南米のアシエンダ（大農園制度）とかに似ていますよね。フィリピンなんかだと、今でも数十の家族で国土の半分ぐらいを所有しているとかって言われますからね。もちろん、そういう地主はみんな首都マニラに住んでいるわけですよね。

清水　ああ、首都の富裕層が遠隔地を囲い込んでいるという意味では似ていますね。

高野　それで、住んでいる人はそこから出られないというね。

清水　荘園の場合は、どう考えてもおかしな仕組みなので、室町時代に入るとだんだん形骸化してきて、農村部では地縁的な村がメインの単位になってきます。戦国大名も村単位で税を取るようになっていくんですよね。荘園というまどろっこしい仕組みを使うよりも確実なので。そこが戦国大名の先進的なところですね。

高野　どういうふうに変わっていったんですか。

清水　たとえば、島津荘は公家の近衛《このえ》家の荘園で、もともと島津氏はその代官だったんです。ところが島津氏が戦国大名になってしまって、結果的に薩摩・大隅は島津氏の領国[*35]になります。そうなると、村人たちは遠くで何もしてくれない京都のお公家さんに年貢を払うよりも、地域のボスである島津氏に年貢を支払う方がいいと判断するようになります。こうなれば、もう都に年貢が届けられることはなくなって、荘園制は形骸化してしまいます。多くの地域では、こうして荘園制はなくなっていくんです。

高野　そういう中で、農村の人々は地縁集団に対して帰属意識をもっていたんですね。

清水　ソマリの氏族も、地縁集団とは言えなくても、基本的に同

＊35　領国
大名などの支配領域。勢力範囲なので、必ずしもそれ以前の国郡や荘園の領域とは対応しない。

じエリアで暮らしているんですよね。

高野　エリア的にはわりと決まっていますよね。

清水　この村は何々氏族という感じですか。

高野　いや、まず村というものが、僕ら日本人の感覚で言う村とはちょっと違うんですよね。村がないわけじゃなくて、あるんですけど、遊牧で動いている人たちにとっては、なんというか、ときどき戻ってくる拠点みたいな場所なんです。老人や女性、小さな子どもはそこにいるという。

清水　やはり水田耕作社会とは根本的に違うんですね。

高野　ぜんぜん違いますね。ソマリアやソマリランドではどんなに小さな村でも、僕たちから見ると機能が街なんですよ。店があって自動車のパーツを売っていたりとか、交易するための場所として存在しているんですよね。十軒くらいしか暮らしていない小さな村でもそうなんですよ。英語では「ビレッジ」だと説明されるんですが、僕がこれまで見てきたアジアの村とはぜんぜん違うし、アフリカのコンゴとかケニアの村ともぜんぜん違います。そういう村では、店なんかないですからね。

ただ、遊牧民といっても、そんなに際限なく遠くまで行くわけではないので、ある程度のテリトリーは決まっています。ソマリ人はすごく記憶力がよくて、半分砂漠みたいな、目印も何もないような場所への行き方もおぼえているような人たちなんですけど、自分の知識の範囲内ぐらいまでしかテリトリーは広がらないんだろうなって思うんです。

清水　遊牧しているときに隣の氏族と縄張りが抵触する、といったことは起きないんですか。

高野　縄張りはないんですよ、基本的には。草地とか水場っていうのは共有されていて誰でも使えるという掟があるんです。でも、それとは別に、先に来ている人に優先権があるわけですね。だから、後から来た人が、前に来ていた人の家畜をどけちゃって、そこで自分の家畜に草を食べさせたりすると、トラブルになります。

清水　当然起こりうる問題ですよね。

高野　でも、干ばつがあったりして、草場がそこしかないとなったら、なんとしてでも家畜に草を食べさせるしかないじゃないですか。そうすると、相手が「お前、なんだ」っていうことになって戦闘勃発。干ばつに見舞われると戦闘がよく起きるというのは、そういうことですね。

刀と槍はピストルと自動小銃の関係と同じ

清水　先ほど名前を挙げた藤木さんが『刀狩り』（岩波新書）という本を書いているんですが……。

高野　読みました、読みました。すごく興味があって。そうか、藤木さんは『刀狩り』を書いた先生なのか。あれは面白かった。

清水　刀が「武士の魂」になったのは江戸時代の話で、中世には百姓も刀を持っていて、それを取り上げるのがいかに大変だったかという。刀狩令[*36]を出した豊臣秀吉《とよとみひでよし》もちゃんとはやれていないんです。

高野　いったん取り上げた刀を百姓に返したりしているんですよね。江戸時代になっても、一本差しは農民にも許されたんだけど、二本差しは武士階級の証明になっていくという。そういうふうに落ち着いていくわけですよね。

***36　刀狩令**
一五八八年、豊臣秀吉が百姓から刀など武器の没収を命じた法令。近年では、藤木久志により刀狩りが不徹底なものであったことが明らかにされ、本来、民衆の全面的武装解除を意図したものではなく、身分の可視化を目指した政策であることが明らかにされている。

清水　高野さんの本では、ソマリランドの内戦終結の過程が描かれていますよね。氏族の長老たちが集まって、すべての武装集団は武器をそれぞれの氏族の長老に差し出すことを決めたという。ああいうふうにみんなが銃を差し出して、お互いに武装解除するという発想もすごいですね。ソマリランドでは、今はもうみんなが銃を持ち歩いているわけではないんですよね。

高野　銃を持って街をうろうろしている人はほとんど見たことがありません。地方に行ってもそうです。でも、家には置いてありますよ。武装トラックや大砲・機関銃みたいな重火器は大部分が政府に差し出されましたけど、自動小銃のカラシニコフ[*37]なんかは、みんな持っているんで、必要なときは家に取りに帰るということだと思うんですけどね。だから、全部を渡したわけじゃないんです。ただし、みだりに持ち出してはいけないことになっているんですよね。

清水　日本でも江戸時代に入ると、百姓たちの間で、人殺しの道具である刀は持たない方がいいというコンセンサスが徐々に出来上がっていくんです。一揆のときにも、家に刀があるのに持ち出

＊37　自動小銃・カラシニコフ　連続発射の操作が自動的に行われる個人携帯用の火器。カラシニコフ銃は旧ソ連で一九四七年に開発された。扱いが簡単で比較的安価であることから、旧東側諸国だけではなく、各地の犯罪組織や武装勢力も使用し、世界中に約一億丁あると推定されるが、およそ半数は模造品と見られている。

さず、鎌とか鍬《くわ》を持っていった。刀を持たないことで、お上《かみ》に歯向かっているわけではないことをアピールしていたんですね。そういう自制が働いてくるあたりは面白いなあと思うんです。やはり戦国の世が行き着くところまで行くと、その後は自己制御が働くようになるんですかね。

高野 もともと刀というのは、あまり実戦の役に立たない武器だと僕は思うんですよね。戦場で役に立つのは弓矢と槍《やり》だと思うし、鉄砲が伝来してからは鉄砲だったんじゃないですか。刀が有効に使えたのは、よっぽどの乱戦のときだと思うんですよ。

清水 そうかもしれませんね。

高野 たぶん、刀という武器が振り回されることによって日本の歴史が多少なりとも動いたのは、幕末の一時期に限られるんじゃないかなと思うんです。新選組[*38]と討幕派の浪士なんかが斬り合いをしていた頃の。

清水 ああ、そうですね。

高野 じゃないですかね。他の時代では、戦場に剣の達人がいたからといって、どうっていうことはなかったと思うんですよね。

＊38 新選組
幕末浪士の武力組織。一八六三年、江戸幕府が将軍警護の目的で京都に屯集させた浪士組が分裂、近藤勇らが新選組を名乗って残留し、京都守護職松平容保（会津藩主）の支配に属した。討幕派の浪士らを斬殺、捕縛した池田屋事件などで知られる。

清水　そうですね。
高野　それは、現代のピストルと自動小銃の関係と同じだと思うんですよ。
清水　はあはあ。
高野　ピストルっていうのは、どこの軍隊でも将校以上しか持てないんですよ。下士官と兵隊は自動小銃を持って最前線で戦いますが、将校は基本的に戦わない。ピストルじゃ戦えないですから。これは歴然としているんです。
清水　ピストルが最小限の護身用だとしたら、確かに刀と一緒ですよね。
高野　僕は、目の前でピストルがガンガン撃たれているところは見たことがないんですけども、話を聞いた感じでは、護身、処刑、暗殺、自決、たぶんこの四つがピストルの主な用途ですよ。犯罪は別として。
清水　なるほど。
高野　つまり、一般の銃とまったく用途が違うわけですよね。値段も、ピストルの方が自動小銃より高いんです。ソマリアなんかだと、自動小銃は安いときなら一丁百ドルぐらいで買えちゃうほどなんですけど、ピストルはその三、四倍するんですよ。

清水　へえ、そうなんですか。構造的には自動小銃の方が複雑ですよね。

高野　いえ、構造的には大して変わらないんですけど。自動小銃対ピストルだったら、ピストルなんてまったくものの役に立たないんですよ。お巡《まわ》りさんがピストルを持っていても、自動小銃を持っている強盗が現れたら、まったく手の施しようがないわけですよね。

清水　そりゃそうでしょうね。

高野　そうなんですけど、価値としてはピストルの方がぜんぜん上なんですよ。それは持っていることの意味合いが違うからなんですよね。

清水　所持していることにシンボリックな意味合いが付随するんですね。

高野　そうなんですよ。そのへんが刀と本当に似ているなと。

清水　なるほど、確かにそれはそうですよね。

高野　ちょっと血なまぐさい話になるんですけど、以前、僕の知り合いだったソマリアのジャーナリストが暗殺されてしまったんですよね。黒幕は首都を押さえる州知事で、日本で言うと都知事みたいな存在ですよね。それが直属の部隊長に命じて兵士にそのジャーナリストを撃たせたんです。彼が批判的な記事を書いたり報道したりするんで、怒ってやった。ジャーナリストは、その知事のライバルだった前の知事と同じ氏族で、しかも仲がよかったという事情もあったらしいんですけどね。

　で、事件には目撃者もいるし、状況証拠もそろっていて、実行犯は一度警察に逮捕されたんですが、釈放されちゃってるんですよね、理由もなく。ただ、その後、その部隊長は州知事からピストルをもらっている。恩賞なんですよね。

清水　日本の刀と同じような感じですね。しかし、そういうふうにピストルに物以上の意味が付随しているのだとしたら、なおさら完全な武装解除は難しくなりますよね。

高野　難しいですね。自動小銃なら簡単に引き渡すかもしれないけど、ピストルは名誉の問題が絡んできますからね。

清水　形を変えて今も続いているんですね。武器にシンボリックな意味合いとか身分階級が反映されるっていうことが。

高野　そういうことがあるんじゃないかと思うんですよね。

清水　いやあ、面白い。藤木さんに聞かせてあげたい話ですね。

戦いの世の終わらせ方

高野　僕が刀狩りに興味をもったのは、戦争を終結させるための最大の問題が武装解除だからなんです。戦争が終わっても、兵隊と武器が残っちゃって、それをどうするかっていうのは今でも大問題じゃないですか。その状態が一番危険で、戦争が終わった後の方が治安が悪くなるケースもよくあるわけですよね。

日本の戦国時代が終わっていく過程でも、あぶれちゃった牢人をどうするかということが大変なテーマだったに違いないと思うんです。

清水　武士は職業軍人ですし、牢人になったとしても戦うための力や技を備えている。その職業だけをいきなり奪ったからといっても、じゃあ彼らが一般社会にすぐに溶け込めるかというと、やはりそれは難しいですよね。だから、まずは武士たちのあり余るエネルギーを放出させなくてはいけないという理由で秀吉の朝鮮出兵*39は行われたというのが藤木さんの説です。あり余ったエネルギーを外にでも向けないと、とてもじゃないけど治安が保てないから。戦争は始めるより終わらせる方が難しいんです。

高野　ソマリランドでもいろいろと紆余曲折《うよきよくせつ》はあったようなんです。最初のうちはやっぱり民兵が山賊みたいになって、勝手に関所をつくって人々からお金を巻き上げたりしていたみたいですけど、徐々に正規兵として、あるいは警察官として吸収していって、国の安全を守る人たちに再編成していった。それがわりとうまくいったんですね。

清水　『謎の独立国家ソマリランド』の中で、高野さんは、モガディショの氏族自治区で出会った民兵を「かぶき者」*40にたとえていますよね。わざと着崩した服装をしたり、女物のスカーフを頭に巻きつけたりしているという。その風体《ふうてい》をかぶき者になぞらえたのは言いえて妙だなあと思いました。

＊39　朝鮮出兵
文禄・慶長の役。一五九二年から一五九八年にかけての二度にわたる豊臣秀吉の朝鮮侵略戦争。日本を統一した秀吉の東アジア征服構想の一環であったが、内外に多くの犠牲を生み、敗戦により豊臣政権を弱体化させる結果となった。

＊40　かぶき者
江戸初期、華美で放埒な出立ちで市中を跋扈した無頼漢。武勇を誇り、強烈な仲間意識と反体制的な志向をもつ。そのメンタリティの背景には、泰平の時代に対する反発と戦国時代の気風へのあこがれがあり、幕府や諸藩の取り締まりの対象となった。

江戸時代の初期に現れたかぶき者は戦国時代の兵士の生き残りみたいなもので、街をふらふらして愚連隊[*41]みたいな振る舞いをしていたんですが、元禄期《げんろくき》[*42]に入ってもまだそういう連中がいて、社会問題になるんですよね。

高野　元禄までそういう風潮があったんですか。

清水　ええ。実際に彼らはもう従軍経験なんかない世代なんですが、それでも同時代に対する反発から戦国時代風の義侠心《ぎきょうしん》や男気にあこがれるんですね。刀のさやに「生きすぎたりや二十五（歳）」なんて書いたりして、死に急ぎたがるんですよ。あと、かぶき者は犬を食べるんですね。中世の日本人はわりとふつうに犬を食べていて、江戸時代になると食べなくなるんですが、かぶき者はわざと食べるんです。「戦国っぽい料理だから」という理由で。みんなで犬鍋か何かを囲んでわいわい騒いで、「俺たち、ぐれてるぜ」という雰囲気を出す。「かぶく」という行為を犬食に象徴させていたんです。

だから、五代将軍徳川綱吉[*43]が「生類《しょうるい》憐《あわれ》みの令」を出して犬を殺すことを禁じたのは、かぶき者対策だったんじゃないかとも考

＊41　愚連隊
繁華街をうろつき、暴行や恐喝などの不法行為を行う不良グループ。「愚連」は「ぐれる」に由来する当て字。

＊42　元禄期
「元禄」は一六八八〜一七〇四年に使用された元号。五代将軍綱吉の治世に当たり、経済が発達したことで町人層が台頭し、上方を中心に華美な文化が花開いた時代。

＊43　徳川綱吉
（一六四六〜一七〇九／在職一六八〇〜一七〇九）。江戸幕府五代将軍。三代家光の四男、四代家綱の弟。朱子学に心酔し、湯島聖堂を開き、人心教化を目的に生類憐みの令を発した。政策には極端な原理主義が見

えられているんです。かぶき者は辻斬《つじぎ》りや犬でためし斬りをするような連中ですから、取り締まる必要がありました。そのために綱吉はあの法令を出したんじゃないか。戦国時代は百年も前に終わったのに、何をやっているんだというのが彼のメッセージで、そのためのシンボルが犬だったんじゃないかって、近年は言われていますね（参考：塚本学《つかもとまなぶ》『生類をめぐる政治』講談社学術文庫）。

高野　歴史の解釈もどんどん変わっていくんですね（笑）。

清水　綱吉のやり方はちょっとエキセントリックだし、やりすぎなところもあったから、人々の反感を買ったことは間違いないんですよ。あと、あの人の治世には、富士山の噴火とか地震とかいろいろな天変地異も起きたんで、悪いことの一切合財が綱吉のせいにされてしまった面もあったんですよね。

しかし、犬は殺してはいけませんとか、捨て子をしてはいけません、といった政策を打ち出したのは、都市治安対策、人心教化策として、ある程度成功したんだろうと近年では評価されていますね。

られ、側近政治の横行や貨幣政策の失敗もあって、長くその治政は悪政と評されてきた。

高野　一般的な評価とは違うものなんですね。

清水　一般にはまだあまり浸透していないかもしれないですね。綱吉はキャラクター的には過剰なところがあるんで、あんまりいい人とは思えないんですけど、百年たってもなお残り続けていた戦国っぽい風潮をどうやってなくすかということを、たぶん考えていたんだと思いますね。

高野　面白いなあ。

清水　たとえば、鳥や獣を撃ってはいけないというお触れを出して、それが守られているかどうかを調べるために、農村部で鉄砲所持検査を一律に実施したりもしているんですよ。これもどうも、鳥や獣を大事にするために鉄砲の管理をするんじゃなくて、鉄砲の所持を登録制にするために、鳥や獣を理由として出してきたんじゃないかと思われるんです。秀吉もできなかった銃規制を綱吉はやっているんです。

高野　登録制にする……。すごく現代的ですね。

清水　「この村は何丁」というような形ですよね。生活のために必要最低限の数しか持たせないという考え方だったんでしょうね。

江戸時代が世界史的に見ても稀《まれ》なぐらい平和な時代だったとしたら、それは最終的に綱吉の功績かもしれません。

第二章　未来に向かってバックせよ！

ミニ中華帝国をあきらめて

高野　日本の中世とアジア・アフリカの辺境が似ているのは、なぜなんでしょうね。

清水　僕が中世史を研究していて面白いなと思うのは、たくさんの人間が集まって、何もないところから社会を組み立てていく過程を、試験管の中をのぞくように見られることです。中世というのは一種の実験場なんですね。もちろん、日本の場合は、それ以前に古代社会があったんですけど、中世にはその枠組みが一回吹っ飛んじゃって、一から秩序を組み立てなきゃいけなかったんです。

『仁義なき戦い』[*1]というヤクザ映画シリーズがありましたよね。あれは戦後の広島が舞台で、原爆投下と敗戦によってすべてがリセットされた中で、暴力団が覇権を争い、裏社会の秩序を構築していく様子が描かれています。そこがまさに戦国時代的なんですが、たぶん似たような状況が日本の中世にもあったのかなと思い

＊1　『仁義なき戦い』
深作欣二監督・笠原和夫脚本による五部作シリーズ。一九七三〜一九七四年公開、菅原文太主演。日本の暴力団史上、最も多くの血を流したと言われる「広島抗争」を題材に、生き延びるためならば、どんな卑劣な策謀も裏切りもやってのける男たちの群像を描いた。作風は、従来の任侠ものとは異なる実録路線と呼ばれ、手持ちカメラの使用による荒々しい映像でも知られる。

ますね。

高野　秩序が取っ払われたといっても、それ以前にも秩序はあって、すべてが吹っ飛んだわけではないですよね。どういう部分がどういうふうに消えてしまったんですかね。

清水　ポイントは中華文明との距離感だと思うんです。中華文明というのは、やはりものすごく先進的なもので、古代の日本はそれにあこがれて、自分たちも「ミニ中華帝国」をつくろうとして頑張ったわけですね。朝鮮半島も似たような感じで、中国の影響を強く受けました。中国と同じような国家構造をつくり、漢字文化や儒教などを取り入れていったんです。

ところが、日本は平安時代あたりから、そこからの離脱を始めるんです。かつては中華文明みたいな先進的なものを見習って、そういう国を早熟に頑張ってつくろうとしてきたのに、その道を捨ててしまった。

高野　あきらめちゃったってことですか。

清水　たぶん。たとえば桜井英治さんが指摘していることでもあるんですけど、それまでは中国を見習って自前で銭をつくろうとしていたのに、それなら中国から輸入して使えばいいじゃないかっていう発想になっていくんです。これは東南アジアのジャワも同じらしいです。つまり、中国とのほどよい距離感によって、日本やジャワは文明から切り離され、中華文明圏の辺境になっていったんですよ。

高野　日本でも古代の律令国家[*2]の時代には、直線の高速道路[*3]みたいな道をつくっていたんですよね。

清水　はい。

高野　それが、時代が下るにつれてぜんぜん維持できなくなって、室町時代ぐらいになると、古代の東海道も山道みたいに荒れた状態になってしまったという。それもすごいなって思って。そのミニ中華帝国化をあきらめたのは、いつ頃なんですか。

清水　一〇世紀ぐらいじゃないですかね。

高野　武士が台頭してくることと関係があるんですか。

清水　中華帝国からの離脱によって、武士が台頭して、武家政権が誕生したんでしょう。

高野　ああ、逆に。

＊2　律令国家
中国・唐の法制度を模倣して定めた律令に基づく中央集権的体制。七世紀後半から一〇世紀頃まで続いた。公地公民制を基礎とし、二官八省が中央行政を担当、人民には税（租・庸・調）と労役（雑徭）の義務が課された。

＊3　古代日本の道路
七世紀後半から八世紀末に全国につくられた道路。徹底的に直線につくられ、宮都周辺では二十四～四十二メートル、地方でも十二メートルという広い幅をもち、両側に側溝をともない版築された。一九九〇年代以降、全国で発掘されている。実用性とともに古代国家の威信をアピールする意図があった。

清水　日本の歴史には、隣接する巨大な中華文明を常に意識しなくてはならなかった段階があったわけですね。そのときは自分たちでも専制的な国家体制をつくろうとするんですけど、唐の末期ぐらいになると、中国の求心力が弱まるんですよね。遣唐使の廃止なんて、そうした流れの中で出てくるんですよ。そうすると遠心力が働いて、文明から離れていった日本は分権的な封建社会になっていき、その中から武士団が現れる、という感じじゃないですかね。

高野　ということは、中国から離れることによって、貴族社会から武士の世の中へと変わっていったということなんですかね。

清水　ええ。ヨーロッパの歴史で言うと、中華文明に匹敵するのは古代ローマ帝国ですよね。その帝国が滅亡した後、ローマから見れば辺境に当たる西ヨーロッパに封建制が生まれてくる。昔からよく言われてきたことですけど、文明の中心からのほどよい距離感がないと、封建制は生まれないんです。

高野　でも、日本の中世にも鎌倉幕府や室町幕府という体制は一応ありましたよね。なのに、わりと無秩序的だったというのは、なぜなんですか。

清水 求心力の強い専制国家をつくる必要性がなかったんでしょうね。そもそも対外的な脅威とか緊張もあまりなくなって、専制国家をつくる必要がなくなったのかもしれません。

七世紀に白村江《はくそんこう》の戦い[*4]で唐に負けた日本は、その直後、九州から瀬戸内に巨大な山城をいくつもつくって列島を要塞化しようとするんですよ。また、それと並行して徴兵・徴税制度も整えていって。あの頃の日本には本当に中華帝国がリアルな脅威としてあったんですね。下手をすると仕返しに侵略してくるかもしれない、ぐらいの。

それに比べれば、鎌倉時代のモンゴル襲来[*5]なんて影響は限定的だったと思いますよ。

文明化の名残

高野 ちょっと話がずれちゃうかもしれないんですけど、僕は、古代の日本があそこまで広範囲に、がっちりした統一国家をつく

＊4 白村江の戦い
六六三年、朝鮮南西部の白村江（錦江）で行われた日本・百済連合軍と唐・新羅連合軍との海戦。日本は百済救援のため出兵したが大敗し、百済は滅亡した。以後、日本は朝鮮半島進出を断念し、国土防衛や国内整備に力を注ぐことになる。なお白村江は「はくすきのえ」と読むこともある。

＊5 モンゴル襲来
鎌倉時代、一二七四年と一二八一年の二度にわたる元（蒙古）の博多来襲。鎌倉武士の応戦と季節的な台風によって元軍は二度とも敗退した。この前後の対外緊張の中で鎌倉幕府は専制化を推し進めた。文永・弘安の役。元寇。

れたことの方が不思議に思えてしょうがないんですよね。

清水　それも中華文明への対抗意識が強かったからじゃないですかね。日本の古代国家があれだけ短い時間で形を整えられたというのは、対外的なプレッシャーがあったからこそできたことですよ。

高野　ということは、武家社会の前には、武力よりももっと強い、信仰とか権威とか、そういうものが地方にまで行き渡っていたっていうことですか。

清水　もちろん武力もあったでしょうが、それよりも文明へのあこがれみたいなものが、無意味な巨大道路とかをつくらせていたんじゃないですかね。ただ、律令国家の理念や制度がどのくらい地方社会に浸透していたのかは、実際にはよくわからないんですけど。

高野　あともう一つね、これは僕の妄想なんですけど、律令国家の時代、貴族社会の時代に、すごく徹底して統一国家みたいなものをつくろうとしますよね。そうすると、かなりいろいろな知識とか技術とかが国の隅々の方にもだんだんと蓄えられていって、相対的に地方が強くなって、封建制に移っていった、ということはないのかなと（笑）。

清水　それはあると思いますよ。文明が下方分有されていったというか。だから、確かに中世になって何もかもがリセットされたわけでは決してなくて、文明にあこがれてミニ中華帝国をつくろうとしたときの名残っていうのは、その後の日本の歴史を規定していますよね。天皇制はそのものずばりですけど。

高野　そうですよね。

清水　天皇制がその後の歴史でリセットされなかったのは、古代の日本人が相当気を使ってつくった制度だからでしょうね。「王」と名乗ると中国の風下に立っちゃうし、かといって「皇帝」と名乗ると中国に喧嘩を売ることになるから。

高野　まずいんですね。

清水　そこで、新たに「天皇」という称号をつくり出したわけですよね。

高野　そういう文明化の名残があったことも、中世日本の法慣習が重層化していく理由の一つなんでしょうね、きっと。

清水　そうですよね。

高野　文明化の度合いということで言うと、僕は日本の文書主義ってすごいなって思っていて、何でもかんでも記録に残っているでしょう。アジアやアフリカの国って、とにかく記録が残っていないんですよ。

　タイなんかも、まったく笑っちゃうぐらい記録がないんですよ。たとえば、ムエタイ[*6]はタイの国技に位置づけられているような格闘技ですけど、その起源がさっぱりわからない。

清水　ああ、そんなもんなんですか。

高野　本当、そんなもんなんですよ。スコータイ王朝[*7]の時代に武術の訓練のために使われたとかなんとかっていうんだけど、史料的な根拠はまったくないわけですよ。「きっとそうだったんだろう」みたいな（笑）。

清水　なるほど。

高野　昔のムエタイの技が絵として残っていると言われてて、写真が本に掲載されていたりするんですけど、絵の実物があるとされているお寺に、知り合いの研究者兼格闘家が行って話を聞いて

＊6　ムエタイ
タイ式ボクシング。蹴り技を主体とし、肘や膝を使った攻撃も許されている。現在は、競技者はグローブをはめ、階級別のラウンド制で試合をする。

＊7　スコータイ王朝
タイ最古の王朝。一三世紀から一五世紀にかけて、中部のスコータイを中心に栄えた。

みたら、「そんなの見たことも聞いたこともない」って。要するに、ないんですよ(笑)。

清水　いいかげんだなあ。

高野　でも、その絵は昔の描き方で描かれているし、昔のムエタイの形を描いた史料には違いないんだろうけど、どこで発見されたいつの時代のものなのかが謎に包まれているっていうんですよね。

タイ料理もそうです。すごく洗練された料理なんですけども、それがどういうふうに形成されていったのかが、まあ皆目わからない。とにかくわからないんですよね、記録が残っていなくて。で、それはタイに限ったことではなくて、記録に残さない、記録に残っていない地域って、本当に多いんですよね。それに引き換え、日本っていうのは、なんでこう、なんでもかんでも記録に残っているのかって思うんですよね。

清水　確かに、なんなんでしょうね(笑)。日本の「なんでも書き残す文化」も、やはり一つには中華帝国の影響力が強かったからでしょうね。中華文明によって早熟に目覚めさせられてしまったということはあるんじゃないですかね。

高野　中国、朝鮮、日本には、中華文明圏の書き残す文化があったということですかね。

清水　ええ。また日本の場合は、距離もほどよかったんでしょうね。日本は中国から距離があるんで、漢字文化を相対化して、一〇世紀にはかな文字を自分たちでつくり出したわけですよね。漢字という便利なものがあるんだから、それをアレンジして、われわれの言葉の音も表せるんじゃないかっていうのは、まあ、思いつきそうなことですよね。

　その点、朝鮮半島は中国と近いから、漢字文化にかなり取り込まれていた分、ハングル[*8]を生み出したのは一五世紀ぐらいとやや遅いんですよね。

湯起請、鉄火起請とコンゴの呪術師

高野　清水さんは『日本神判史』[*9]（中公新書、二〇一〇年）で、湯《ゆ》起請《ぎしょう》や鉄火《てっか》起請《ぎしょう》[*10]という神仏に罪の有無や正邪を問う中世の裁判

＊8　ハングル
朝鮮語の表記に用いられる文字。十の母音字と十四の子音字の組み合わせで音節を表す。一四四三年、李朝第四代世宗の命でつくられ、一四四六年、訓民正音の名で公布された。

＊9　『日本神判史』
盟神探湯（くかたち）や湯起請・鉄火起請など、真偽や勝敗を神仏に問う裁判（神判）が日本の歴史の中で、どのように機能し、変化していったかを時代を追って解説。一般的なイメージとは異なり、決して中世日本人は神仏を盲信していたわけではないことを指摘する。

について も書かれていますよね。世界各地の事例も載っている。

僕は以前、『世界が生まれた朝に』[*11]（エマニュエル・ドンガラ著、小学館、一九九六年）というコンゴ文学を翻訳したことがあるんですよ。主人公の人生を通して、コンゴの激動の時代を描いた小説なんですけど、その中に「毒を飲んで試す」という呪術のシーンが出てくるんです。

アフリカって本当に呪術の世界で、人々は呪術の話ばっかりしているんですよね。アフリカって、サッカーが盛んでしょう。だいたいどこのサッカーチームも呪術師を雇っているんですよ。専属のコーチやトレーナーがいるように、専属の呪術師がいて。

清水 何をするんですか。

高野 自陣のゴールにバリアを張ったりするんですよ。

清水 はあ、試合当日に働くんですか。

高野 働く……らしいです（笑）。

清水 念を送るんですか。日々の練習とか健康管理ではなくて、呪術が試合の命運を分けるんですか。

高野 いかに優れた呪術師を雇うかっていうのも、重要な戦略の

＊10　湯起請・鉄火起請　罪の有無や裁判の勝敗を神の判断に委ねる神判の形態。日本では、室町時代には熱湯に手を入れて火傷の有無で正邪を決める湯起請が、戦国〜江戸初期には焼けた鉄片を持ってやけどの程度で正邪を決める鉄火起請が流行した。

＊11　『世界が生まれた朝に』　アフリカ・コンゴを舞台にした大河小説。フランス語で書かれ、高野が仏文科の卒業論文の副論文として翻訳した。アフリカ版『百年の孤独』とも言われる。著者ドンガラ氏は高野著『異国トーキョー漂流記』（集英社文庫）にも登場する。

一つらしいんですよ。

清水　すごい社会だなあ。

高野　そういうすごい社会なんですよ。で、その小説の主人公も若くして呪術師になるんですけど、呪術師には医師や薬剤師のような役割もあって、要するに現地の人たちの健康や生命や運命をトータルに預かっているんです。主人公はその知識を呪術師である伯父から習って身につける。

　ところが、その伯父がだんだん堕落していくんです。白人の征服者に土地を渡して、自分は権力者の座について、村人たちの恨みを買う。そこで、主人公は伯父と対決するわけです。呪術師同士の激突です。

　そのとき、伯父は主人公に対して「お前は、邪術師だ」と言うわけですね。呪術師の中にはその力を悪用する人もいて、それは邪術師、英語ではブラックマジシャンと言うんですけど、それは死人の肉を食らう悪魔のような存在だとされていますから、そんなふうに決めつけられると大変なんです。自分がブラックマジシャンではないことを自ら証明しなくてはならない。

それで、主人公は「ンサカ」という毒を飲まされる試練をくぐるんです。飲んで死んでしまったらブラックマジシャン、吐いて出すことができれば正しい呪術師、ホワイトマジシャン、ということをやらされるんですよね。

清水　なるほど、面白い。それはフィクションなんですよね。

高野　フィクションです。でも、コンゴで実際に起きたことを小説化したって著者は言ってました。だからね、毒を飲むとかそういう神判の事例は読んで知っていたんですけど、具体的にどういうシチュエーションでどういうふうにやられているのかがよくわからないんで、知りたいんですよね。

清水　神判に類するような話は、取材していてもあまり聞かないですか。

高野　さすがにちょっとそれはないですね。相当特殊なケースじゃないですか、あるとすれば。

清水　今から十年ぐらい前、民放のテレビ番組で現代のアフリカの神判の様子を取り上げていた映像をたまたま見たんです。村の中に、夫がいるのに別の男と浮気したという疑いをかけられた女の人がいて、彼女は無実を主張するんですが、村長みたいな人が村人を集めて占いをするんです。たき火をして、料理に使う「おたま」みたいな物をあぶって、女の人になめさせる。押さえつけてなめさせるので、鉄火起請より厳しいじゃないかって思ったんですが、なめてやけどをしたらクロ、やけどしなかったらシロらしいんです。結局、女の人はやけどしなかったからシロで、村人たちはワーッと盛り上がり、村では翌朝まで宴会が続いたというナレーションで終わる。奇妙な風習っていう紹介のされ方なんですけど。

ただ、映像を見て思ったのは、ちょっとヤラセくさいんですよね。おたまを焼いてなめさせるというだけで、おどろおどろしいんですけど、どうなんだろうと思って画面に食い入るようにして見たんですけど、わりと焼きが甘いんですよ（笑）。もっとちゃんと焼かなきゃ熱くならないだろうっていう感じなんですよ。そのせいか、女の人はなめさせられるときに顔をゆがめるんですけど、「ジュッ」という音は明らかにテレビが後からつけた効果音なんです。それに、何より宴会料理が事前に用意されている。

ただ、それはテレビ局が仕掛けたヤラセではなくて、もともと村人たちがそういうふうにやっていたんじゃないかと思うんです。つまり、これは、シロかクロかを明らかにするための儀式ではなくて、シロであることを証明するための儀式だなと感じて。もともとそうだったのか、変容してそうなったのかはわからないんですけど。

高野　わかんないですね。理由はいろいろあるのかもしれない。

清水　一つ言えるのは、浮気をした女の人が村にいるという事実が証明されても、誰も得をしないはずなんですよね。彼女はもちろん罪を問われるし、夫は女房を寝取られたことになるし、間男をした男の人もたぶんそのままじゃいられないですよね。下手をすると、村のコミュニティが壊れてしまうかもしれない。だから、そういう事態を避けるための知恵として、結論ありきの神判が行われているのかなとも思ってるんですよ。何かわかったら教えてください。アフリカあたりはまだあるんじゃないかな。

高野　そのテレビのケースは、シロで丸く収まりますよね。でも、紛争の解決や犯人捜しのときは意味合いが違いますよね。シロだったら丸く収まるかというと、そうはいかないわけじゃないですか。

清水　『日本神判史』にも書いたんですけど、泥棒と疑われていた人物がシロと判定されると、人々は「泥棒はいなかったのだから、これからは安心して暮らせる」とポジティブに受け止めたりもしていたんです。神様がそう約束してくれたんだと。紛争のときも、当事者の二人が両方やけどしなかったから、じゃあ、お互いの取り分を折半にしましょう、みたいな。

高野　示談になるんですね。

清水　ええ。お互いの主張が真っ向からぶつかり合っていたら、ふつうは折半という話にはならないんでしょうけども、「神の意思は折半だ」という説明は一定の説得力を帯びるんだと思います。コミュニティが危機的な状況になるのを避けるためには、そうやってガス抜きするのも一つの方法かなとは思うんですよね。

高野　実際の神判では、神様に自分に有利な決定を出してもらうために、また別の呪術に頼るということもあったでしょうね。

清水　ああ、あったと思います、応援合戦みたいなことが。

高野　山伏とかお坊さんに頼るとか。

清水　そういうのに頼らないと、手の皮は厚くしようがないですからね。

高野　そういうこともあって、湯起請や鉄火起請は必ずしも公平ではないと人々は考えるようになった、ということはありませんか。

清水　ああ、あるかな。それ、面白い見方ですね。

高野　神判もまた別の力で左右される。だったら、ここは神判にもち込んだら不利じゃないかとか（笑）。アフリカ人だったら絶対にそう考えますよ。

技術革新が狭めた「神の領域」

清水　先ほど文明との距離感の話をしましたけど、中国や韓国では神判は確認されていないんですよね。中国・韓国は律令の国なので、お湯の中に手を入れて白黒つけるような呪術的な裁判は行われていなくて、日本とか東南アジアとかアフリカにはあったたんです。

高野　文明の中心に近い所では、そういう裁判はできないんですね。

清水　ええ、文明圏の端っこの方に残っている。だから、玄界灘《げんかいなだ》がなかったら、日本も違う国になっていたかもしれないですよね。

高野　僕は、やはり人類の歴史は普遍的に近代に向かって進んでいくものなのかなって思ったんです、『日本神判史』を読んで。

清水　そんなことはないと思いますけど。

高野　僕もそんなことはないと思っていたんですけども、人間は、ある程度の社会になってくると神判を卒業すると……。

清水　ああ、そういう書き方もしていますね。確かに日本では江戸時代になると、神判から卒業していきます。

高野　それは、人類史的な段階としてそうなっていくものなのか、それともある程度の条件がそろった社会ではそうなっていくのか。

清水　ああ、そこは悩ましいところで、僕も学生からの質問では「人はなぜ神様を信じなくなっていったのですか」というのが一番きついんです（笑）。「人々が神を信じなくなっていったのはわかるけど、なぜ信じなくなったんですか」とか、厳しいところを突いてくるんですよ。

一つには、経験値が蓄積されていく中で、神を克服するということがありますよね。以前は、飢饉になったのは天罰だというふうに信じていたのが、こういう種のまき方をすれば作物がよく育つとか、こういう苗の植え方をすれば不作になりにくいとかいったことがわかってくるにつれて、飢饉は天罰のせいではないと考えるようになる、それまで呪術的に信じ込んでいたことは違うんだということを学習していく、というふうにしか説明できないんですよね。

高野 だったら、もっと前に神を信じなくなってもいいかもしれないじゃないですか。

清水 それはだから、肥料の開発とかそういったことも含めて……。

高野 技術革新によってカバーできる部分が増えていくにつれて……。

清水 人間の行為で操作できる部分が増えると、神の領域が狭まっていくんじゃないでしょうか。経験や技術でカバーできるとわかってしまった人間は、もう神の方には逆戻りしないと思うんです。

高野　そうすると、やはり人類は普遍的に神を信じなくなり、近代化していく。

清水　でも、また新たな神が出てきますよね。科学だって、ある種の神かもしれない。そうすると、新たなフェティシズムが生まれて、それに基づく説明がなされるようになり、それが硬直化してくると、また別の神が出てくる。そういうことじゃないかなと思うんですよ。

「バック・トゥ・ザ・フューチャー」——未来が後ろにあった頃

清水　日本語に「サキ」と「アト」という言葉があるでしょう。これらはもともと空間概念を説明する言葉で、「前」のことを「サキ」、「後ろ」のことを「アト」と言ったんですが、時間概念を説明する言葉として使う場合、「過去」のことを「サキ」、「未来」のことを「アト」と言ったりしますよね。「先日」とか「後《あと》回《まわ》し」という言葉がそうです。でも、その逆に「未来」のことを「サキ」、「過去」のことを「アト」という場合もありますよね。「先々《さきざき》のことを考えて……」とか、「後をたどる」なんて、そうです。「サキ」と「アト」という言葉には、ともに未来と過去を指す正反対の意味があるんです。ところが、そもそも中世までの日本語は「アト」には「未来」の意味しかなくて、「サキ」には「過去」の意味しかなかったようなんです。

　現代人に「未来の方向を指してみてください」と言うと、たいていは「前」を指さしますよね。でも、そもそも古代や中世の人たちは違ったんです。未来は「アト」であり「後ろ」、背中側だったんです。

　これは、勝俣鎮夫《かつまたしずお》*12さんという日本中世史の先生が論文に書かれていることなんですが、戦国時代ぐらいまでの日本人にとっては、未来は「未《いま》だ来《きた》らず」ですから、見えないものだったんです。過去は過ぎ去った景色として、目の前に見えるんです。当然、「サキ＝前」の過去は手に取って見ることができるけど、「アト＝後

＊12　勝俣鎮夫（一九三四〜）　歴史学者。東京大学名誉教授。東京生まれ。専門は日本中世史。戦国時代研究の第一人者。法制史料をもとに当時の人々の心性に迫る独創的な研究を発表した。著作に『戦国法成立史論』（東京大学出版会）『一揆』（岩波新書）『戦国時代論』（岩波書店）など。

ろ」の未来は予測できない。

　つまり、中世までの人たちは、背中から後ろ向きに未来に突っ込んでいく、未来に向かって後ろ向きのジェットコースターに乗って進んでいくような感覚で生きていたんじゃないかと思います。勝俣さんの論文によると、過去が前にあって未来は後ろにあるという認識は、世界各地の多くの民族がかつて共通してもっていたみたいなんです。

高野　へえ、面白いですね。

清水　ところが、日本では一六世紀になると、「サキ」という言葉に「未来」、「アト」という言葉に「過去」の意味が加わるそうです。

　それは、その時代に、人々が未来は制御可能なものだという自信を得て、「未来は目の前に広がっている」という、今の僕たちがもっているのと同じ認識をもつようになったからではないかと考えられるんです。神がすべてを支配していた社会から、人間が経験と技術によって未来を切り開ける社会に移行したことで、自分たちは時間の流れにそって前に進んでいくという認識に変わったのかなと思います。

高野　僕は実は言語オタクなんですよ。

清水　じゃなきゃ、あんなにいろいろな言葉を勉強されませんよね。

高野　とにかく言語は大好きなので、行く先々で習うし、行く前にも習ったりするんですけど。

清水　うらやましい。僕はぜんぜんダメだ。できるのは日本語と中世日本語くらい。

高野　十分ですよ。バイリンガルじゃないですか。

清水　いえいえ、中世人と話すことはまずないので、何の役にも立たない。

高野　その「サキ・アト」に当たる言葉は、外国語でも理解するのがけっこう難しいんですよ。未来のことを言っているのか、過去のことを言っているのかわからないことがしばしばあるんです。ソマリ語もそうなんですよ。

清水　ああ、やはりそうですか。

高野　前のことを「ホレ」と言って、これは未来のことでもあるんですが、過去のことをいうときも「ホレ」と言う。しかも、後ろを指すしぐさをしながら「ホレ」と言うんです。前と言いつつ、後ろを指す。ねじれているわけです。最初は聞いていて頭がすごく混乱しました。慣れてくると混乱しないんですけど。

清水　当人たちは混乱しないんですよね。文脈で考えるから。

高野　使い方が決まっているんで、それはわかるんですよね。

清水　ソマリ人にも時間認識と空間認識の転換点があったんでしょうか。

高野　文書に残っていないので、そういうことはよくわからないんですよね。

清水　その勝俣先生の論文は「バック・トゥ・ザ・フューチュアー」（『中世社会の基層をさぐる』山川出版社）というタイトルなんです。

高野　そんなタイトルの歴史論文があるんですか（笑）。

清水　有名な映画のタイトルと同じですよね。主人公がタイムマシンに乗って過去に行き、未来を変える。[*13] そのことをあの映画では「バック・トゥ・ザ・フューチャー」と表現しているわけです

＊13『バック・トゥ・ザ・フューチャー』
一九八五年公開のアメリカ映画。ロバート・ゼメキス監督。高校生の主人公（マイケル・J・フォックス）がタイムマシンに乗り、三十年前に時空移動し、同世代の自分の両親に遭遇してさまざまな騒動を巻き起こすSF映画。

が、これもただの言葉遊びではなくて、古代ギリシャなどでも、もともと未来は「後ろ」にあると認識されていたから、「未来にバックする」という言い方があるんですって。それであのタイトルになっているんだそうです。教養のある欧米人なら、未来へはゴーするんじゃなくて、バックするんだということがわかるみたいです。

高野 すごく面白いです、そういう話。その勝俣先生のご専門は何なんですか。

清水 戦国時代史です。藤木さんと同世代の方なんです。七十歳を過ぎてから、その論文を書かれて、もう八十歳になられます。

高野 七十歳を過ぎてから、「バック・トゥ・ザ・フューチュアー」ですか。攻めてますねえ(笑)。

清水 研究者である以上、ああいうふうにありたいなと思いました。我々が狭いところでグズグズやっているのに、いきなりとんでもないところに飛んでいって、新しいものを掘り当てる。すごいですよ。

***14 天台本覚思想** 中世天台宗の思想動向の一つ。「本覚」とは、『大乗起信論』で、衆生に内在する悟りの本質の意味。本覚はすでに現象界に顕在しているとして、あるがままの現象世界をそのまま肯定する。大乗仏教の「煩悩即菩提」「生死即涅槃」の思想を極限まで推し進め、煩悩・生死の衆生の現実をそのまま絶対の仏の世界と見なす。

***15 鎌倉新仏教** 従来の南都仏教や平安密教とは異なり、個人の救済を主眼に据えて鎌倉時代に展開した仏教諸派の総称。浄土宗の法然(一一三三〜一二一二)から時宗の一遍(一二三九〜一二八九)まで、開祖の活動時期は一二〜一三世紀におよぶ。

仏教の日本アニミズム的解釈

清水　「なぜ人々は宗教心をなくしていったのか」という問いについて、もう一つつけ加えたいことがあります。天台宗に「天台本覚思想*14」というのがあって、そこの部分が日本ではかなり肥大化しちゃったんですけど。その理念は何かというと、「草木国土《そうもくこくど》悉皆《しっかい》成仏《じょうぶつ》」なんです。草も木も土地もことごとくみんな仏になる素質を備えているという考え方で、日本の仏教の中ではかなり重要な思想なんじゃないかと近年の仏教史研究では言われています。

　というのも、いわゆる鎌倉新仏教*15の親鸞《しんらん》*16とか日蓮《にちれん》*17といった開祖たちは、一遍《いっぺん》*18を除けばみんな、天台宗の中心である比叡山《ひえいざん》*19の出身なんですよ。

高野　そうですよね。

清水　それは、比叡山延暦寺《えんりゃくじ》が今でいう東京大学みたいなアカデミズムの最高峰だったからだと従来は考えられてきたんですけど、それだけではなくて、鎌倉新仏教が興った理由としては、開

＊16　親鸞（一一七三〜一二六二）
鎌倉新仏教の一つ、浄土真宗の開祖。師の法然の教えをさらに徹底させ、阿弥陀仏への信心を起こすだけで極楽往生できるという絶対他力を主張した。自力で善行を積むことのできない悪人こそが救われるという悪人正機説を唱える。著書に『教行信証』、弟子唯円がまとめた著作に『歎異抄』がある。

＊17　日蓮（一二二二〜一二八二）
鎌倉新仏教の一つ、日蓮宗の開祖。安房の人。法華経の功徳を仏教の真髄とし、南無妙法蓮華経の題目を唱えることによって救済されると説いた。辻説法によって他宗を排撃し、国難を予

祖たちが比叡山で天台本覚思想を学んだことが大きかったんじゃないかと。浄土真宗も日蓮宗も、「庶民でもみんな仏になれますよ」ということをわりと下層の人たちにアピールするんですが、その発想は開祖たちのオリジナルじゃなくて、もともと比叡山の天台宗の中にあった草木国土悉皆成仏という考え方が鎌倉新仏教を生み出したんじゃないか、って言われているんですよ（参考：末木文美士《すえきふみひこ》『日本仏教史』新潮文庫）。

ただ、この草木国土悉皆成仏の理念は、高い宗教性を感じさせる半面、仏教を相対化しちゃうようなところがありますよね。要するに「誰でもみんな仏になれるんだ」っていうふうに。

高野　ああ、そうですよね。あまりにラディカルなんで、聖と俗の区別がなくなってきますよね。

清水　そうすると、「信心さえあれば何をやってもいいんだ」っていうような理屈も出てきますよね。「俺は人殺しをいっぱいやってきたけど、信心だったら誰にも負けないぞ」みたいな。実際、親鸞とか蓮如《れんによ》*20はそういう理屈をとても嫌がっていたんですね。「信心さえあれば何をやってもいいって言っているわけじゃない

言して『立正安国論』を著し、鎌倉幕府より処罰される。佐渡流罪後、甲斐国に久遠寺を開いた。

＊18　一遍（一二三九〜一二八九）
鎌倉新仏教の一つ、時宗の開祖。他力念仏を唱え、衆生済度のため、民衆に賦算（念仏札の配布）と踊り念仏を広めた。「遊行上人」とも呼ばれる。著作は死の直前にすべて焼却されたため残されていないが、その思想と活動は、絵巻物『一遍上人絵伝』や『一遍上人語録』よりうかがうことができる。

＊19　比叡山
延暦寺の山号。滋賀県大津市にある天台宗の総本山。七八八年に最澄が開き、嵯

ぞ」ということをしきりに信者に対して言うんです。それは草木国土悉皆成仏の理念が、彼らが意図した以上に拡大解釈されて広がっていたからじゃないかと思うんですよね。ひょっとしたら、日本の中世というのは、宗教が解体するその手前までいっていたのかもしれない。

高野　ああ、すごくしっくりきますね。

清水　つまり、日本の場合、仏教の中に仏教を相対化してしまうようなイデオロギーがあったんじゃないかなって。

高野　技術力が向上して人間が自然をコントロールできるようになったという部分もあるし。

清水　それもあると思いますよ。

高野　それとはまったく別の次元で宗教が変わっていったという。

清水　イデオロギーの中からイデオロギーを否定するような考え方を生み出しちゃった。

高野　逆に時代がそういう信仰の形態を求めていたっていうことは？

清水　それもあるかもしれないですね。中世の庶民たちにしてみ

峨天皇より大乗戒壇設立が勅許され、延暦寺の寺号が下賜された。古代から中世にかけて衆徒三千人を誇る大寺院となり、しばしば世俗権力にも対抗した。

＊20　蓮如（一四一五〜一四九九）
室町後期の浄土真宗の僧侶。本願寺八世を継ぎ、浄土真宗教団の組織化に尽力した。延暦寺の圧迫から逃れるため、越前国に吉崎御坊を築き、北陸の教化に努めた。その後、畿内に移り、山科本願寺や石山本願寺を築く。「王法為本」を説き、一向一揆についてはこれを禁じた。平明な文章で宗旨を綴った書簡として「御文章（御文）」がある。

れば、お高くとまっているような仏教は受け入れがたいっていうこともあったんでしょう。で、たぶん、天台本覚思想の根っこにあるのは、日本の土壌にもともとあったアニミズム[*21]なんです。

高野 ああ。「ことごとくみんな成仏」っていうのはほとんどアニミズムですよね。

清水 仏教の日本的な説明というか、日本で独自の発達を遂げちゃった思想なのかもしれないですね。

お寺では俗世の法が通らない

高野 お話を聞いていると、やはり分岐点は江戸時代のような気がしますね。江戸時代になると、日本が世界の辺境と似ていた部分が少なくなっていくんですね。

清水 たとえば、網野善彦《あみのよしひこ》[*22]さんが『無縁《むえん》・公界《くがい》・楽《らく》』（平凡社ライブラリー）で書いているように、日本の中世には、寺社が権力の及ばない場所「アジール[*23]（避難所）」になっていたんですけど、戦国時代ぐらいになると、そういう場所も権力に統制されて、だ

＊21　アニミズム　自然界のあらゆる事物に霊魂（アニマ）が宿ると信じること。イギリスの人類学者タイラーが宗教の起源と位置づけた。精霊崇拝。日本においては、縄文時代の造形物にそれをうかがうことができ、神道の原初的形態であったとも考えられている。

＊22　網野善彦（一九二八〜二〇〇四）　歴史学者。名古屋大学助教授、神奈川大学教授などを歴任。山梨県生まれ。専門は日本中世史、海民史。日本中世の職人や芸能民などに焦点を当て、学界内外に大きな反響をもたらした。著作に『異形の王権』（平凡社ライブラリー）『「日本」とは何か（日本の歴史00）』

んだんなくなっていきます。江戸時代になると、公式な駆け込み寺は二カ所しかなかったといいます。

アジールは復讐を制御する装置としても機能していて、中世には復讐が横行していたから、お寺に逃げ込む人がいたんですが、国家が裁判権を確立すると、復讐が禁じられていき、アジールは消えていくんです。

高野　以前、日本で会ったタイ人の女性と話していたとき、「日本でどんなことに驚きましたか」と聞いたんですよね。そうしたら、「買い物に行って道に迷ったとき、たまたまお寺があったからそこに入ったら、警察に通報された」って言うんですよ。「それが、ものすごくショックだった」と。

清水　それはどういうことですか。

高野　タイではお寺は二十四時間開いていて、困った人は誰でも入っていい場所、食べ物ももらえるし、寝てもいい、とりあえず面倒を見てもらえる場所なんです。だから、そのタイ人女性は日本でもきっとそうだろうと思って、お寺に入って助けてもらおうとしたら、逆に不法侵入で捕まりそうになった。日本のお寺って、

（講談社学術文庫）など。

＊23　アジール
ドイツ語。犯罪者・負債者・奴隷などが逃げ込んだ場合、報復などの制裁から守られ、保護を得られる避難場所。聖地や寺院のアジール性は世界各地に見られたが、法体系の整備とともに消滅した。

ほら、私有地じゃないですか。

清水　そうかそうか、その感覚で。

高野　なんか変な外国人の女の人が入り込んでいるっていうんで。

清水　でもまあ、それは日本ではふつうの反応かもしれない（笑）。

高野　日本だったらね（笑）。でも、彼女はそれが日本で一番ショックな出来事だったって言うんです。お寺のあり方がいかに違うかということがわかって。

清水　じゃあ、タイではまだお寺がアジールとして機能しているんですね。

高野　まったく生きています。タイのお寺は完全にアジールなんですよ。犯罪者が逃げ込んでも警察権が及ばないんですね。

清水　逃げ込んだ人はどうするんですか。得度して坊さんの格好になるんですか。

高野　まあ、得度するんですけど、そうやってのうのうと暮らしているどうしようもない坊主が多すぎるって嘆くタイ人もいますよ（笑）。

そういえば、十何年か前、タイでドラッグの取材をしたことがあって。テレビの取材でね。

清水　いろいろな仕事をやられてるんですね（笑）。

高野　やってますよ、生活のために（笑）。で、そのときも、売人から指定された交渉場所は、お寺の境内。

清水　へえ、お寺で麻薬の取引。夜も閉門しないんですよね。

高野　しないんです。タイのお寺っていうのは、誰がいても不審に思われないし、不審に思われたとしても、何もとがめられたりしない場所なんです。警察も入ってこない。それに、さすがに夜はそんなに人はいないから、裏とかに回っちゃうと見られない。

清水　なるほど。

高野　そういう使い方がいいわけがないんですけど、それくらい開かれた場所なんですよね。

清水　そうか。アジールというのは確かに犯罪者の巣窟にもなっちゃうんですよね。ネガティブな面をもつんです。

高野　俗世の法が通らないところですよね。

清水　そういう意味では、パラダイスではないんですよね。戦国大名たちが「悪い奴《やつ》が来たら、かくまわずに追い出せ」といった法令を出して、お寺の治外法権を認めない方向に舵《かじ》を切ったのは、自由への侵犯だったと理解されてきたんですけど、お寺の方もそれを求めていたふしがあるんです。おかしな人がいっぱい来ちゃったら、お寺も困るから。

高野　寺の方でも管理し切れなくなって。

清水　宗教側は自ら望んで国の管理下に入ったとも考えられるんですね。

高野　そうだったんですか。

清水　で、結果として日本社会は宗教性を卒業して、江戸幕府という、アジア全域の中でもかなり稀なタイプの統治権力ができていく。そのあたりからアジアの他の国とは似なくなってくるんです。

高野　「卒業」と言っていいのかどうか、わからないですけど（笑）。

清水　そうですね。ドロップアウトした人たちにとっての最後の逃げ場であるアジールが残っている社会と、それが失われた社会。どちらがいいのかはわかりませんね。

知人から教わってインターネットのニュースで見たんですけど、韓国で鉄道公社のストライキが起きて、労働組合のリーダーたち四人に対して業務妨害の逮捕状が出ているそうなんですが、その組合員たちがソウルの曹渓寺《チョゲサ》というお寺に逃げ込んで、立てこもっているんですって。

その一人は記者会見して、「警察が労組本部にまで突入する中、行ける場所はここしかなかった。事態が一日も早く収束するように曹渓寺関係者に努力してほしい」と訴えているというんです。

曹渓寺の側も「切なる気持ちでブッダのもとに入った労働者を見捨てることはできない」と言って、四人を保護する考えを示していて、警察は機動隊を出してお寺を取り巻いているんだけど、宗教施設への強制突入には慎重で、立てこもりは長引く可能性がある、と記事にありました（二〇一三年一二月二六日　KBS World Radioインターネットニュース）。

高野　すごいですね。韓国ではアジールが生きているんですね。

清水　韓国の宗教界ではキリスト教の影響力が強いじゃないですか。だから、警察は教会の牧師さんを間に立ててお寺に入って、労働組合員とその代理人であるお坊さんとで、四者会談を開いているというんですよ。

高野　そりゃ、すごい（笑）。

清水　日本ではありえないでしょう。

高野　日本ではお寺は単なる私有地ですからね（笑）。逃げ込んだ時点で、通報されて捕まっちゃう。[*24]

信長とイスラム主義

高野　僕は、清水さんが書かれているような歴史の本を読んでヒントを得て、現代のアジア・アフリカの辺境のことを想像することが多いんです。やっぱり現地の人の気持ちを理解するのはとても難しいし、特に紛争地となると、外国人である僕が何度通って話を聞いても、真相はなかなかわかるものじゃない。確信めいたものをつかむのはすごく大変で、そこに至るヒントとしては日本史の知識がすごく役に立つと思っているんです。

清水　それは責任重大だ（笑）。

＊24　追章四二四頁参照。

高野　たとえばアフガニスタンでもソマリアでも、内戦のさなかに「イスラム主義」[*25]の過激派がどーっと出てきますよね。そのときの感じは、織田信長が出てきたときの感じに近いんじゃないかなって、ちょっと思っているんですね。

というのは、人々は初めからイスラム主義を支持していたわけじゃないいんだけども、国内に戦国武将みたいな連中がたくさんいて、それぞれ争っていると、暮らしが成り立たないわけです。武装勢力ごとにテリトリーが細かく分かれていて、関所があって、通るたびに金を取られるし、そうすると物の値段がすごく上がるし、戦闘はいつまでたってもやまないし。それでもうどうにもならないというタイミングで、イスラム主義が出てくるんですよ。その出方がアフガニスタンもソマリアもそっくりなんです。そっくりっていうことは、ある種の必然があってイスラム主義は出てきたんじゃないか、というのは仮説としては考えられますよね。

清水　それはありますよ。専制かカオス、どっちを取るかと言われたら、究極の選択ですよね。

高野　カオスのときには、人々の間に専制を求める感情がどうし

＊25　イスラム主義
イスラムが至上の価値観であることを強く再認識し、イスラム法（シャリーア）による社会の統治を実現しようとする思想あるいは政治社会的運動。「イスラム原理主義」という用語で呼ばれることも多いが、「西欧からの偏見が入っている」という理由から最近は使用が減っている。このほか、「イスラム復興主義」「イスラム教条主義」などとも呼ばれるが、それぞれの呼び名と意味は使う人によってかなり異なる。

てもわいてきますよね。そういうときに、イスラム主義はものすごく強い支持を得るわけです。

清水 で、専制になったらなったで、勘弁してくれと。

高野 まあ、勝手だから、人間は。信長がやったことを見ていくと、たとえば関所を廃止したでしょう。

清水 関所と山賊は事実上同じですからね。[*26] 野放しにしておくと、えらいことになるんですよね。

高野 それから『信長公記《しんちょうこうき》』[*27]の現代語訳を読むと、信長って、正義とか公平をものすごく重んじていますよね。そのへんもイスラム主義に似ているんですよ。

清水 ああ、確かに。

高野 盗みを働いた者がいたら手を切るとか、殺すとか、やることが非常にはっきりしてるんですよね。わいろでなんとかしようなんていう手はぜんぜん通じないんですよ。そのへんの執着がすごいというか、信長はちょっとおかしいくらいのフェアネスを求めているところがありますね。

清水 規律化への志向という点では、あの人はおかしいですよ。

＊26 関所と山賊
詳しい説明は二五七ページ参照。

＊27 『信長公記』
織田信長の政治・軍事活動を編年体で記した書物。信長に仕えた太田牛一が著した。全十六巻。織田信長研究の基本史料。

中世にどうしてあんな人間が生まれてきたんだろうと思うくらい、かなりおかしいんです。

高野　しかも、その正義や公平性は、あくまでも信長が基準になっているんですよね。それはイスラム主義も同じで、彼らもすごく正義や公平を重んじるんだけど、その基準は彼ら自身であって、どうして彼らに公平のスタンダードが置かれなくてはならないかという説明は、誰にもできないんですよ。そのへんがすごく信長に似ていると思うんですよね。

清水　先ほど徳川綱吉の話をしましたけど、綱吉はやはり戦国から次のステップへの離脱を図った権力者なんですよね。信長も秀吉も、それから徳川家康も、やっぱり軍事政権の権力者なんです。「俺が正義だ」っていうふうにやっている。

　そういう時代が続いた後に、「命を大事にしましょう」というような普遍的なキャッチフレーズを打ち出した綱吉はかなり特異なキャラクターだと思いますし、軍事政権はどこかでソフィステイケートされていかないと永続しないんで、綱吉治世の元禄期ぐらいがそのターニングポイントだったのかなと思いますね。

高野　支配者として軍事政権をソフィスティケートするというのは、どういう気持ちでそうしようと思うようになるんですか。

清水　要するに、軍事政権は「俺は強いんだから、お前ら、言うことを聞け」という暴力の論理で社会を支配するんですけど、そういう権力は、「俺より強い人」が現れたら容易にひっくり返りますよね。力の論理による支配は長くは続かないですから、支配を永続的なものにしたかったら、倫理や法による支配の仕方を考えなくてはならないんです。

鎌倉幕府の三代執権、北条泰時[*28]が「御成敗式目[*29]」を定めたのも、幕府の権力を永続化させるためで、初代将軍の源頼朝[*30]の時代なら暴力による支配が通用したかもしれないけど、そのやり方では幕府は続いていかないから、法治主義をもち出したんだと思います。室町幕府の四代将軍、足利義持[*31]も同じことをやろうとしたふしが見受けられます。

しかし、朱子学[*32]をベースとしたイデオロギーで民衆レベルの精神構造を変えて、中世の殺伐とした空気を断ち切ろうとしたのは、やはり綱吉なんです。今でも「徳川の平和（パクス・トクガワー

＊28　北条泰時（一一八三〜一二四二／在職一二二四〜一二四二）
鎌倉幕府第三代執権。二代執権義時の子。連署や評定衆を設置して合議制を採用し、「御成敗式目」を制定し法治主義を取るなどし、御家人を主体とした武家政治を確立した。後世に至るまで、その治世は賞賛されている。

＊29　「御成敗式目」
鎌倉幕府の基本法典。一二三二年に執権北条泰時が制定。全五十一条。武家としての最初の成文法典で、以後の室町幕府法や戦国大名法にも強い影響を与え、武家法の基本となった。

ナ)」と呼んで江戸時代を礼讃《らいさん》する人がいますけど、それを成し遂げた権力者はやはり綱吉じゃないかなと思います。

二つの世界を分けたもの

高野　文明との距離感というお話がありましたけど、その理屈からいけば、ソマリも巨大なイスラム文明の近くにあったんだから、もっと文明化が進んでもおかしくなかったような気がするんですけど、イスラム文明の中心とは海を隔てているから、直接的な影響をあまり強くは受けていないんですよね。

清水　そうなんですか。

高野　その分、独自の文化が育っていて、たいていの言葉に、ソマリ語起源の単語とアラビア語起源の単語があるんですよ。人の名前もそうですけど。

清水　そういう意味では、やはり日本やヨーロッパの中世に似ていますね。近世を迎えられなかったんですかね。

高野　迎えたくなかったのかもしれない（笑）。

＊30　源頼朝（一一四七〜一一九九／在職一一九二〜一一九九）
鎌倉幕府初代将軍。平治の乱の敗戦により伊豆に流されるが、以仁王の令旨を受け挙兵。弟範頼・義経らを西上させ、平氏を滅ぼした。全国に守護・地頭を設置し、武家政治を創始した。

＊31　足利義持（一三八六〜一四二八／在職一三九四〜一四二三）
室町幕府四代将軍。義満の子。九歳で将軍となるが、義満没後、その政治路線を改め、室町幕府の安定期を築いた。治世中に、日明貿易の中断、上杉禅秀の乱、応永の外寇、応永の飢饉などがあった。仏神への崇敬の念が強く、寺社領の過剰な保護策や、禅宗的禁欲主

清水　天下統一がされなかったことが、日本とソマリを分けてしまった感じがしますね。

高野　ああ、そうですね。

清水　日本の天下統一はなんで実現したんだろうなあ。

高野　やはり環境が大きく影響したんですかね。ソマリでは農耕文化が発達しなかったから、それが大きいかもしれないですね。

清水　やっぱり流動性が高かったんですかね、ソマリ社会の方は。

高野　そうですね。やっぱり農耕にいかないと、ピラミッド型の階級社会には移行しづらいんでしょうね。

清水　あと日本の場合、中華文明のインパクトに続いてヨーロッパからのセカンドインパクトを戦国時代に受けましたよね。そうすると、人々のアイデンティティが別の形で刺激されて、国をまとめなきゃという意識が醸成されますよね。ソマリにはそういうインパクトはなかったんですか、外的な刺激は。

高野　ヨーロッパからのセカンドインパクトは植民地化という形だったので。それは他のアジア・アフリカ諸国と同じですね。

義を背景とした禁酒令、将軍後継者の籤引きによる選定など敬仏・敬神的な政策が目立つ。

＊32　朱子学
南宋の朱熹（一一三〇～一二〇〇）が大成した新しい儒学。理気説を基本とし、上下関係の秩序を重んじ、人格・学問を磨く実践道徳としての性格をもった。江戸幕府によって官学として保護されたが、日本では中国・朝鮮のような体制教学となることはなかった。

清水　それだと統合の方向には向かいませんね。

高野　でも、歴史の違いはあっても、ソマリ人と日本人にはやはり似たところがあります。ソマリの知識人は、もともとイスラム教やコーランを学んだ人たちだったんですよ。日本の知識人は、もともと儒教や漢籍を学んだ人たちだったでしょ。それが一九世紀ぐらいになって西洋の知識が入ってくると、ソマリでも日本でも西洋の教養を身につけた新しい知識人が出てくる。教養が二重になった感じですよね。

たとえば、僕が一緒に仕事をしているワイヤッブというジャーナリストは、小さい頃に、イスラム法学者の父親にコーランやアラビア語を叩《たた》き込まれているんです。だから、コーランは暗唱できるし、アラビア語は話すのも読み書きも自由自在、なんだけれどもイギリス人のミッションが運営している高校に通ったので英語もペラペラという、日本で言うと、ちょうど夏目漱石《なつめそうせき》*33みたいな人なんですよ。

清水　一人の人間の中で二つの教養が混じってしまうと、漱石みたいに内面に葛藤を抱えそうですね。

＊33　夏目漱石（一八六七～一九一六）
小説家・英文学者。本名、金之助。初期には風刺的・文明批評的作品を著したが、後に近代人の孤独や自意識の不安を主題とした作品を多く残した。代表的な小説に『吾輩は猫である』『坊っちゃん』『こころ』などがある。

高野　それがないのがソマリ人なんだよなあ（笑）。明治の知識人が抱えたような悩みは、まあ、なくはないんでしょうけど、僕なんかが見てても、ほとんど感じないですよね。

清水　根っこはイスラムというふうにはっきりしているからじゃないですか。

高野　それはありますね。そういえば、漱石が大好きっていう在日スーダン人の友だちがいるんですけど、彼が言ってましたね、スーダンも元イギリス領だけど、知識人で葛藤をもっている人は少ないって。イスラム教徒は自分たちはヨーロッパ人より上だって意識があるからだそうです。欧米人のことを「ウンコしたとき、紙で尻を拭くような野蛮人」と呼んでると（笑）。イスラム教徒は一般に水で洗いますから。ソマリ人はさらに伝統的な氏族社会をしっかり維持してるから、なおさら揺らがないんでしょうね。

清水　そこの軸があれば揺れないけど、欧米の文明の方が完全に優れているんだというふうに考えがぶれちゃうと、悩みが深くなるのかもしれないですよね。

ソマリと万葉、恋の歌

高野　あともう一つ、ソマリ人と日本人が似ているなあと思うのは、詩歌の伝統があることなんです。ソマリ人には、イスラム教・アラビア語の伝統文化とは別にソマリ語の伝統文化があって、それが詩なんです、恋愛の作法としての。

清水　へえ、平安貴族みたいじゃないですか。

高野　そうなんですよ。二、三十年ぐらい前までは、詩の一つも歌えないような男は結婚できないって言われていたらしいんですよ、特に田舎では。

　イスラム社会では、若者が異性と直接会って話すのは難しいんです。だけど、放牧中なら話すことができて、男性はラクダ、女性はヤギの放牧に従事することが多いんですけど、男性は気に入った女性に近づいていって、少し離れた所から歌を投げかけていたらしいんです。「あなたみたいな美しい女性は見たことがない」とか、「あなたにこんなに恋焦がれている」といった詩の。

清水　歌を詠むことが男性のたしなみになっていたと。

高野　そうそう。それに対して女性も歌で返す、返歌みたいなものもあったっていうんですよ。ただ、誰もが詩をつくれるわけではないですよね。というか、つくれない人の方が多いから、詩人の役割が出てきて、詩をつくれない人は、有名な詩人の作品をおぼえて使ったという。

清水　代作する人はいなかったんですか。シラノ・ド・ベルジュラック[*34]みたいに。

高野　文字文化じゃないんで。

清水　あ、そうか。

高野　でも、口承の詩人で、人の代わりに歌った人はいたかもしれないですよね。

清水　思いつきそうですよね。

高野　氏族の中に詩をつくるのがうまい人がいて、あの人に頼んでつくってもらえ、みたいな。

清水　事細かに注文を出したりして（笑）。

高野　でね、びっくりするのは、今でもその詩歌の文化が残っているんですよ、別の形で。ソマリ人って、若者でもほとんど洋楽

＊34　**『シラノ・ド・ベルジュラック』**　エドモン・ロスタン作の戯曲。一八九七年、パリで初演。醜い鼻をもつ主人公シラノがヒロインへの恋心を押し殺し、美青年クリスチャンの恋文の代作をする報われぬ純愛の物語。

は聴かないんです。ソマリランドでもソマリアでも、日本の演歌にちょっと似た、まったりしたあまり抑揚のないポップスがかかっていて、みんなそれを聴くんです。ソマリ人のフェイスブックを見ていると、そのソマリポップスの詩をよく引用していますから、有名な詩の言葉を披露する文化も続いているんだろうと思います。

清水　文明の利器の形は変わっても、そういう文化は残るんですね。

高野　今でも、ソマリの詩人は、詩人ってミュージシャンなんですけど、個人の依頼を受けつけているんですよ。「自分の彼女に歌を贈りたいからつくってくれよ」というような依頼を。

清水　あ、じゃ、まさにそう。

高野　依頼者の希望に応じた歌詞と曲をつくって売るんです。だいたい頼んでくるのは、欧米や湾岸諸国に住んでいる、お金持ちのソマリ人なんですね。そういう人じゃないと、お金出せないんで。

ミュージシャンは、現地のウード[*35]っていうギターに似た楽器の

＊35　ウード
アラブ諸国やトルコ、イランなどで使われる弦楽器。ピックで弦を弾いて演奏し、中国や日本の琵琶と同系とされる。

弾き語りを録音して、音源をメールに添付して一曲二百ドルぐらいで売っています。買った人はそれを地元のミュージシャンや音楽に詳しい人に、ロック調やディスコ調やポップス調にアレンジしてもらって、自分好みの曲に仕上げる。一連のプロセスがすごく洗練されているんですよ。

清水　どんな特徴があるんですか、ソマリポップスには。

高野　ソマリ語の勉強がてら、翻訳したことがあるんですが、まず長いんです。たいしてサビもないのに五分や六分もふつうにかかる。どうしてこんなに長いんだろうと思ったんですけど、たぶん昔の詩の名残なんじゃないかと思って。女の子にずっと歌いかけていたら、その間は聴いてもらえるから、引き留められるじゃないですか。

清水　へえ。

高野　そういう需要があったんじゃないかと想像するんですよ。それは、デュエットが多いのも特徴です。妙に多いんですよ。それは、恋人同士の歌のやりとりに対応しているんだろうなって。「日本にも昔は歌垣[*36]というものがあった」と言うと、ソマリ人はすごく喜

＊36　歌垣
特定の日時・場所に若い男女が集まり、相互に歌をかけ合って求愛、求婚した古代日本の風習。中国南部からインドシナ半島北部にかけての山岳地帯や、フィリピン、インドネシアに同様の風習が分布している。

びます。だけど、日本では歌は「五七五七七」と短くなっていって、ソマリでは長くなった。

清水　日本にも、長歌[*37]というのが奈良時代ぐらいまでありましたけど、平安時代に絶えてしまうんですよね。

高野　短く歌って相手におぼえてもらうか、長く歌って相手をひきつけるかという戦略の違いがあるんじゃないのかな。

＊37　長歌
和歌の形式の一つ。五音・七音の二句を三回以上繰り返し、最後に七音をそえる。奈良時代の『万葉集』に多く見られるが、平安時代以後、衰退した。

超速ソマリ人の荒っぽい平等社会

清水　高野さんの『謎の独立国家ソマリランド』には「ソマリ人の超速」について書かれていますよね。アフリカの人たちは、中東や東南アジアの人たちと同じように、一般的にのんびりしていて時間にルーズなのに、ソマリ人は何をするのも速くて、そのスピードに高野さんが最初は圧倒され、次第に慣れていく様子が描かれている。その「超速」というのは、勤勉さとは違うんですか。

高野　勤勉さとは違いますよね。

清水　ソマリ人は勤勉な国民性なのかと僕は思ったんですよ。

高野　速いだけですね。
清水　せっかちというのとはまた違うんですか。
高野　まあ、せっかちですね。平和維持部隊として入ってきているウガンダの兵士を見ていると、動きがあまりにものろいんで、病気なんじゃないかと思ったくらい。
清水　のろいというのは、わざとゆっくり動いているんですか。
高野　単にかったるいんでしょうね。
清水　ちんたらやっているわけですね。
高野　たとえば、セキュリティチェックをするときも、彼らはいかにもかったるそうにバッグを開けるわけですよ。ソマリ人の速い動きに慣れてしまった僕からすると、どうしちゃったんだろうと思うんです。ソマリ人の場合、かったるかったとしても、やるかやらないかどっちかだから、やるならパパッとやります。
清水　でも仕事を早く片づけると、すぐに次の仕事を振られたりしますよね。
高野　そしたら、どこかへ行っちゃうかもしれませんね。
清水　やらなきゃいけないことはやるけど、そこから先はやらないんですか。

高野　やりたくなかったらやらない。だらだらやることはないんです。

清水　ああ、僕はその超速も日本人との共通点なのかなと思っていたんですが、やっぱり違うんですね。

高野　ぜんぜん違うんです。日本人はずっと働いてるでしょ。

清水　しかもテキパキと。で、次の仕事が来たら、またやる。

高野　ソマリ人には、ずっと地道にやるっていうことが難しいようです。

清水　ソマリ人たちはどんな社会をつくっているんですか。

高野　いいところも悪いところもひっくるめて平等社会なんですよね。権威があまり通用しないんですよ。一応、氏族の長みたいなリーダーがいますけど、無条件に尊敬されているわけじゃないし、ちょっとでもえこひいきしたり、中立的な立場をとらなかったりしたら、氏族のメンバーに言うことを聞いてもらえない。

清水　氏族の長の地位を保障するものは何なんですか。

高野　血統です。血筋なんだけど、会議を招集して、その場の進行役をやっているにすぎなくて、独裁権力みたいなものはもってないんです。何か偏った意見を言ったり、無理やりなことを言ったりしたら、すぐに総スカンを食らう。

清水　無能力な氏族の長はすげ替えられたりしますか。

高野　すげ替えるところまでいくかどうかわからないですけど、氏族の人たちが言うことを聞かなくなったら、氏族の長は行動を改めると思います。みんなの意見を聞くようになる。

清水　ああ、そういう作用が働くんですね。

高野　そこはかなり徹底しているみたいなんですよ。ソマリ社会がもっている「不安定な安定性」は、身分差がはっきりしていなくて平等な社会であるところから来ているんじゃないかと思います。そのへんも室町時代の日本に似ている気がして、共感をおぼえやすいんですよ。

応仁の乱で生まれたセーフティネット

清水　高野さんは、室町人とソマリ人に共通する心性として、名誉意識や集団主義を挙げましたよね。僕は、そういった室町人の心性は、実は現代の日本人にも色濃く残っているんじゃないかと思うんですよ。体面やメンツを重んじたり、義理と人情に基づく人間関係を大事にして、対人関係の中で倫理をつくっていったりするような心性は、江戸時代の人たちにもあったし。むしろ、あの時代により純化された気がしますね。

高野　そういうメンタリティがさらに進んだってことですか。

清水　ええ。その中世の心性を現代の日本人も引きずっているんじゃないかと思うんです。

一方で、現代の日本は大きな転機に差し掛かっているんですよ。というのも、今まさにこの時代において、室町時代からずっと受け継がれてきた日本の基層文化が崩れてきているんです。

日本の伝統社会を形づくってきた「ムラ」が初めて明確に姿を現したのは、応仁の乱の前後のことなんです。社会が緊迫化していく中、個人は地縁に拠《よ》って立とうとし、地域共同体をつくって、それをセーフティネットにしたんです。

高野　それ以前には、村落共同体はなかったんですか。

清水　あるにはあったんですけど、人々の帰属意識は希薄でしたよね。農民はあまり定住していなくて、何かが起きると、すぐに雲散霧消してたんです。

　でも、それでは乱世を生きていけないので、村落で固まり、その中でルールをつくり、自治を行うようになっていったんです。つまり、よくいわれる「ムラ社会日本」の原型は、応仁の乱の前後に生まれたんですよ。かつて日本のそこかしこで見られた盆踊りや秋祭り、寄り合いの習俗といったものも、村落共同体の中で生まれて、近世や近代といった時代区分を超えて、長く日本の基層文化を形づくってきたんです。

高野　へえ、そうなんですか。

清水　ところが、それが戦後の高度経済成長期あたりに崩れ始めるんですね。人々の暮らしを支えるものが田畑ではなく企業になり、働く場所はそれぞれが勤めている会社になり、地域は寝に帰る場所に変わったわけです。ただ、当時の企業は終身雇用で社員の面倒を見てくれた。日本企業がよく「ムラ社会」にたとえられてきたのは、企業が村落に代わるセーフティネットとしてちゃんと機能していたからじゃないかと思います。

けれども、一九九〇年代以降は、企業もセーフティネットの役割を果たせなくなっていきましたよね。すでに地域社会は崩壊しているし、会社も一生の面倒は見てくれないし、離婚率が上がったため家庭ですら安心できる場所ではない。現代はそういう世の中になりつつあって、今は日本人が、室町時代からずっと使ってきたセーフティネットに代わる新たな何かを模索している時期じゃないかと思うんです。

高野　ふーん、なるほど。

清水　僕は東京の新興住宅地に住んでいて、地域の町内会に属しているんですね。その町内会の一番大事な仕事は、ゴミ集積所の管理だったんです。収集車が来た後に集積所の掃除をする。そのために町会費を払って、回覧板を回したりしていたんです。

それが、何年か前に戸別収集に変わったんですね。各世帯で家の前にゴミを置いておけば、持っていってもらえるようになった。そうしたら、町内会から抜ける人がボロボロ出てきたんですよ。集積所の掃除という義務もなくなったんだから、町会費を払う意味はない、回覧板を回すのも面倒くさいし、町内会の催しにも関心がない、という理由なんでしょうね。ちょうどその頃、僕は会長をやらされたのかな。

高野 それは大変ですね。

清水 会長になって、会計費用の帳簿を見たら、町内会では余った町会費で災害用の乾パンとかを買って、倉庫に備蓄しているんですよね、何万円か払って。毎年、新しい乾パンを買って、保存期間を過ぎたものと入れ換えているんです。ということは、町内会を抜けた人は、地震が起きたときなんかに、その非常食を食べられないのかなあ、と妻と話し合ったんですけど。現実にそうなったら、どうするんですかね。「あなたは町内会に入っていないから、あげないよ」とは言えないですよね。

高野 さすがにそうは言えないですよね。

清水 ただ、本来、町内会というのは、そういった危機に備えるための地域のセーフティネットとして機能していたはずなんですよね。やめていく人は、今の世の中は平和で安全だと思っているから、あまり意識しないんでしょうね。その点、室町時代の人たちは、危機が日常だったから、助けてくれるのは近所の人だけしかいない。

高野　常に不安だったわけですよね。

清水　今は、そういう目に見える危機がなくなってしまったんで、近所の人たちと肩を寄せ合わなくてはならないような切迫した事情がなくなっているんでしょうね。

高野　東日本大震災のとき、それまで何もなかったのに、マンションの同じ階の人たちとの交流が急に活発になって。

清水　地域社会が復活したんですね。

高野　復活しましたね、本当にね。お互いに名前もおぼえたし、今でも若干の交流が続いていますね。

清水　でも、また平和で安全な世の中に戻ると、どうなるかわかりませんね。近所づき合いなんてうっとうしいだけだと思ってしまうかもしれない。

高野　そうでしょうね。

清水　室町時代について学ぶ意義はそういうところにもあるのかなと思いますよね。我々の祖先が、自分たちの生命を守るための装置をどういうふうにつくっていったのかを知ることができるんですよ。今の時代に同じものをつくるのはたぶん無理なんでしょうけど、何かヒントは得られるのかなっていう気はしますね。

第三章　伊達政宗のイタい恋

古米の方が新米より高価

高野　清水さんの『大飢饉、室町社会を襲う！』[*1]（吉川弘文館、二〇〇八年）に新米と古米の話が出てきますね。中世から近世にかけては、新米より古米の方が高かったという。

清水　はい。なぜ古米の方が高かったのかを考えて、「古米は炊くと増えるから」という可能性に気づきました。古米は水分が抜けているので、新米よりも多く水分を吸収して、同じ一升でも炊くと分量が増えるんじゃないかと。

それでインターネットでいろいろ検索してみたところ、フォトジャーナリストの宇田有三《うだゆうぞう》さんや、東南アジアや南アジアでの生活経験のある方々のブログで、今でもタイやミャンマーやインドでは新米よりも古米の方が値段は高いと書かれていて、その理由の一つに「古米の方が、量が膨れてお腹《なか》がいっぱいになる」とあったんです。

しかも、古米が水を吸うと、その分量は新米の一・二〜一・三

＊1　『大飢饉、室町社会を襲う！』
室町時代の一四二〇年に起こった応永の大飢饉前後の政治・社会・経済の混乱をドキュメンタリー風に解説。飢饉と低生産が日常化していた中世社会の実態をさまざまなエピソードをもとに描く。

倍になるという。これは私が史料で見た新米と古米の価格比とぴったり一致したので、中世において古米が高かったのは、炊くと増えるからだという仮説を立てたんです。

高野　それを読んでびっくりして、僕も古米と新米のこと、調べ始めたんです。自分の仕事そっちのけで、完全に趣味に走ってて（笑）。

清水　どこかでエッセイなどに書いてくれれば、それを僕が引用させてもらいます。ウラが取れたということにして（笑）。

高野　僕はタイには通算二年住んでましたし、ミャンマーにも相当通っているんですが、現地のコメの値段なんか知らなかったんですよ。タイに長く住む友人やベテランのミャンマー研究者に聞いてもやっぱり知らない人が多い。意外と盲点なんです。

清水　そういうものなんですか。

高野　そうなんです。それでミャンマーに行ったとき聞いてみたら、やっぱり一般的に古米の方が新米より値段が高いとわかりました。

清水　高い理由は何なんですか。

高野　一つには清水さんのおっしゃるように古米の方が増えるから。もう一つは、おいしいから。

清水　古米がおいしいんですか。お腹が膨れるからというだけではないんですね。

高野　そこは違うんですね。コメの違いもあると思います。タイやミャンマー、それにインドもそうですけど、細長くてパサパサしたインディカ米ですよね。あれはパサパサしてるっていうのは日本人の感覚で、向こうの人にとっては軽やかなんですよ。だから水分の少ない古米のほうがさくっと軽やかでおいしいって感じるみたいです。新米はべちゃべちゃしておいしくないし、胃にもたれるという人もいましたね。

清水　なるほど。

高野　ミャンマーの農村経済を研究している東大の高橋昭雄《たかはしあきお》先生に訊《き》いたら、「本物の古米です！」と書いて売ってる高級コメ屋の写真を見せてくれました。てことは、中には「古米」と称して新米を混ぜて売る悪質な業者もあるんでしょうね。

清水　偽装食品ですね（笑）。

高野　タイではまたちょっと違いましたね。市場のコメ売り場に行ったり、タクシーの運転手に訊いたりしたんですが、個人や地域によって古米派と新米派があるんです。古米派はミャンマーと同じように、「新米はべちゃべちゃしてイヤだ」と言う。新米派は「新米の方が香りがいい」って日本人と同じことを言いますね。新米派地域で言えば、中央部のバンコクや東北部では古米派が圧倒していて値段も高いんですが、北部のチェンマイは新米派が優勢で、市場でも新米の方がだいたい値段が少し高い。でも量が増えるから古米がいいという話は聞きませんでした。なぜかわからないですが。

清水　タイの方が豊かなんですかね。

高野　どうなんでしょうね。あと、すごく大事だと思ったのは、保存方法の違いなんです。日本は玄米で保存すると思うんですが、そうすると虫やカビがつきやすいですよね。でもたとえばミャンマーの農村では、収穫したコメを籾《もみ》の状態で貯蔵するので、劣化が少ないんですよ。風味がそんなに落ちないいんじゃないかと思うんです。

で、ここから先は僕の推測なんですが、日本でも明治以前は、古米は籾米で保存されていたから風味はさほど落ちなかったんじゃないですかね。流通が発達して、政府やコメ屋がコメを抱え込むようになると、玄米で保存するから、古米の質が落ちたんじゃないかと。

清水 巨大消費地なら、そうなりますよね。江戸時代でも、年貢は基本的に玄米にして納めるんですが、囲い米といわれる備蓄用の米は籾で保存しますからね。

高野 それ以前は、籾貯蔵していれば、古米も新米もそんなに味は変わらなかったかもしれないですよね。昔の人の味覚はよくわからないですけども。

清水 味は変わらないとしたら。

高野 そうしたら、量が多い方がいいに決まっているので、古米の方が高くなるというふうに考えられますよね。

清水 すばらしい。どこかで書いてください。中間報告でもいいですから。僕の勝手な思いつきがそんなふうに発展するとは思いもよらなかった。ありがたいなあ。コメの値段一つとっても、豊かさとか、味覚の違いとか、保存のあり方とか、かなり複雑な文化の違いが入ってくるんですね。これ、本一冊できますよ。

高野　僕もね、コメの値段だけで一大テーマになるんだって思って、ほかにインドの事情も調べてみたんですよ。インドはネットで見ただけですけど、「インドでは新米を食べず、古米もしくはよく乾燥された米を用いる」と国土交通省のホームページに書いてあるんですよ。

清水　え？　なんでわざわざそんなことを。

高野　二〇〇八年に国土交通省の観光事業課が出した「多様な食文化・食習慣を有する外国人客への対応マニュアル」という冊子に載っているんです。

清水　じゃあ、やっぱりインドでも古米の方が高いんでしょうかね。

高野　古米の方が高いのか、そもそも新米なんか食べないのか。味噌《みそ》みたいに一年以上寝かせるもんだとか。

あとはコメそのものの質だけでなく炊き方の問題もあって、タイやミャンマーのあたりでは、吹きこぼし、「湯取り法」というらしいんですけど、簡単に言うと、パスタをゆでるようにするんですね。コメを炊くというより、ゆでるんです。

清水 鍋の中でコメ粒が躍っちゃうんですか。

高野 僕も家でつくるんですけど、コメは沈んじゃって鍋にくっつくんで、ときどきかき混ぜるんですよ。ゆでながら、味を見て、そろそろアルデンテだなと思ったら、引き上げるんです。現地風のやり方ではお湯を捨てていくんですよ。お湯の中にコメの粉が出る。そういう部分を捨てていく方法なんです。するとゆで上がったご飯はパサパサした軽い感じになります。そもそも水気を要求されていないんです。だから、水分の多い新米は向かないですよね。

そうすると今度は、昔の日本で食べていたコメはどうだったのか、炊き方はどうだったのか、というところに関心が移るわけなんですけど。

清水 それは難しい問題ですね。たぶん、庶民はそんなにコメは食べなかったと思うんですけど、炊き方はたぶん今みたいな感じですよ。おにぎりもつくったようですし、山盛りのご飯の絵も絵巻物に描かれています。

高野　おにぎりがつくれるということは。

清水　ご飯はパサパサしてなかったと思います。絵巻物に出てくる山盛りご飯もきれいな形になっていますからね。今だったらお葬式のときに霊前に供えるようなてんこ盛りのご飯、あんな感じの絵が出てくるんで、やっぱりそれがごちそうだったんですね。

高野　どこかの学生のホームページで見たんですけど、赤米を食べていませんでしたか。今のコメより細長い感じの。

清水　あ、それはですね、「大唐米《だいとうまい》*2」という赤米です。そういうコメもありました。

高野　ふだん食べていたのではない。

清水　大唐米も栽培していたんですけど、雑穀扱いですね。飢饉のときにふつうのコメが収穫できなくても、大唐米は残るんです。だから危機管理的に育てていたようなところがあって、そんなにメジャーな食べ物ではないんですね。一般的に食べられていたコメは、今、僕たちが食べているのと同じコメだと思います。

＊2　大唐米
中世に日本に渡来した赤米。ベトナム中部が原産地。小粒で細長く、虫害・旱害に強く、西国に普及した。

東北とアフリカのモノカルチャーと飢饉

高野　室町時代の庶民は雑炊をよく食べていたんですよね。

清水　ええ、そうですよ。多くはコメと雑穀を混ぜたお粥《かゆ》のようなものを食べていたみたいです。戦国時代に群馬県の長楽寺[*3]というお寺のお坊さんがつけていた日記が残っているんですが、そこに書かれている食事はほとんど麺とか雑穀粥で、米飯はわずかですね。

高野　以前、ミャンマーの山奥の少数民族の村に半年ぐらい住んでいたことがあるんですが、そこはちょっと変わっていて、雑炊しか食べないんですよ。一日三食、コメの雑炊なんです。菜っ葉入れたり、ネギ入れたり、たまに結婚式とか子どもが生まれたとかっていう祝い事があると、豚や鶏をつぶして入れたり。でもとにかく雑炊（笑）。もう見るのも嫌になるくらい雑炊が続くんです。

清水　雑穀は入れないんですか。

＊3　長楽寺
群馬県太田市の天台宗寺院（鎌倉～戦国時代には臨済宗）。新田義季の開基。百十五通の中世文書「長楽寺文書」とともに、戦国時代の僧・賢甫義哲の日記「長楽寺永禄日記」を伝える。

高野　入れません。陸稲のコメなんです。でも、辺境の料理にはそれなりの意味があるんです。というのも、何しろまずどの家でも鍋が少ないんですね。個人の食器もいくつもないんですよ。そうすると、とにかく鍋一つでつくって食べられる料理っていうのはすごく楽なんですよね。

清水　そうでしょうね。

高野　それに雑炊にすると、おかずをつくる必要がない。ただでさえ労働で疲れているのに、ご飯とおかずで二回も煮炊きするのは大変でしょ。その点、雑炊だと、煮炊きは一回で済むし、燃料も一回分で済むわけですよね。まさに辺境には雑炊がよく似合うんだなあって思いました。

清水　なるほど。

高野　だから飢饉が多かった室町時代に人々が雑炊を食べていたというのは、それはそうだろうなあと思って。

清水　それはそうだと思います。

高野　それに雑炊だったら、新米も古米もそんなに関係ない。コメの味は重視されないから。

清水　味が関係ないなら古米、その方が量が増えるからという話にもなりますよね。

ただ、これははっきりとはわからないんですが、室町時代の人たちが食べていた雑炊は、江戸時代の人たちが食べていた雑炊よりも、コメの比率が高かったんじゃないかと思うんですよね。江戸時代はコメ経済になったので、ちょっと変な言い方になりますけど、コメは商品作物なんですよ。それ自体が売りものとして流通するので。あの時代の東北地方などの農民は、年貢としてコメを納めただけでなく、つくったコメを売って、そのお金で雑穀を買っていたんじゃないかと思います。江戸時代の農民にとっては、コメはハレの日にしか食べない特別な食べ物で、ふだんは安い雑穀を食べていたんです。逆に、消費地である江戸では庶民も日常的にコメを食べるんですよね。だから、有名な話ですが、江戸で生活しているとビタミンB1が不足して、脚気《かっけ》になってしまうという。いわゆる「江戸わずらい」というやつです。

高野　室町時代の税はコメだけではなくて、他のものでもよかったということですか。

清水　そうです。代銭納《だいせんのう》といって、銭で納めることが一般化していきます。江戸時代になってから、税は一応建前としてはコメに一元化されたので、コメの商品価値が高くなり、コメを売って雑穀を買って食べた方がお腹がいっぱいになるという発想になるんです。

だから、逆に室町の人たちの方が江戸の人たちよりもコメをたくさん食べていたんじゃないかなと思います。

高野　へえ、面白いなあ。しかし、江戸時代になってコメだけが税になると、植民地時代のアフリカみたいなモノカルチャーになってしまいますよね。

清水　完全にそうです。江戸時代の飢饉の原因はずばりそれですよ。

高野　プランテーション[*4]みたいなことですか。

清水　ええ。当時は品種改良が進んでいなかったので、気候が寒冷な東北地方はコメづくりに適していなかったんですよね。だけど、石高制[*5]である以上、コメをつくらなくちゃいけない。リスク分散として、半分ぐらいの農地では雑穀をつくればよかったんで

＊4　プランテーション　植民地の広大な農地に大量の資本を投下し、先住民や奴隷を使って単一作物を栽培する形態（モノカルチャー）の大規模農園。茶、コーヒー、ゴム、サトウキビなどの商品作物をつくっていたため、現地の自給自足経済は破壊され、自然災害などが起きると、飢餓が起きやすかった。

＊5　石高制　日本近世の土地制度。土地の生産力をコメの基準収穫量に換算して表示した石高をもとに行われた社会編成。大名に対する幕府からの賦課や、村に対する領主の賦課などは、すべて石高を基準にして行われた。豊臣秀吉の太閤検地により全国的に普及した。

しょうけど、そうしなかったから、不作の年はコメが全部ダメになり、一気に飢饉につながったんです。

あと、悲惨な話なんですけど、東北で雑穀をつくらなくなったのは、大豆ラッシュが起きたからでもあるんです。江戸にしょうゆ文化が花開いて、その原料の大豆をつくればつくるほど売れるというんで、東北ではみんな雑穀をやめて大豆をつくりだしたんです。東北で採れた大豆を太平洋沿いに千葉の銚子《ちょうし》や野田のあたりに運んで、しょうゆを醸造すると、利根川《とねがわ》水運を使って江戸に運べるんですよね。仙台でずんだもちが名物になっているのは、その頃の名残です（参考：菊池勇夫《きくちいさお》『飢饉―飢えと食の日本史』集英社新書）。

高野　なんだか、現代のグローバル経済みたいな話ですね。

清水　単作ってやっぱり危ないんですよね。自分たちが食べるものがなくなりますから。

高野　そういう話を聞くと、農業に対する見方がぜんぜん変わってきますね。

清水　室町時代にも、そういう傾向は始まっていたんじゃないかと思うんですね。あの時代は各地で特産物が生まれるんです。特産物があるということは、都市部で好まれる商品作物をつくっているということですから、そこに特化しすぎると、飢饉の原因になります。室町時代に飢饉が起きた原因の一つはそれじゃないかなと思っているんです。証拠がないんで、まだはっきりしたことは言えないんですけど。

高野　日本では流通がかなり昔から発達していますよね。

清水　そうですよね。

高野　今でも宅配便とかのサービスはものすごいですけど、僕は、旬のものを好むという日本人の嗜好《しこう》は、流通の発達と関係があるんじゃないかって、前から思ってたんです。鶏と卵みたいなもので、旬のものを好んだから流通が発達したのか、流通が発達したから旬のものを好むようになったのかはわかりませんけど。江戸の人が初物を好んだといっても、流通がなければ初物は食べられないですよね。

清水　そうですね。

どぶろく大好き室町人

高野　室町時代の人たちはお酒もよく飲んでいたみたいですね。特に足利将軍はひどいですよね。四代将軍の義持って、なんであんなにひどいんですかね。自分で禁酒令を出しておいて……。

清水　自分は飲むという（笑）。

高野　『大飢饉、室町社会を襲う！』にそう書いてあるのを読んで、爆笑しちゃった。しかもまた清水さんの書き方が面白くて、最初は義持も高邁《こうまい》な理想に燃えて、父親の義満*6（三代将軍）を超えるようなことを為政者としてやろうとしていたけど、だんだんエキセントリックになっていったという。出家しても飲んでいるんでしょ。

清水　彼が執拗《しつよう》に禁酒令を発したのは、お酒がぜいたく品の代名詞になっていたのと、もう一つは宗教的な理由からなんです。中国から禅宗が入ってきていたんで。禅宗は原理主義的でラディカルですから、やっぱりお酒はいかんというのがあったんでしょう

＊6　足利義満（一三五八〜一四〇八／在職一三六八〜一三九四）
室町幕府第三代将軍。二代義詮の子。四代義持・六代義教の父。南北朝を合一し、有力守護や朝廷の力を抑え、室町幕府の支配体制を確立した。京都室町に花の御所を造営し、晩年は北山に金閣を造営した。新興芸能である能楽を保護し、明との勘合貿易も実現している。彼が主導した文化を北山文化と呼ぶ。

ね。

高野　でも、おかしいのは、仏教ってもともとお酒ダメじゃないですか。なんで、みんなあんなに平気で飲んでいるんですかね。僕はイスラム圏でお酒を飲めなくて苦労したことがあったから、『イスラム飲酒紀行』*7（扶桑社、二〇一一年。のち講談社文庫）という罰当たりな本を書いたんですけどね。考えてみると、仏教にも五戒*8というのがあって、その一つが「不飲酒戒《ふおんじゅかい》」ですよね。

清水　そこが最初に崩れましたよね。

高野　人を殺してはいけないとか、盗んではいけないとかっていうのは、宗教じゃなくて常識だし……。

清水　今でもやりませんよね。

高野　という中に、酒を飲んではいけないっていう戒めを入れたわけじゃないですか。

清水　欲望の解放を嫌ったんじゃないですか。人間が理性を捨てて野性に返ることに対するタブーみたいなものがあって、きっと。

高野　イスラムでも飲酒はダメなわけじゃないですか。ダメなのは理解できるけど、仏教ではいとも簡単にたがが外れて、ぜんぜ

＊7　『イスラム飲酒紀行』　イラン、アフガニスタン、シリア、ソマリランド、パキスタンなどで、高野自らが、異教徒の酒、密輸酒、幻の地酒を探し、イスラム圏各地の飲酒事情を描いたルポルタージュ。

＊8　五戒　仏教において在家の信者が守るべきとされる五つの戒め。不殺生（ふせっしょう）戒、不偸盗（ふちゅうとう）戒、不邪淫（ふじゃいん）戒、不妄語（ふもうご）戒、不飲酒（ふおんじゅ）戒。

ん守られていない。

清水　なんでしょう。たぶん日本人は最初から不飲酒戒は守らなかったと思いますよ。宗教的な動機から守らせようとしたのは義持くらいだと思います。実現不可能な理想を追い求めていたんですよね。

高野　でも大乗仏教[*9]は特にゆるいですね。東南アジアの上座《じょうざ》部《ぶ》仏教の国だと、さすがにお坊さんは飲まないですよ。

清水　ああ、そうですか。

高野　酒のブランド化が進んだのも中世からなんですか。

清水　伏見《ふしみ》とか灘《なだ》といった土地がお酒のブランドを意味するようになったのは、江戸時代以降ですね。

高野　じゃあ、当時の酒屋というのは、自分のところで酒をつくっている人たち?

清水　そうです。ただ、微妙なブランドが成立していて、京都に「柳酒屋《やなぎざかや》」という屋号の酒屋があって、「柳の酒」っていうのはふつうの酒の倍ぐらいの値段がしたとか。醸造の仕方に何かコツがあったんだと思います。それが、室町時代にはブランドとして

＊9　上座部仏教・大乗仏教
ブッダ（紀元前六二四～五四四、紀元前四六三～三八三など諸説）の死後、インドの仏教教団は教義の解釈をめぐって分裂した。このうち、修行僧が戒律の順守によって自力の解脱を目指すのが上座部仏教で、スリランカを経てタイ、ミャンマー、ラオス、カンボジアなどに伝わった。他方、出家者でなくても成仏できるとの考えに立ち、大衆の救済を重視するのが大乗仏教で、中央アジアを経て中国、朝鮮、日本、ベトナムなどに伝わった。ブータンで信仰されているチベット仏教も大乗の系統に属す。
「大乗」とは、人々を導く「偉大な乗り物」という意味であり、いわゆる「小乗

成立しつつあったという。

あと、「職人歌合《しょくにんうたあわせ》」*10という中世の職人の姿を描いた絵巻物があるんですけど、そこに麹売《こうじ》りが描いてあって、街頭にござを敷いて麹を売っているんです。だから、酒屋で買うだけでなく、個人でどぶろくをつくるという需要もあったんじゃないかなと。

高野　今より進んでいる感じがするんですけどね（笑）。

清水　たぶん、そうじゃないですかね。酒屋ではおいしい酒を買うけど、それとは別に家でどぶろくをつくる。

高野　まあ、安くできますよね。

清水　室町時代の和歌山に百姓が地元の武士を訴えた文書が残っていて、その武士はいろいろなことをして百姓をいじめていたみたいなんですけど、その一つが「いわれも知らぬ酒」を売りつけることだというんです。得体の知れない手づくりの酒を百姓に強制的に売りつける。

高野　それはすごくたちの悪い武士ですね。

清水　だから、いろんな所で酒はつくっていたみたいです。麹さえあれば、雑穀でもつくれるみたいですし。酒屋っていうのはノ

（劣った乗り物）」は、新興勢力だった大乗側が上座部仏教に対して用いた批判的呼称。

＊10　職人歌合
鍛冶・大工・檜物師など、種々の職能民が左右に分かれて和歌を詠むという形式に仮託した中世の歌合わせ。職人の風俗・生活を描いた絵をともない、中世民衆史料としても貴重。「三十二番職人歌合」「七十一番職人歌合」などがある。

ーブルな都会の文化で、それ以外にどぶろくの文化があったんじゃないですか。

高野　なんかその、支配者が酒を統一しようとか、管理しようとか、そういう動きはなかったんですか。

清水　禁酒令を除けば、酒屋に対して「酒屋役《さかややく》」[*11]という税金をかけたくらいですね。嗜好品には税金をかけやすいじゃないですか。

高野　それは今も同じですね。

清水　あとは、飢饉が起きているのに酒をつくるとは何事だと言って、酒造量を制限するくらいですかね。

足利義持が禁酒令を出したのは、仏教的な理由が大きいんですけど、あれは特殊な例なので除いて考えると、日本の歴史上で出された禁酒令は、やっぱり食糧米確保の意味合いが強いんですよね。江戸時代が一番多いんですけど。

酒づくりって、大量のコメを使いますよね。ふつうにご飯を食べればお腹が膨れるものを、わざわざお酒にすると、ほんのちょっとの飲み物になってしまう。蒸留なんてことをしたら、どんどん穀物が無駄になっていくわけですよね。これは、見方によって

*11　**酒屋役**
室町幕府が酒造業者に課した税。土倉役（金融業者課税）とともに、京都に拠点を置く室町幕府の重要財源の一つ。

は穀物の無駄使いですよね。だから、食べ物が足りないときにそんなぜいたくなものをつくってはいかんという話になったんじゃないかと思うんです。

高野　江戸時代は誰が禁酒令を出したんですか。

清水　幕府とか藩です。

高野　藩はどういった地域の？

清水　東北ですね。

高野　また東北の人は飲むわけですよね。

清水　飲むのかなあ。

高野　イメージですけど（笑）。

清水　確かに東北はコメどころなんで、コメも多くつくるんですが、それをもとに酒もつくっちゃうんです。

高野　コメの売買でもうけている豪商も東北にはたくさんいたという。

清水　江戸時代は商品流通がかなり発達していたんで、飢饉が起きているときでも、酒造業者はコメを買ってお酒をつくっていたんです。たぶん、そういう酒は都市部で消費されちゃうんですけど、食べるためのコメまでお酒に変えて流通させちゃう。これは企業の論理ですよね。江戸時代には、企業の論理と生活者の実態が乖離《かいり》するような事態が起きていたんだと思うんですよね。でなければ、自分たちの食べるものがなくなるのに、コメを酒に変えて都市部に売るっていう発想にはなかなかならないですからね。

貨幣経済からコメ経済への逆行

高野　経済がコメ至上主義みたいになったのは、いつ頃からなんですか。

清水　信長の頃ですね。それまでは銭中心の経済だったんですけど、あの頃から石高制にシフトするんです。

高野　貨幣経済からコメ経済に戻っちゃったんですか。

清水　戻るんですよ。でも、どちらかというと、中世の貨幣経済の方が特殊な国際環境から生まれ出たようなところがありますね。

当時使っていた銭は日本でつくったものじゃなくて、中国から輸入していたもので、今で言えば日本国内でドルが一般の通貨になっているような状態だったんですけど、それを日本人は違和感なく使っていたんです。政府も自前の銭を発行しようという意識はほとんどもってなくて、中国から来るんだから、使えばいいじゃないかというふうに考えていたんです。

ところが、室町時代の後半ぐらいに中国では銭経済から銀経済に切り替わるんです。そうすると、日本には中国銭が安定的に供給されなくなって物価が不安定になっちゃうんです。さらに日本ではまだ銭が売れるぞということで、福建あたりでつくられた粗悪な偽銭も流入することになって、粗悪な銭を淘汰《とうた》しないと大変だというんで、撰銭令《えりぜにれい》という法令も発せられるんですけど、やっぱり輸入銭はあまりにも不安定だという理由で、ついにコメ経済に切り替わるんです。

高野　先ほどもちょっとお話にありましたけど、日本には、自前の銭をつくっていた時代もありましたよね。

清水　古代の富本銭《ふほんせん》*12以来、つくってきたんですけど、銭は東アジアの国家の必要条件だと思っていたから、見栄《みえ》でつくっていた部分がありますね。庶民は自給自足で物々交換の方がいいのに。そ

＊12　富本銭　日本最古の銅銭。一九九八年の奈良県飛鳥池遺跡の発掘で多数出土し、和同開珎よりも古い貨幣であることが確認された。天武天皇(?〜六八六)が六八三年に鋳造を命じた銅銭と考えられている。ただし、通貨というよりも呪物・宝物としての性格から普及したとされる。

れと、古代は宮都の造営とか軍事体制の整備とか国家規模の出費が多いので、純粋に収入源として期待されていたということもあります。

ただ、とても行き渡るほどにはつくられていないんです。やっぱり割が合わなくて。で、巨額の出費の必要もなくなったら、つくるよりも輸入した方が早いということで、平安末期以降は、ずっと中国の貨幣に頼っていた。

高野 でも、江戸時代には自前で銭をつくれるようになったわけじゃないですか。

清水 江戸時代の日本は、金と銀と銭の三貨体制になっていくんで、中世よりは銭が使われる領域は狭まっていますね。

高野 基本は石高制で、とにかく年貢はコメなわけですよね。

清水 基本はコメです。

高野 金と銀と銭って、どういう使い分けをするんですか。

清水 まず少額取引は銭、高額取引は金と銀。エリアで言うと、東日本が金で、西日本が銀なんですよ。金一両って、今で言うと十万円以上の価値があるので、日常的には東西問わず銭が庶民の間では使われていたっていう感じですかね。両替商と呼ばれる人たちは、もちろん銭と金の交換を江戸ではするわけですけど、それ以上に、江戸の経済と関西の経済をつなげるために金と銀の交換をしなくてはいけなくて、そのために存在したんです。

高野　すごくよくわかります。

清水　ややこしいのは、金は四進法なんですよ。一両が四分《よんぶ》なんです。で、一分が四朱《よんしゅ》なんです。僕はNHKの歴史番組『タイムスクープハンター』[*13]の時代考証をやっていたんですけど、シナリオの中で登場人物が値段の交渉をするシーンがあって、「じゃあ、金五朱だ」っていうセリフになっていたんですが、「五朱」はない（笑）。「一分《いちぶ》一朱《いっしゅ》」としてくださいっていう注文をつけたことがあります。たぶん江戸時代の人たちも混乱したと思うんですよね。

高野　かなり計算能力が高くないとダメなんですね。体系が違うんですもんね。

清水　ええ。で、銭は十進法ですし、銀は重さを量るんですよね。だから、三つの貨幣を両替するとなると、専門の業者がやらない

＊13『タイムスクープハンター』　二〇〇八～二〇一五年にNHK総合で放送された異色の歴史番組。俳優・要潤が演じる未来から来た「時空ジャーナリスト」が、日本の歴史上の「教科書に載らない史実」を取材する、「密着ドキュメント」というスタイルで進行する。清水は、この番組の室町～戦国時代の時代考証を担当。

とダメなんです。

一度、田沼意次《たぬまおきつぐ》*14が統一しようとしたんですよ。金と同じ価値のある銀をつくって、東西の流通圏を合体させようとしたんですけど、やっぱり失敗しちゃうんですよね。だから江戸時代の最後まで三貨体制は続きます。

高野 中世に自前の通貨をもつのをあきらめちゃって、中国から銭をバンバン輸入したという話ですけど、よそから来たお金であっても、現地の人たちがそれを認めれば、流通するんですよね。現代人は国民国家*15の概念に慣れすぎていて、通貨っていうのは政府なり中央銀行が発行したものでないと信用できないって思ってしまうけど、それは思い込みにすぎなくて。

清水 そうだと思いますよ。

高野 僕がソマリアで見た「ソマリア・シリング」も、二十年間、中央政府も中央銀行もないのにちゃんと流通してましたね（笑）。経済学の常識を覆したと言われているんですけど。

清水 そうなんですか。日本の中世では当たり前の話です。

高野 だから歴史を知っていれば、そういうことは起きうるって

＊14　田沼意次（一七一九〜一七八八）　江戸中期の側用人・老中。遠江相良藩主。十代将軍家治の側用人から老中となり、積極的な経済政策を進めた。一方で、その治世は賄賂政治が横行し、天明の飢饉にも見舞われ、多くの人々の批判を浴びる。子の意知（おきとも）が江戸城内で殺害されて後、勢力を失い、家治の死により失脚した。

＊15　国民国家　共通の社会・経済・政治生活を営み、共通の言語・文化・伝統をもつ、歴史的に形成された共同体を基礎として成立した国家。国民は君主に代わって主権者となり、さまざまな権利を有す

わかるはずで、経済学の方が理論にとらわれている。

清水　それはそうですね。江戸幕府が三貨体制をつくらざるをえなかったということは、室町時代の日本がどれだけ大量に銭を中国から仕入れていたかっていうことなんです。すごい量の銭が中国から入ってきていたはずなんですね。でも、当時の人たちは、それによってプライドが傷つけられたとかそんなふうには絶対に思っていない。今で言えば、日本銀行で印刷して紙幣をつくるのは面倒くさいから、アメリカからドルを輸入しようって言っているようなもんですよね。

高野　ええ。

清水　それが国家のアイデンティティにかかわるとかそういう認識はぜんぜんないんですよね。それをよくないと考えて、自国で銭をつくろうとしたのは後醍醐《ごだいご》天皇*16ぐらいです。でも、それも計画だけで実現しませんでしたけど。

高野　今でもアジア・アフリカの国では、現地通貨とドルの二本立てなんていうのはふつうにありますからね。ソマリランドやソマリアではまさにそうで、高額なものはドルで買って、日用品は

ると同時に、納税や兵役その他の義務を負う。その形成過程において、国民は国家の一員としての帰属意識をもつようになる。

***16　後醍醐天皇（一二八八〜一三三九／在位一三一八〜一三三九）**　第九十六代天皇。朝廷政治の復活を目指して鎌倉幕府打倒を企てるが、二度にわたって失敗。隠岐に配流されたが脱出し、幕府滅亡後、建武の新政を行った。足利尊氏が離反してからは、奈良・吉野に移って南朝を樹立、室町幕府が擁する北朝と対立した。

ソマリランド・シリングやソマリア・シリングで買う。市場に行ってドルを出すと、嫌がられたりするわけですよ。

清水 見おぼえもないし？

高野 いや、街だとみんな知ってます。

清水 高額紙幣なので面倒くさいと。

高野 そうそう。細かい買い物にドルを使うな、お釣りもないし、面倒くさいっていうのはあるんですよね。それが、ドルと現地通貨だけじゃなくて、ドルとユーロと現地通貨だったりしたら、まさに金、銀、銭ですよね。で、ソマリランドもそうだけど、現地の人たちの計算能力はすごく高いんですよ。

清水 そうですよね。そういう経済の中にいたら磨かれますよね。

高野 磨かれるんですよ。僕なんかが使うドルは八ドルとか十ドルとか小さい数字でしょ。かたやソマリランド・シリングなんて十万とかね、桁がまったく違うわけですよ。それを瞬時にパパパパパッと両替する。

清水 そこも超速なんですね。

高野 超速。すごいんですよ。

清水　交換レートは変動するんですか。

高野　変動しますよ。今はいくらだからって言って、半分をドルで払って、半分をソマリランド・シリングで払うとか、ありとあらゆることをやる。僕なんかぜんぜんわからないですよ。いくらだまされても、その場ではまったくわからない（笑）。

清水　日本だと、一七世紀初めに伊勢《いせ》で「山田羽書《やまだはがき》」っていうのがつくられたんですよ。伊勢の山田という町だけで使われるようになった紙幣なんです。

高野　へえ。

清水　あそこには伊勢神宮があって、全国からお伊勢参りの人が来ますよね。その人たちに、山田だけで使える紙幣を発行するんですよ。

高野　まさに地域通貨じゃないですか（笑）。

清水　地域通貨というよりは、遊園地の乗り物券みたいな（笑）。それをみんな使い切ったり、持って帰ったりする。

高野　伊勢神宮が発行？

清水　いや、商人の自治組織みたいなところがつくって。それが現存する日本最古の紙幣だと言われています。江戸時代になると、藩ごとに藩札《はんさつ》をつくりましたけど、それよりも早いんです。

イスラムの戒律、上座部仏教の建前

清水 ところで、『イスラム飲酒紀行』には、お酒を飲むイスラム教徒が出てきますけど、イスラムの人って、日本人と比べてアルコールに強いんですか。

高野 いや、そんなことはないですよね。強くないですね。

清水 体は大きいですよね。

高野 やっぱり飲みつけてないんだと思いますよ。やっぱり、あれ、鍛えられるものじゃないですか。

清水 高野さんと飲んでいて、先に向こうが酩酊《めいてい》しちゃうくらいですか。

高野 僕もそういう状況だと、すごく回りが早いんで、同じように酔っ払ってますけど（笑）。

清水 そうか、基準が不明確なんですよね。

高野　でも、トルコ人は強いですよね。あの本にも書きましたけど、トルコでは「日本人はトルコ人みたいにバカスカ飲むって聞いたけど、本当か」って聞かれたから（笑）。トルコでは、街の人たちは本当に日頃から飲んでいるんで。しかも、「ラク」[*17]っていう蒸留酒を飲むんです。それと、後で知ったんですけど、あの人たちは、いったん飲み始めると、酒の種類を変えないっていうんですよ。変えてはいけない。

清水　日本人でもそういう人、いますよね。最初から日本酒でずっと通しちゃうような人。フランス人もワインならワインばかり飲むっていいますね。

高野　まあ、ラクは強い蒸留酒だから、水で割って飲んでますけどね。駆けつけから焼酎を飲み続けるのと同じだから、鍛えられますよね。

清水　蒸留酒というのは、日本にはもともとなかったんですよね。戦国時代の終わり頃に入ってくるんです。

高野　戦国の終わりなんですか、へえ。

清水　アラビア語では蒸留酒のことを「アラック」と言いますよ

＊17　ラク、アラック、荒木酒
ラクはブドウを原料とし、アラビア語のアラックに相当する。アラックは中東や北アフリカで伝統的につくられ、ヨーロッパ、インド、東南アジア、日本にも伝播。原料は地域によって異なり、ナツメヤシ、コメ、サトウキビなども用いる。日本に渡ったアラックは荒木酒（阿剌吉酒とも書く）と呼ばれた。

ね、その音にちなんで「荒木酒《あらきざけ》」と呼ばれたんですけど、南蛮貿易[*18]の関係で来たんですかね。

高野 それまでは蒸留の技術もなかったっていうことですか。

清水 たぶん、なかったんだと思いますよ。醸造酒だけですね。

高野 それから江戸に入って、焼酎をつくり始めるんですか。

清水 つくっても、江戸の人は飲まなかったんじゃないかな。日本人はもともと生理的に酒に強くない民族だっていいますよね。だから、たぶん九州とかそういう地域を除けば、焼酎に対する需要はあまりなかったんじゃないですかね。

江戸時代の大酒飲み大会の記録を見ると、一人で九升とか飲んでいる人がいるんです。今のお酒だったら死んじゃうよっていうような量を。それが事実だとすれば、今のお酒よりアルコール度数の低い、甘ったるい日本酒を飲んでいたはずなんですよね。

ただ、日本人はアルコールにあまり強くないわりには、お酒に酔ってやってしまう逸脱行為に対する社会の許容度がわりと高いですよね。最近は、飲酒運転の事故もあって厳しくなりつつありますけど。それについてどう思います?

＊18 南蛮貿易
一六世紀中頃から約一世紀の間行われた日本とポルトガル・スペインなどとの貿易。江戸幕府の鎖国政策により衰退した。

高野　それはね、やっぱり大乗仏教と関係があるんじゃないかと思いますよ。上座部仏教はお酒に対して結構厳しいんですよ。タイなんかでも、販売時間が決まっていて、午前十一時から午後二時までと、午後五時から午前零時までしか売ってないんです、スーパーでもコンビニでも。二十年前はそんなことなかったんで、どこでもいつでも買えたし、縛りとしてはゆるいもんだと思ってたんですけど。

清水　でも、買えない時間って、午後のひとときですよね。酒屋のさぼりたい時間なんじゃないんですか。

高野　違うんですよ。

清水　政府が飲酒を抑制しようという意図のもとに設定しているんですか。

高野　そうなんですよ。酒はものすごく税金が高い。ビールなんかも。あと、テレビではビールの宣伝とかをがんがんやっているんだけど、一般の食堂でビールを出す所はすごく少なくて、飲めるとこが限られているんですよ。

それ以外でも、たとえば食べ物の取材をしていて、「これはご飯のおかずというより、ビールに合いそうだ」と言ったりすると、タイ人は苦笑いするんですよね。日本人の酒飲みはよくそんなふうに言うじゃないですか。タイ人も酒好きな人は言うんだけども、僕が言う前に自分からは言わない。

清水　品のないことだと。

高野　そう、品がないんですよ。酒に合うと言うとか、酒の話を出すことが。

清水　へえ。それが近代化した最近の傾向ではなくて、上座部仏教との関係で？

高野　そうなんですよ。やっぱり酒は極力飲まない方がいいっていうのはあって。飲んでいる人はたくさんいるんですね。でも、建前としては、あまり好ましくないっていうのか。

ミャンマーなんかもっとそれが強くて、ふだん飲んでいる人でも、「雨安居《うあんご》*19」という仏教徒の信仰心が高まる時期には飲まなかったりとかするし。あと、自分の仕事とか学業とかで、なんか願掛けじゃないけど、うまくいってほしいときに酒断ちをする、というのはよく聞く話。

***19　雨安居**　年によっても違うが、七月初め頃から一〇月初め頃までの約三カ月間。

清水　じゃあ、欲望の象徴なわけですね、酒が。

高野　そうなんですよ。

清水　それを切り捨てるっていうことが、一つの決意を表すということ。

高野　そうなんです。以前、ＮＨＫの番組でミャンマーの奥地の方、ビルマロードを世界で初めてテレビクルーが踏破するっていう企画があって、現地ガイドとして加わったんですよ（笑）。

清水　現地ガイド、日本人なのに（笑）。

高野　コーディネーターはミャンマー人でちゃんといたんですけど、彼らは街の人で僻地のことは知らないんで、僕が現地ガイドとして行ったんですね（笑）。

清水　なるほど、心強いですね、きっと、ＮＨＫの人も（笑）。

高野　そのコーディネーターが、夕食のとき酒を飲まないんです。「飲めないんですか」って聞いたら、「このロケが終わるまで飲まないようにしているから」って。

清水　ロケの成功を祈念してということですか。

高野　そうそう。だから、やはりそういうふうにしているんだなあと思って。聞くと、そういうのは珍しくないって言うんですよね。上座部仏教では酒に対する縛りがあって、建前としてはよくないという考え方が強いんですよ。

それが大乗仏教のブータンに行くと、本当にみんな酒飲みだし、ぜんぜん平気なんですよね。昼酒も飲むし。特に東の方。ブータンって西部と東部でかなり文化が違うんですけど、東部に行くと、とにかくお茶や水のように盃《さかずき》に酒が入って出てくるんですよ。とりあえず、つまみも何もないんだけど、僕らが行くと、いきなり焼酎が出てくるわけですよ。

清水　アルコール度数は強いんですか。

高野　強くないですね。日本酒程度ですね。

清水　でもあいさつ程度にしては、ちょっと重いですよね。

高野　それが、誰が来ても出すんだって言うんですよ。近くのおばさん、主婦っていうのか、そういう人が来ても。

清水　男でも女でも。

高野　誰が来ても、お茶みたいに出すって言うんですよ。おそろしい所だなと思いましたね（笑）。

清水　こないだ二週間ぐらい、仕事でフランスに行って、向こうの文書館を午前十一時ぐらいに訪ねたんですけど、一通り見たら、「お茶でも」みたいな感じで部屋に案内されて、何かと思ったら、ワインが出てくるんですよね。

高野　そうなんですか。

清水　あれは日本人にはちょっと考えられないですね。我々だけかと思ったら、そこの館長さんも一緒に飲んでいて。日本ではそういうことしないですよね。

高野　そこまではしないですね。

清水　まして外国から研究のために来た人がいて、その人たちに官の予算でお酒を提供するのって、日本でやったらたぶん問題になりますよね。だから、ぜんぜん許容度が違うのかなと。あと、ワインが完全に生活に溶け込んでいるんですかね。こうも違うのかと思いましたね。

高野　そうですね。じゃあ、日本はその意味では多少なりとも仏教の縛りが（笑）。

清水　それでセーブしてるんですかね、多少は。

高野　そんなことないよな。あるのかな？（笑）

清水　嗜好品って、あってもなくてもいいものじゃないですか。それだけに文化がすごく反映されますよね。どこまでを許容して、どこからがダメかっていうのは。イスラムだからお酒はダメだとは必ずしも言えないんだっていうことも、高野さんの本でよくわかりましたし。

高野　そうですね。

タイでは出家も還俗も個人の自由

高野　僕はタイとかミャンマーの上座部仏教に慣れているんで、ブータンに行くと驚かされることが多いんです。ブータンも「敬《けい》虔《けん》な仏教徒の国」なわけですよね。なのに、なんでこんなに俗っぽいのかって、カルチャーショックを受けちゃうんですよ。お坊さんが時計をしているし、ホテルを経営してるし、自動車は運転しているし、田舎に行くと、お寺の裏庭で刃物を研いでいたりする。あと、動物の毛皮の敷物を使っていたりとかね。そういうのを見ると、ギョッとしちゃうんですよね。なんで、こんなに無頓着なんだろうって。上座部の世界とあまりにも違いすぎるんです。

清水　そこは日本と近いんですかね。お坊さんのあり方は。

高野　近いと思いますね、やっぱり。でも、ブータンのお坊さんに言わせれば、日本の坊さんなんていうのは、俗化しすぎちゃってて坊さんのうちに入らないんでしょうけど。

清水　ブータンのお坊さんもさすがに妻帯はしないですか。

高野　妻帯はありえないですね。でも、上座部に慣れている目で大乗を見ると、なんかこう、巨大な違和感をおぼえるというのはありますよね。

清水　上座部仏教と大乗仏教って、どれくらい違うんですか。タイの寺は今でもアジールになっているという話もありましたけど。

高野　まず出家についての考え方がまったく違うんです。上座部仏教では、男性は一生のうちに一度は出家すべきだというのが基本的な考え方なんですね。その代わり、出家の時期も期間も、まったく個人の自由なんですよ。なので、短い場合だと、三日間とかの出家もあるんですね。で、長い人は何十年。四十年も出家する人もいます。

最近だと、カベサコさん[*20]という日本人のお坊さんがいて、六十代の徳の高い僧としてタイではよく知られていたんですが、その人が、いきなり彼女ができたから結婚するって言って還俗《げんぞく》して、それが話題になったんですよね。

清水 節操がないだろうと？

高野 相手の女の人がよくないんじゃないかと言われたらしいんですよ。でも、批判といっても本当にそれくらいのものなんで、非常に自由なんですよね。

清水 還俗することそのものに対する批判はないんですか。

高野 ないんです。完全に個人主義なんで。好きなときに寺に入って、好きなときに出るっていう。お坊さんが還俗することをタイ語では「スック（熟す）」と言うんですが、それはいつでもかまわないんですよ。まあ、出家するときには、儀式というか、ちょっとお祭り的なことをやるのがふつうなんだけども、そういう余裕がなかったら、パッと入るっていうこともできるんですよね。だから、上座部仏教で出家するというのは、日本の場合とは比

＊20 カベサコさん（一九五一〜） ミツオ・カベサコ（俗名・柴橋光男。「カウェーサコー」と表記されることも多い）。岩手県生まれ。二十歳で出国。アジア、中東、欧州を放浪の末、二十三歳のときにタイで出家。修行のかたわら、仏の教えをわかりやすく解説したブックレットを作成するなどしてタイ人の尊敬を集め、「タイで最も有名な日本人」と呼ばれるようになる。西部カンチャナブリ県にスワンタワナラーム寺院を開き、二〇〇二年住職に。二〇一三年、三十八年間の修行を終え、還俗。タイ人女性との結婚を公表して帰国。

べものにならないくらい、ハードルが低いことで、推奨されることなんですよね。

清水　日本中世では出家は片道切符ですからね。一度、寺に入った人が世俗の世界に戻ってくると、社会的な批判を浴びますよね。「生臭坊主」ということになるんでしょうけど。

高野　タイでは雨安居にだけ出家する人もいますし。

清水　ああ、じゃ、雨期の。日本では夏安居《げあんご》・冬安居《とうあんご》*21というのがあるんですよ。そこも違うんですね。

高野　ああ、そうか、そうか。向こうは雨期なんですよ。だから雨安居って言うんですね。

清水　その時期だけ、短期留学みたいな感じで出家するわけですか。

高野　よくあるんですよ。雨期は雨がたくさん降るので、植物が芽吹くし、虫も増える。お坊さんが外を出歩くと、そういうのを踏みつぶすおそれがあるから、なるべく寺にこもって外に出るな、で、修行せよっていう、そういう期間なんですよね。だから雨安居の三カ月間くらいは宗教心の高まる期間で、その間に出家する

＊21　夏安居・冬安居　日本では、毎年四月一五日〜七月一五日の夏季九十日間を夏安居と呼び、寺院や一定の場所にとどまって外出しないで修行を行う。対して、禅宗では陰暦一〇月一六日〜翌年一月一五日の冬季九十日間を冬安居と呼ぶ。

っていうパターンが非常にポピュラーなんですよ。

清水　出家するときは、何か作法があって、一目でそれとわかるような姿になるんですか。

高野　タイでは髪の毛と眉は必ず剃《そ》ります。なぜかミャンマーでは眉を剃らないんですが。それでオレンジ色とかえんじ色の一枚布の衣を着ます。

清水　ふつうの人と違う格好になるわけですね。

高野　お釈迦《しゃか》様が「一枚布でなければいけない」と言ったんで。それと、上座部仏教のお坊さんは「仏」なので、呼び名も変わるし、親でもひざまずいて接しなきゃいけないんです。タイ語だと類別詞も人間とはちがってます。人間は「コン」でヌン・コン（一人）、ソン・コン（二人）と数えるんですが、お坊さんは「オン」。これは神仏、仏像、王族、僧侶だけに使って、ヌン・オン、ソン・オン……というふうになります。

清水　はあ、面白い。へえ。

高野　ぜんぜん違いますよね。で、還俗すると、突然ふつうの格好になって、Tシャツとジーンズになったりとか。

清水　日本だと宗教的な動機とは無関係に、たとえば悪いことをしたときに頭を丸めるっていうのがあるじゃないですか。たぶん、その大元は室町時代くらいからやっていたことで、戦って城が落ちて降参するっていうときに出家するんですよね。それで、「申し訳ありませんでした」という謝罪の意思を表明するんですよ。つまり、出家は、死とまでは言わないまでも、死に近いような意味をもっていたんですよね。

高野　引退ですね。

清水　そうすると、勝った側も「まあ許してやろう」という気になる。そういうような意味合いは、上座部仏教の出家にはないんですか。

高野　まったくないですよ。

清水　ここで世俗との縁を切ります、すいませんでした、というようなネガティブな意味合いはない？

高野　ぜんぜんないです。会社や学校を休んで出家する人もいるくらいですから。さすがに長期は無理でしょうけど。「出家休暇」っていうんですかね（笑）。

清水　労働者の当然の権利なんですね。

高野　バンコクの企業でも一週間程度なら本当に有給で休めるみたいですよ。今の地方の状況はよくわからないけど、まだ曖昧さが残っている世界だから、有給かどうかは別として雨安居くらい休めそうですけどね。

清水　要するに会社の籍は失われないんですね。すごいですね、それは。

高野　タイは人口六千数百万人ですけど、雨安居には五十万から六十万人は出家するらしいですよ。国王が八十歳になった年は、「目指せ、出家八十万人」って運動をやってました。

清水　誰が呼びかけるんですか。

高野　仏教界が。

清水　はあ、なるほど。そんな数のお坊さんがいて、出家している彼らを経済的に支えるものは何なんですか。

高野　寄進ですよ、信者からの。

清水　何十万人が出家してもそれをまかなえるだけの……。

高野　寄進があるということですね。

清水　世俗の人が払っているわけですか。
高野　そうですね。
清水　で、お坊さんたちは何も生産しないんですよね。農作業をやったりとかはしない。
高野　やってはいけないんですよ。
清水　ああ、そうか、土中の虫を殺してしまうかもしれないから、農作業自体、やってはいけないんですね。
高野　そうですね。料理とか掃除とか、そういう一般人がやるようなことはすべてやってはいけないんですよね。そのへんがもう大乗仏教とはぜんぜん別の世界なんですよ。
清水　じゃあ、お寺にこもって何をやっているんですか。座禅ですか、お経ですか。
高野　お経の勉強と瞑想《めいそう》ですよね。
清水　師匠がいて、レクチャーする形ですか。
高野　そうそう、ベテランとか先輩のお坊さんがいて、習う。
清水　日本みたいに、意味はわからないけどおぼえて暗唱する、というのではなくて、タイの言葉でちゃんと理解するんですか。

高野 タイの仏教では、経典は全部、パーリ語っていうインドの昔の言葉なんですよ。だからパーリ語を習って、お経を読めるようにして、それを暗唱する。暗唱するっていうのは日本と同じですよね。

イスラムの禁酒、江戸時代の禁酒

清水 話は戻りますけど、そもそもイスラム教ではなぜお酒を禁じるんでしょうね。お酒がダメなのにドラッグが許容されていたりとか、あのへんもよくわかんないですよね。

高野 タリバンみたいな厳格派の人々が、自分たちでケシを栽培してアヘン[*22]をつくったり、そこから税金を取るためにつくることを奨励していたりしているのを見ると、酒よりもましなものというか、許容されているものっていうふうに見えますよね。

一番大きいのは、コーランにドラッグはダメだとは書かれてないからかもしれないですよね。厳格派というのは教条派、教条的ということですから、コーランに書かれていることはダメだけど、

＊22 アヘン ケシの未熟の果実に傷をつけ、分泌してきた乳液を固めてつくる麻薬の一種。モルヒネを含み、ヘロインの原料にもなる。

書かれていないことには解釈の余地があると。
　あと、これは僕の推測なんですが、酒っていう飲み物がどうも都会的なものだと見なされているんですよね。まあ、田舎だって酒はつくろうと思えばつくれるんだけども、イスラム世界で酒というと、だいたい街のものなんです。街をすごく嫌がって、田舎のものをよしとするっていうところはあるのかなと思いますけどね。

清水　都会は堕落しているというような感覚ですか。

高野　そうですね。イスラム圏には昔からキリスト教徒やユダヤ教徒も住んでいたわけですよね。彼らは酒をつくって飲んでいて、それはイスラム社会でも認められてきたんです。特にキリスト教では儀式にワインが使われるから、絶対につくらないといけない。今のイランでも、アルメニア人[*23]のキリスト教徒が酒をつくることは許可されているんですよ。ほかは絶対禁止なんだけども、キリスト教徒はOKなんです。
　それで、じゃあ、それらのマイノリティの人たちはどこに住んでいるかというと、街に住んでいる。都市部で商売や金融をやっ

＊23　アルメニア人
黒海とカスピ海の間に位置するアルメニア共和国（旧ソ連から独立）やシリア、イスラエル、イランなどに暮らす民族。歴史は古く、古代アルメニアは世界で初めてキリスト教を国教化した。

たりしているわけです。街というのは物欲に満ちあふれている場所で、そこに酒もある。だから、「酒＝街＝堕落」というイメージでとらえられている部分もあるのかなと思うんですけどね。

清水　街では人々が快楽をむさぼっていて、その中に酒もあるというような受け止め方があると。日本の禁酒令みたいに食糧確保策として酒が禁じられたのではなくて。

高野　どうかなあ。イスラム圏でそういう話は。

清水　あまりないですか。

高野　聞いたことがないですね。もしかすると、そういう話も……でもやっぱり違うなあ。

コーランを読んでみると、箇所《かしょ》によって酒の扱いが違うんですよ。ある箇所では、「酔っ払ってモスクでお祈りしちゃいかん」と言っているんですね。それは飲酒運転と同じで、「飲んだら祈るな、祈るなら飲むな」という話だと思うんです。それが別の箇所では、「できるだけ飲まない方がいい」になって、さらに別の箇所では「飲酒は悪魔の仕業だ」というふうに完全にアウトになるんですね。おそらく、イスラムの教えはこの順序で酒を禁止していったんでしょう。

これはすごくイスラム的だなと思うんですよ。「飲んでお祈りしてはいけない」といっても、その人が飲んでいないかどうかは、はたから判断しづらいでしょう。本人は「さめている」と言っても、少しにおっている場合もある。イスラムって、そういう曖昧さをすごく嫌うんですよね。だから、もとからやめた方がいいっていうふうにしたんだと思うんですよ。

日本で、電車内の痴漢とか痴漢冤罪《えんざい》が問題になっていますよね。あれはイスラム教徒にとっては、すごく馬鹿馬鹿しい話で、「男と女を同じ車両に入れて、触ってもいいような状況にするから、そんなことになるんだ。男女を分けていれば、そんなことは起きない」って言いますよ。

清水　よく言えばわかりやすい。悪く言えば単純な。

高野　議論の余地がありそうなところはもとから断ってしまうのが、イスラム的な判断だと思います。

清水　それで、お酒ももとから断たなきゃダメだと。

高野　コーランを読んでいると、そういう印象を受けますね。

大麻の謎と梅毒のスピード

清水　余談ですけど、記録を見ると、日本には戦国時代にタバコも渡ってきて、喫煙する人が増えていくんですよ。そうすると、タバコを吸って酩酊して死んでしまう人が続出して社会問題になるんです。どんな吸い方をしたんでしょうね。いっぺんにたくさん吸ったら、死ぬんですかね。

高野　いやあ、わかんないですね。どういう人たちがタバコを吸ってたんですか。

清水　たぶん一般庶民だと思うんです。

高野　どういう吸い方したんでしょうね。

清水　キセルかな。

高野　タバコって、フィリピンを通して日本に入ってきたんですよね。もともと中南米のものじゃないですか。それをコロンブス隊[*24]が持ち帰って、ヨーロッパに普及して、植民地開拓の時代にフィリピンに渡って、その経緯で日本に来たと、どこかで読んだこ

＊24　**コロンブス隊**
イタリア人探検家コロンブスが、スペイン王室の支援を受け、インドを目指して大西洋を渡った際の船団と乗員。一四九二年に出発し、バハマ諸島に上陸した。以後、コロンブスは計四回にわたって同じ海域への航海を行ったが、生涯、新大陸を発見したとは思っていなかった。

とがあるんですけど。どうなんでしょうね。ふつうはタバコで死んだりしないけども……。

清水　でも、断片的な記録なんですけど、『当代記《とうだいき》』[*25]という有名な史料にそう書いてあるんですよ。ものすごくいっぺんに吸ったら、ニコチン中毒で死ぬんですかね。やっぱりそんなことないですよね。

高野　ただ、あれなんですよね、お茶ももともとヨーロッパにはなくて、インドでお茶を飲む習慣を知ったイギリス人が本国に持ち帰ったじゃないですか。そのときの記録が残っていて、お茶を初めて飲んだ人たちは幻覚を見たというんですよ。そんなこと、考えられないでしょ（笑）。でも、まったく知らない刺激物に触れると、脳や体が激しく反応しちゃうっていうことはあるのかもしれない。

清水　初めてタバコを吸って、錯乱しちゃったと。

高野　高揚感でショックを受けちゃって。

清水　コーヒーも、イスラムの神秘主義者たちは飲んで陶酔していたんでしょう？

＊25　『当代記』
全九巻。安土桃山時代から江戸初期までの政治・社会状況を編年体でまとめた記録。姫路城主松平忠明の著作ともいわれるが不明。

高野　スーフィー[*26]ですね。スーフィーは眠らないんですよね。徹夜でコーランの暗唱を繰り返したりとかするわけです。そのときに眠気覚ましにコーヒーを飲んでいる。カフェインの効果が徹夜のハイとあいまって陶酔できるんじゃないかと言われてますよね。

清水　なるほど。しかし、お茶で幻覚を見るというのは、煮出して飲んだんですかね。それとも抹茶みたいに茶葉をゴリゴリ挽《ひ》いたのをお湯で溶いていたのかな。

高野　煮出したんだと思いますけどね。

清水　それで幻覚を見ますか。

高野　見たらしいですよ。初めの頃は社会問題になって、お茶は薬物扱いで、禁止すべきだという議論もあったとか。

清水　ああ、確かに鎌倉時代に日本にお茶が渡ってきたときも、まず薬として受け入れられたんですよね。あとは、目が覚めるからというので、栄養ドリンクみたいなものとして飲まれるようになった。

高野　僕は大麻[*27]のことを知りたいんですけど、昔から日本に大麻は自生していて、ふつうに麻糸や麻布をつくったりもしてきまし

＊26　スーフィー
清貧に耐え、修行や思索によってイスラムの唯一神アラーに近づき、無我と恍惚の境地において神と一体となろうとする人々。名称は、修行者が羊毛（スーフ）の衣をまとっていたことに由来するとされるが、諸説ある。

＊27　大麻
アサ科の一年草。アサ。その花穂や葉を乾燥させたり、樹液を固形化させたりして製造する麻薬。

たよね。でも、それを吸うっていう方向にはいかなかったんですよね。

清水　そうなんですよ。絶対と言っていいほど、吸ってなかったと思います。もし吸っていたら記録が残っているはずなので。そういうことをしようと思った日本人はいなかったんでしょうね。不思議ですよね。

高野　戦国時代には喫煙の習慣が入ってきていたのに、他のものを吸って試してみようとはしなかったんですかね。

清水　タバコは手に入らないけど、この葉っぱはどうだろうかとか？

高野　そう。タバコ好きになっちゃって、今、吸いたいんだけど、手元になくて、そのへんの葉っぱを吸ってみようかって。早稲田の探検部[*28]には、そういうことをやる奴が必ず年に一人か二人はいましたけど。

清水　日本人はフグだって食べて当たってきたのに、そういうのを思いつかなかったのは不思議ですね。たぶん、大麻を吸う人がいたら、日本の歴史は大きく変わっていたでしょうね。大麻に別

＊28　早稲田大学探検部　早稲田大学の学生サークル。かつて高野が所属した。観光目的の海外渡航が自由ではなかった一九五九年、海外を目指す学生が集まり、探検研究会として発足、一九六二年に探検部に改称し、現在に至る。詳しくは本書第五章を参照。

の商品価値が見いだされて、日本人は勤勉な国民とは言われなくなっていたかもしれない（笑）。

高野　幕府や藩から、繰り返し大麻禁止令が出されていたりしてね（笑）。

清水　ヨーロッパ人は、タバコを知った時点で大麻の効果には気づいていたんですか。

高野　どうなんでしょう。でもインドでは昔からありましたからね。遅くともインドを植民地化した時点で当然わかりますよね。

清水　その頃、日本は鎖国していましたからね。情報が入ってこなかったのかもしれません。

高野　鎖国もね、変な薬物が入ってくると困るからだったりして（笑）。

清水　だったら、鎖国もよかったのかもしれないですよね。ちなみに梅毒[*29]も戦国時代に入ってきて、一五一二年に京都で書かれた『月海録《げっかいろく》』[*30]という本に最初にその記述が出てくるんですけど、流行のスピードが信じられないくらい速いんですよ。その翌年にはもう山梨の『勝山記《かつやまき》』[*31]という記録に出てきます。

＊29　梅毒
最も代表的な性病。しこりや発疹などの症状から始まり全身の諸器官が冒される。現在はペニシリンなどの抗生剤により治癒するが、江戸時代には遊里を感染源として蔓延し、おそれられた。

＊30　『月海録』
医師竹田秀慶の書いた医書。一五一二年成立。本書の「永正九年、人民に多く瘡あり。浸淫瘡に似たり。（中略）これを唐瘡、琉球瘡と呼ぶ。」という記述が、日本における梅毒の初見記述とされる。

高野　やっぱり性病は伝達スピードが桁違いなんですね（笑）。
清水　梅毒もコロンブス隊が新大陸からヨーロッパに持ち帰ったとされていますけど、スペインへの到達が一四九三年で、その記録が書かれたのが一五一三年ですよ。わずか二十年で山梨県まで来ているんです。
高野　山梨まで来ているということは、そのときにはもう相当……。
清水　その西の方ではもっと早く流行していたわけでしょう。

＊31『勝山記』
戦国時代、甲斐国都留郡（山梨県富士河口湖町）の日蓮宗寺院、常在寺の法脈を継ぐ僧たちによって書き継がれた年代記。別名『妙法寺記』。武田信玄の軍事活動のほか、飢饉や災害、物価など民衆生活にかかわる記述が豊富で、史料の少ない東国民衆史の重要史料。

「猫を放し飼いにしなさい」

高野　清水さんは、中世の日本人はわりとふつうに犬を食べていたとおっしゃっていましたよね。それで思い出したんですけど、今でもベトナムなんかだと、ふつうに犬を食べてるんですよね。ただ、ふつうにといっても、やっぱりちょっと意味合いがあって、女性はまず食べないんですよ。「犬を食べる」とかって言うと、「わっ、いやだ」みたいな反応をする人が多いんですよね。
ベトナムには「犬肉居酒屋」みたいな店があって、そこへ行くとね、呑ん兵衛《のべえ》のオヤジたちがたむろしている感じなんですよ。だから、女性とか若者とかソフィスティケートされた人たちが行く場所ではなくて、ちょっと男文化というか。

清水　下品な？

高野　庶民的で、よく言えば下町的なさばけたノリの人たち、悪く言えばちょっとガラの悪い人たちが行くようなイメージでした。

清水　なぜそうなんですかね。

高野　やっぱり、犬の肉を食べると精がつくみたいな感じなんだと思うんですよね。

清水　それで下品な食べ物になっちゃうわけですか。

高野　ええ。なんかちょっと荒っぽい、野蛮な感じがある。だから日本のかぶき者がわざと犬を食べていたというのとも近いなって。

清水　近いですね。アジア・アフリカの辺境で、猫ってよく見かけます？　僕はインドに行ったとき、犬はいっぱいいるけど、猫がいないんで、驚いたおぼえがある。野良猫は一度も見なかったんじゃないかな。

高野　それは犬がいるからですよ。犬がいる所には猫は怖がって出てこないんです。

清水　じゃあ、猫はどこにいるんですか。

高野　家の中にいます。インドとかタイとかああいう所では、どこに行っても犬がいるんで、猫は怖くて滅多に外に出られないんです。

清水　だから野良猫は見かけないんですか。いないわけじゃないんですか。

高野　いないわけじゃないんですよ。ただ、なかなか野良で生息できない、環境的に。犬が幅を利かせていて。

　その証拠に、トルコのイスタンブールに行くと、いかにも野良犬がいそうな場所に、代わりに猫が寝てます。

清水　なんで犬はいないんですか。

高野　イスラムだから。イスラムでは、犬はけがれた動物なんで、数が非常に少ないんですよ。特に街中のきれいな場所には、いさせてもらえないんで。

清水　駆除されるんですか。

高野　そう、追い払われて、ゴミ捨て場とか、目立たない駐車場のクルマの下とか、そういう所にいるんです。
清水　そうか、犬にやられちゃうから猫は出られないのか。現代の日本では、野良猫は見かけるけど、野良犬はあんまり見ないですね。
高野　そうですね。野良犬がいない世界っていうのは、猫にとっていい世界ですよ。
清水　日本の中世の絵巻物でも野良犬はよく描かれるんですよ。だいたい墓場にいて、犬とカラスは墓場につきものなんですよ。やっぱり死体を食べるんですよね。だから、犬はけがれた生き物だというイメージなんだと思うんですけど。もちろん、そのほかに街中にいる動物の典型として犬が描かれることもあるんですけど、猫はほとんど描かれないんですよ。首輪をされて門口につながれている猫の絵がいくつかあったぐらいかな。
高野　首輪をしているというのは？
清水　ペットだからなんでしょうね、たぶん。面白いのはね、江戸の初期、関ヶ原の戦いの直後ぐらいなんですけど、京都で「猫を放し飼いにしなさい」という法令が出るんです。『時慶卿記《ときよしきょうき》』＊32という公家の日記に出てくるんですが、何のためだと思います？

高野　わからないです。

清水　ネズミを駆除するため。

高野　ネズミの駆除か。

清水　都市化が進んで、ネズミの害が深刻になってたんでしょうね。

高野　イスラム教徒に言わせると、犬がダメで猫がいいのは、一つにはネズミを捕るからだと。だから、ネズミを捕る猫はよくて、その猫を犬はいじめるからよくないという説明もあるんですよ。

清水　やっぱり人間生活を脅かす身近な動物の中では、ネズミが一番困る存在なんですね。

高野　そうそう。

清水　ただその一方で、仏教関係の史料なんかを見ていると、猫は殺生を好む動物だからよくないと書かれていたりもするんですよ。捕まえたネズミをくわえて持ってきたりするじゃないですか、家の中に。

＊32　『時慶卿記』　安土桃山時代から江戸初期の公家、西洞院時慶の日記。宮中を中心として武家の動向や芸能文化にまで幅広く話題が及ぶ。

高野　いたぶったりしますよね。

清水　ああいうのは、ケガレ観念をもっている中世の人たちにとっては耐えがたいものがあるみたいで。犬と猫、どっちが嫌われていたかというと、どっこいどっこいかなと思うんですよね。だけど、犬がいる場所には猫はいられないのだとすると、江戸時代に猫が放し飼いにされるようになってからのバランスはどうなったんでしょうね。犬と猫は共存できたのかな。

高野　まあ、猫は三次元的に生きているでしょ。ある程度、街並みができていれば、屋根伝いに移動できるんで、都市化した所ではわりと生きられるんですよ。

清水　ああ、それはありそうですね。

高野　田舎で一軒ずつがポツポツ立っているような所だったら、猫も移動のしようがないけども、軒が連なっていたら移動できますよね。

清水　確かに。ネズミの害は都市的な問題だし、都市では犬と猫は空間的に棲《す》み分けができる。犬や猫とのつき合いにも歴史性というか、文化性が反映されているんですね。人間といつも同じようにつき合ってきたかというと、そうじゃなくて、時代や場所によって、つき合い方が変わってくるんですね。

「犬飼うべからず」の謎

高野　中世の日本で犬はけがれた動物だと見なされていたとしても、人々は犬を飼っていたんですよね、番犬や猟犬として。

清水　そういう古文書も残っていますね。戦国大名は、「安堵《あんど》」と言って、土地や物の所有権を認める書状を出して、たとえば「この田んぼ何反は確かにお前のものである」というような一筆をしたためたりするんですけど。なかには犬の安堵もあって、「犬三匹、お前の所有で間違いない」と書かれた文書が山梨県に残っているんですよ。

　そのほかにも、大のこぎり一丁とか、船何艘《そう》とかっていう安堵もあって、生業《なりわい》にかかわるシンボリックな道具の所有を認めることで、その経営規模を認めていたんです。

高野　お墨つきっていうことですか。

清水　ええ、おそらく犬三匹も、猟の経営規模を示す指標なんです。経営規模を認めることで、戦国大名は課税したいんですね。田んぼの場合は、面積を測れるから課税しやすいけど、非農業民の場合は、その人の生業の経営規模がどれくらいなのかがわかりにくいんで、目安として犬を数えたりして税を賦課しようとしていたみたいなんです（参考：勝俣鎮夫「穴山氏の『犬の安堵』について」『中世社会の基層をさぐる』山川出版社）。

高野　その猟師も、のこぎりを使う大工も、そうやってお墨つきがあった方が、多少は税金を払ってでも仕事がしやすいということはあったんですか。

清水　たぶん、そうですね。他の同業者から営業領域を侵犯されることはなかったんでしょうね。

高野　なるほどね。へえ。

清水　あと、答えの出ない話なんですけど。滋賀県に「今堀日吉《いまぼりひえ》神社文書《じんじゃもんじょ》」*33という有名な文書があるんですよ。室町時代になると農村社会が成熟してきて、人々は自分たちで村掟をつくるようになるんですけど、教科書にも載るような典型的な村掟がその文書

＊33 **「今堀日吉神社文書」** 滋賀県東近江市今堀の日吉神社に残されていた中・近世文書群。計千百八十点。国指定重要文化財。当地は、中世では延暦寺領荘園である得珍保（とくちんのほ）内の一郷、今堀郷であり、本文書には今堀郷の惣村関係文書や、得珍保を基盤とした保内商人の商業関係史料が含まれる。

には書かれているんです。

　で、「よそ者を村に住まわせてはいけない」とかいろいろ書かれている中に、「犬飼うべからず」という一文があるんですよ。これが必ず教科書に載っていて、高校の日本史の授業では、必ず生徒から質問が出る。「なんで犬、飼っちゃいけないんですか」って。で、先生を困らせる。有名な文書のわりには誰も答えを出せていなくて、いろんな説があるんですけど（参考：川島茂裕「中世の村の暮らしと犬飼育禁止令」『歴史地理教育』三八三号）。

高野　どんな説があるんですか。

清水　私の考えも交えて整理すると、まず一つは、狂犬病[*34]予防じゃないかという説。室町時代にすでに狂犬病が渡ってきていたことは確認できるので、その流行を警戒している可能性があります。それから、犬が田畑を荒らすことに対する防御という説。あとは、犬を使った「闘犬」で賭け事をしていたんではないか、ということで賭博の規制という説。あるいは、食糧確保策。犬を飼うとエサを与えなくてはならないから、そんなぜいたくなことをしてはいけないっていうことじゃないか。そのほかは、狩猟の規制とい

＊34　狂犬病
ウイルスによって起こる急性伝染病。本来は犬、オオカミ、キツネなどの病気だが、罹患した畜類にかまれると人間にも感染し、独特の神経症状を発する。一般的には江戸時代に渡来したといわれるが、甲斐国（現在の山梨県）の年代記『勝山記』の文明八年（一四七六）条に「犬にわかに石木、または人かみつき、自滅すること数を知らず」との記述があり、戦国時代には渡来していたことがわかる。

う可能性も考えられますね。犬は狩猟に使いますから、共同体として、そうした副業を規制していたんじゃないか。

あと、面白いところでは「犬猿の仲」説。そこの村は比叡山延暦寺の荘園なんですよ。延暦寺の守り神である日吉神社の神獣は猿だから、犬は飼ってはならない。根拠としては弱いかなって思うんですけど（笑）、「犬猿の仲」という言葉は平安時代からあったんで。

高野　なんでしょうね。

清水　いや、見当もつかないですよ。

高野　村の生活に犬は欠かせないと思うんですよ。まず害獣対策。シカとかイノシシみたいに田畑を荒らす動物もいるだろうし、クマだとかオオカミとか、人間に危害を及ぼす可能性があるものもいますよね。犬がいれば吠《ほ》えますからね。だから、「犬飼うべからず」と決めたのは、犬を飼う必要性を感じない村だったっていうことですよね。

清水　そうですね。

高野　そういう害獣のおそれがない。

清水　言われてみれば、確かに平地の村ですね。

高野　わりと街に近いところですか。

清水　そうですね。そうか、それはありますよね。山村だったら、犬を飼わないわけにはいかないし、狩猟もやっていれば必要ですしね。

高野　あと、よそ者が来たときも、犬はもう、とにかくすぐ吠えるんですよ。この前、タイの地方を二カ月くらいぶらぶらしてたんですけど、どこに行っても、いち早く犬は吠えるんで参りました。だから、犬がいたらよそ者はなかなか近づけないですよね。

清水　なるほど防犯上の効果があると。

高野　防犯上必須ですよね。だから、犬がいなくていいような環境にあった、ということなんでしょうね。もしかしたら商売が活発だったとか、そういうことじゃないですか。

清水　そうです。かなり流通経済が発達した地域ですね。

高野　それだと、よその人に来てもらわないと困るということかもしれない。犬が吠える所には行きたくないし、行けないし、怖いじゃないですか。

清水　そうか、そうか。外来者を排除するような村じゃなかったということですか。なるほど、それは面白いですね。しかも、新説としてかなり蓋然性が高いじゃないですか。視点が違うとぜんぜん違う説が出てきますね。犬猿の仲説よりは説得力がありそうだ（笑）。

ほおひげを生やしたら中国かぶれ

高野　ちょっと話は変わるんですけど、一つ思い出したことがあって、ひげを伸ばす習慣っていうのは、やっぱり西アジアの方から伝わってきたものなんですかね。
清水　え？
高野　中国の皇帝の肖像画とかを見ると、ひげを長く伸ばしているでしょ？
清水　はい……。
高野　でも僕が見る限り、モンゴロイドでひげが濃いのは、せいぜい日本人で。

清水　あ、そうですか。
高野　なんでか知らないけど、日本人はモンゴロイドの中では濃いんですよ、ひげが。中国人や朝鮮人は薄いんですよね。
清水　ああ、そういうイメージはありますよね。
高野　タイやミャンマーのへんの人たちもみんな薄いんですよ。でも中国の皇帝って、昔から、こう、ひげを生やしているわけでしょ？
清水　はい。
高野　でも、あれは、つけひげだと思うんですよ、もしあったとしても。
清水　ああ、そうですか。
高野　だって、あんなにフサフサ生えない人の方が圧倒的に多い。
清水　漢民族には。
高野　そりゃ、人によってはひげが濃い人もいたと思うけど、あんなに生える人は滅多にいない。
清水　ほう。
高野　滅多にいないのに、やっぱりこう、絵とか何かにそういう姿が残されているってことは、つけひげを使っていて。やっぱり西アジアの人たちがひげを伸ばしているのを見て、ひげがあった方が強そうだし、えらそうだしっていうんで。

清水　でも、中国人が西域の異民族の文化のまねをしますかね。中華思想の持ち主である彼らにとって、西域は文化的に下なんじゃないですかね。

高野　うーん。でも、古代王朝の「周」はもともと西の遊牧民だったという話もありますね。漢族はあんなにひげは生えないんじゃないかなあ。

清水　権力者だけでなく、孔子[*35]とか仙人なんかも生やしてますよね。ひげがやっぱり権威の象徴になってはいたんでしょうね。

高野　僕のね、妄想なんですけどね、絶対につけひげの需要が高かったと思うんです。

清水　そうだったのかな。

高野　で、「つけひげ文化」っていうのがあってね、それが日本にも伝わってきたんじゃないかってね。

清水　日本の絵巻物に出てくる中国人は「ほおひげ」を生やして

＊35　孔子（紀元前五五一？～前四七九）
中国、春秋時代の思想家。儒教の開祖。名は丘。字は仲尼。魯に生まれるが、諸国を遍歴し、徳治主義の思想を説いて回る。その思想は、後に中国思想の根幹となり、日本を含む東アジア思想界に多大な影響を残した。弟子の編纂による言行録に『論語』がある。

いるんです。漢字では「髯」と書くんですが、ほおのひげが中国人を表す文化的コードなんですよね。

高野　へえ。

清水　だから、日本人はほおひげは伸ばすもんじゃないっていう意識があって。中国人と日本人を識別する違いは、ほおひげが伸びているかいないかだという（参考：黒田日出男《くろだひでお》「『髭《ひげ》』の中世と近世」『週刊朝日百科日本の歴史別冊　歴史の読み方1』朝日新聞社）。

高野　へえ。日本人はだいたい口ひげと……。

清水　あごひげですよね。だから逆に、中国にものすごく強いあこがれをもっている人は、ほおひげを伸ばしたがるんですよ。先進文明にあこがれると。

高野　へえ（笑）。

清水　足利義持はほおひげが長いでしょ。彼、すごく特徴的にあれを伸ばすんですよ。

高野　なるほど、確かに義持はあそこがモサモサしているイメージですけど、あれは単に毛深かったんじゃなくて。

清水　すごく中国好きなんです。ただ、男の人でもほおひげを生やすのって難しいですよね。

高野　あんまり伸びないですよね。

清水　豊臣秀吉も、肖像画を見る限りでは、ほおひげがついているんですよね。彼も中華文明へのあこがれをもっていて、中華帝国の皇帝になろうとして朝鮮出兵をするんで。だから、秀吉がつけひげだったとしたら、ほおひげの部分だったんじゃないのかなって思ったりもするんですけどね。確かに、ちょっと薄そうなひげなんですよね。

高野　秀吉がつけひげだったという記録は残っているんですか。

清水　一五九〇年に秀吉が小田原の北条氏を攻めるために遠征してくるんですが、そのときに「つくり鬚《ひげ》」をつけていたという記事が『当代記』という記録にあります。ただ、このときのひげは「鬚」と書いてあるところからすると、ほおひげではなく、あごひげなんですよね。もしかしたら、高野さんの言うとおり、中国皇帝風のあごひげだったかもしれませんね。

ところが、江戸時代になると、日本人はひげを伸ばさなくなるんですよね。

高野　ああ、そうなんだ。

清水　ひげは、かぶき者みたいなチンピラか、お年寄りが生やすものというふうに意識が変わっていきました。アンダーグラウンドな人たちやおじいさんを表す記号になったんですよ。

高野　じゃあ、その流れが今でも続いているっていうことですかね。

清水　じゃないですかね。お年寄りはマンガの中ぐらいでしか生やさなくなりましたけど。

高野　今でも会社員はひげを剃っていて、フリーランスの人間はよくひげを生やしていますよ。

清水　確かに確かに（笑）。

高野　僕自身も生やしているから、フリーでひげを生やしている人に会うとゲッソリするんですけどね。

清水　他のアジアの国ではどうなんですか。ひげが男のシンボルだったのが、欧米のおしゃれな映画とかそういうのに触れていく中で、格好悪いと思われるようになっていったりしたんですか。

高野　まずモンゴロイドは薄いでしょ。だから生えないんですよ。

清水　イスラムの方ではどうですか。

高野　イスラムの人たちは濃いですし、ひげが信仰の深さを表す象徴になっているんですよ。特にあごひげを生やすのが。

清水　ああ、あごひげなんですか。

高野　その国のイスラム度をチェックするときは、街に出て、あごひげを生やしている男の人がどれくらいいるのかを見ればいいんです。結構、指標として役に立つんですよ。

清水　じゃあ、男らしさとかジェンダーの問題ではないんですか。

高野　うーん。口ひげは男らしさで、あごひげは宗教性なんです。

清水　イスラムの人たちも、暮らし方や生き方が西洋化していくと、やっぱりツルンとした感じになっていくんですか。

高野　西洋化した人はツルンとしてますよね。たとえば、ソマリ人がイスラムの過激派について話すとき、あごに手を当てるんです、「あいつらはこれだからさ」と言って。

清水　あごひげはゴリゴリのイスラム主義の象徴なんですね。

高野　そうそう。

清水　じゃあ、そういうひげのシンボリズムはなくならないんでしょうかね。

高野　イスラム圏では、あえてあごひげを伸ばす人が増えている感じがしますね。特に若い人であえて生やしている人とかはね、増えてますよね。

伊達政宗のイタい恋

清水　江戸時代の元禄年間が日本の歴史のターニングポイントだったという話をしましたよね。ひげがなくなるのはまさにその頃で、もう一つの傾向としては、同性愛文化がすたれていくんですよ。もちろん、アンダーグラウンドな世界では残るんですが、趣味としておおっぴらに同性愛を楽しむ風潮がなくなってきますよね。なぜかというと、もともとは同性愛もひげと同じで、男らしさの表れだったんですね。

高野　そうだったんですか。

清水　なよっとした感じのものではなくて、「女なんかとつるんでいられるか」というような感じの。

清水　同性愛は戦国の文化なんですよね。もちろんそれ以前に寺院社会などでは一般的だったんですが、戦国になると過酷な社会を生き抜いていくには、女をはべらせてなんかいられない。信頼できる男だけで周囲を固めておく方がいいというマッチョな価値観なんですよ。

高野　なるほど、そういうことですか。

清水　だから、平和な時代になっても愚連隊をやっていたかぶき者には、同性愛の文化が残ったんです。それが社会的に見てみっともないことだと考えられるようになったのが元禄の頃で、ひげの文化も同性愛の文化もなくなっていくんです。戦士が去勢されてサラリーマンになっていったような感じですね。薩摩なんかの武士社会では最後まで残ったみたいですけど。

高野　そうですか。

清水　そうらしいですよ。九州の方では、同性愛文化は明治の頃ぐらいまで残っていたらしいです。夏目漱石が熊本の高校に赴任したとき、寮で男色絡みの暴力事件があったことを驚いて手記に書き残していますね。

高野　しかし、武士は子孫を残さなきゃいけないから、同性愛を好む人たちもバイセクシャルだったっていうことですよね。

清水　そうですね。ただ若いうちはそっちにばかりいっちゃって、子どもをつくるのが遅れるということはあったみたいですよ。江戸時代になってからの話ですけど、三代将軍の徳川家光[*36]なんか、若い頃、小姓[*37]との同性愛一本槍で、女性を近づけないものだから、いつまでたっても子どもが生まれないんですよ。あまりにひどいんで、乳母[*38]の春日局《かすがのつぼね》が心配して、家光好みの女性を探しにゆくという逸話が伝わっています。

高野　ホモセクシャルの人好みの女性って、どんな人なんですか（笑）。

清水　色の白い女性的な女性ではなくて、色の浅黒い男性的な女性が好みだったみたいですよ（笑）。家光の「恋人」の一人に堀田正盛[*39]がいるんですが、彼は色が浅黒かったんで、加賀の前田家の小姓にはなれなかったらしいんですが、逆に家光はそこを気に

＊36　徳川家光（一六〇四〜一六五一／在職一六二三〜一六五一）
江戸幕府第三代将軍。二代秀忠の子。四代家綱・五代綱吉の父。その治世に鎖国令、島原の乱鎮圧、参勤交代の制度化などが行われ、江戸幕府の支配体制が確立した。

＊37　小姓
中世後期から近世にかけて、寺院や貴人の家で、主人の身辺の雑用を果たした少年。しばしば男色の対象ともされた。

＊38　乳母
実母に代わって子どもに乳を与え、養育する女性。

＊39　堀田正盛（一六〇八〜一六五一）
江戸前期の老中。徳川家光

入って取り立てたらしいです（参考：氏家幹人《うじいえみきと》『江戸の性談』講談社）。正盛はそれを恩義に感じて、家光が死ぬと殉死するんですが、その切腹のときも、家光以外の者に肌を見せたくないといって、肌ぬぎをせずに切腹したらしいです。
でも、家の存続とかそういうことを考えると、同性愛はまったくの浪費、無意味な行為になるんでしょうね。

高野 だけど、若くて戦場でバリバリ戦っているうちは、そっちの方がいいんでしょうね。

清水 女なんかには見向きもしない。

高野 まあ、実際、同性愛の方が安全ですしね。

清水 本当に信頼できる部下を身の周りに配置するのが一番安全だし、その部下と肉体的な関係まで結んでしまえば、絆《きずな》がより強固になるという。

高野 だって、女がいたら守らなきゃいけなくて、大変な手間だけど、男だったら自分を守ってくれるわけだし。

清水 仲間として一緒に戦えるわけですよね。合理的ですよね。
伊達政宗[*40]がラブレターというか、恋人である男の子にあてた手

の信任を受け、小姓から若年寄、老中を歴任。家光の死にともない殉死。

＊40 伊達政宗（一五六七～一六三六） 安土桃山～江戸初期の大名。陸奥仙台藩主。戦国大名伊達家の当主を継ぎ、南奥州を支配下に置くが、豊臣秀吉に降伏。関ヶ原の戦い、大坂の陣で徳川家康につき、仙台藩の基礎を築いた。一六一三年には家臣支倉常長を慶長遣欧使節としてローマへ派遣。隻眼で知られ、〝独眼竜〟の異名をもつ。

紙も残っているんですよ。「俺は浮気はしていない。お前だけなんだ」ということを女々しく書き連ねていて、「愛の証《あか》しのために、今すぐ腕に刀を立ててもいい」と言っているんです。操《みさお》を立てるためにタトゥーを入れるみたいな感覚なんでしょうね。だけど、「俺ももう孫がいる年齢だし、行水を浴びるときに小姓たちに見られて笑われてしまうとみっともないので、やりたいけどできない」とかって（参考：佐藤憲一『伊達政宗の手紙』新潮選書）。

高野　説得力ないじゃないですか（笑）。

清水　あの時代の愛の証し立てって、ものすごくエキセントリックなんですよね。起請文を書いて血判を据えたりとか。それが愛の証明方法なんですよ。

高野　ソマリにもいましたけどね、そういう人たちは。

清水　それは同性愛？

高野　異性愛ですけど、好きな人ができると、自分で切るんです。刀傷をもっている男の人がいましたよ。結構年配の人でしたけど。

清水　どういうふうに切るんですか。

高野　刃物で腕にザッとやる感じですよね。縦に切ってました。

清水　動脈いったら、危ないじゃないですか。

高野　ちゃんと避けているんでしょうけどね。かなり痛いだろうなあって思いますよ。だって、三十年くらい前の傷がいまだに残っているわけだから。

清水　すごいなあ。それは刺青《いれずみ》みたいなマーク？　十字にするとか丸くするとかそういうのではなく、一筋に？

高野　そう凝ったもんじゃなくて、喧嘩でついたように見える傷なんだけれども。「いや、これは違うんだ」って。「昔は、好きな子ができると、こんなにもお前のことを思っているんだって言って、目の前で切った」って。それは口説きなんだって。

清水　それは引くわ（笑）。

高野　同じように両腕についていたんですよ（笑）。

清水　二度やったんですか。

高野　確かに喧嘩ではそんなにきれいに二本はつかないから、二回チャレンジ。

清水　へえ。それでほだされる子もいるんですかね。

高野　そういう文化なんでしょう。

清水　日本の場合、戦国時代の人たちは、男女の恋愛よりも男同士の恋愛の方がピュアだくらいに考えていたのかもしれないですね。家の存続とか、子どもをつくるとか、そういう打算なしにやっているから、その分、純粋だぐらいに思っていたのかもしれないですよね。

高野　それはわかりますね。

清水　わかりません（笑）。

高野　いやいや感覚として。あの、何というか、肉体関係はなくても精神的なものってあるじゃないですか。たとえばハードボイルド小説なんかに出てくる男同士の友情とか。

清水　ああ、はい、ええ。

高野　ああいうものも、そうでしょ？

清水　うん、なんか読んでいると、ちょっとホモセクシュアルな感じがにおってくることはありますよね。

高野　ああいう小説には、男女の愛よりもピュアな世界っていうのが描かれていると思うんですよ。

清水　ああ、そうですね。

高野　男女の関係には、結婚して家庭をつくってとか、なんかそういう所帯じみた、もろもろの雑味が入ってくるけども、男同士の関係は、そこから生まれるものが何もない分、純粋な感じがすると思うんです。

清水　そうですね。戦国武将に同性愛が多かったのは、戦場に女を呼べない代わりに男を愛していたからだと俗に言われるんですけど、それは絶対に違って、男同士の方がよかったからなんですよね、やっぱり。

高野　でも、誰もができたわけではないんですよね、きっと。

清水　いや、百姓レベルでもできたみたいですよ。戦国時代の和歌山県の『粉河寺旧記《こかわでらきゅうき》』*41という記録に、村の踊りの記事が残っているんですけど、若い男の踊り手について「振りよし、肌よし、美人なり」とかって書いてあって。庶民の間でも、あの男の子は格好いいね、かわいいね、といった話をしていたんじゃないかと思います。もともとは武士階級の戦士のメンタリティだったんでしょうけども、たぶんそれが下降していって農民クラスにも共有されていたんじゃないですかね。

＊41　『粉河寺旧記』
和歌山県紀の川市粉河の粉河寺に伝わる中世後期の年代記。寺僧による編纂と考えられ、寺内社会や周辺地域の情報が豊富。

高野　それが江戸時代になって変わっていくんですか。

清水　もちろん、すぐに変わったわけではなくて、江戸時代に入ってから百年ぐらいかけて、じわじわと変わっていくんです。そういう転換が起きた江戸時代って、やっぱりすごいですよね。

高野　ちなみにレズビアンはあったんですか。

清水　それ、授業では必ず質問で出ます。まず女性のことは史料に表れにくいという前提があるんですけど、レズビアンの記録はほとんど見えません。

唯一、『天狗草紙《てんぐぞうし》』[*42]という絵巻物の中に、一遍が興した時宗の教団が描かれている箇所があって、その中に二人で肩を組んで歩いている尼さんが出てきます。通常、中世の日本人って肩を組まないんです、男も女も。組んでたら、やっぱりちょっとおかしい関係なんですよね。なので、これはレズビアンを表している絵なんじゃないかと（参考：黒田日出男「『天狗草紙』における一遍」『姿としぐさの中世史』平凡社ライブラリー）。

時宗は踊り念仏をやったりしていたので、既存の仏教界からは怪しげな教団と見られていたんですけど、絵巻の作者は反時宗の

＊42　『天狗草紙』　鎌倉時代の絵巻物。全七巻。一二九六年の成立。奈良・京都の大寺院の僧侶や、浄土宗、禅宗、時宗などの僧侶を七種の天狗にたとえて風刺した内容。

立場の人なので、レズビアンの尼僧を描くことで、「この教団はカルトだ」というプロパガンダをしたかったのかもしれません。
授業で、こんなふうに同性愛の話をすると、学生は喜ぶんですよ、特に女の子が。「一年間の授業の中では、伊達政宗の古文書の話が一番面白かったです」とかって。

高野　ムリもない（笑）。

清水　同性愛は今ももちろんあるわけですし、性同一性障害みたいな事情を抱えている人もいます。でも、そういう次元とは別に、同性愛には文化的な側面があって、男らしさや女らしさというものは歴史的に変化していくものなんだって学生にわかってもらうために、僕はこの話をするんですけど。

第四章　独裁者は平和がお好き

すか。

古文書殺人事件はなぜ起きないのか

高野　古文書というのは、もうかなり出尽くしているものなんですか。

清水　はい、中世文書については、あらかた……。

高野　眠っていた古文書が新たに発見されることは、さすがにそんなにないんですか。

清水　たまにはありますけどね。

高野　歴史学者って、古文書を発見して、それが大々的にニュースになってというイメージがあるんですけど、そういうことはほとんどないんですね。たとえば冷泉家《れいぜい》*1の蔵に眠っていた文書が、とかは。

清水　それもあらかた明らかになっているんです。

高野　ああ、そうなんだ。

清水　未知の文書はこれからも発見されるでしょうけど、歴史が大きく変わるような新発見は、なかなかないんじゃないですかね。

＊1　冷泉家
藤原北家の流れをくむ公家の家。和歌や蹴鞠を家芸とした。室町時代に上下両家に分家。明治維新後はともに華族に列せられた。京都市上京区に上冷泉家の屋敷(時雨亭文庫)が現存しており、一九八〇年から本格的な調査が始まり、藤原定家自筆日記『明月記』をはじめ、数万点に及ぶ貴重な典籍・文書が確認された。

それに、仮にそういう古文書が見つかったとしても、それを見つけた人が評価されるということはないんですよ。たまたま運がよかったということで。何々県の歴史編纂《へんさん》の過程で旧家から古文書が発見されて、それで何か重要なことがわかったとしても、それはそういう立場にいたから見つけたということであって、その発見者個人が何か英雄視されることはないと思いますし、あってはいけないと思います。それよりも研究の世界では、既存の史料を読み換えて、こう読めるんだと言って、新たな歴史像をつくり上げる方が高く評価されます。

よくテレビの二時間サスペンスドラマなんかに歴史学者が出てきて、新発見の古文書を巡る争いの果てに殺人を犯したりするじゃないですか。手柄を独り占めにするために弟子を鈍器で殴り殺したりとか（笑）。

高野　ああいうことは起きないんですね（笑）。

清水　起きないんです。もちろん発見は重要ですけども、発見した人が一気に超一流に上り詰めるかというと、そうはならないんで。そこは一般の人との認識に差がありますね。ちなみに中世の史料はもうほとんど活字になっているんですよ。

高野 そうなんですか。

清水 だから、今の若い中世史研究者はくずし字が読めなくてもそこそこの論文が書けます。江戸時代の史料となると、活字にできないくらい膨大な量があるんで、くずし字が読めないと研究はできないんですけど、中世の史料はだいたい本になって刊行されていますから、あとはそれらをいかに読み込んで新しい知見を導き出すかということなんです。もちろん活字が間違っていることもありますし、まだ活字になっていない史料もありますから、本当は読めなくちゃいけないんですけど。

高野 清水さんが若い頃は、活字になってなかったんですか。

清水 なっているのも結構ありましたけど、ここ十年、二十年で活字化が飛躍的に進みましたね。

一応、僕のオリジナリティは、公家の日記を読み込んで、その中に出てくる三面記事っぽい話、誰と誰が取っ組み合いの喧嘩をしたとか、そういうふつうの研究者が読み飛ばすような記述を拾って、事件史的に構成したっていうことなんですけどね。

高野　あの、思うんですけど、なんで公家はあんなに熱心に日記をつけたんですかね。

清水　それはやっぱり、毎年同じように宮中の儀式を続けていく必要があるんで、それを記録しなくちゃいけないんですよ。去年やったことを、今年も同じようにやり、来年も同じようにやらなくちゃいけないから。本来、日記はそういうことのための備忘録で、三面記事的な話の方は、今のブログと同じような感覚で書いているんです。

高野　記録は人に見せるために？

清水　子孫に見せるために。

高野　ああ、なるほど。子孫に見せるため。

清水　たとえば、ある儀式で、いつもは清水家が上席に座っているのに、今年は高野家がその席に座った、これは非常におかしなことであって、ゆめゆめ繰り返されてはならない、といったことを激烈な文章で書き記したりしているんです。自分が死んだ後、清水家と高野家の家格が逆転し、固定化されることは彼らにとって恐怖なんで。この儀式に参列するときは右足から出すか、左足から出すか、みたいな細かい作法も克明に書き残しています。

高野 じゃあ、公家は日記をたくさん書く傾向があって、やっぱり武家はあまり書かない？

清水 あまりないです。武家の日記がたくさんあったら、さぞかし面白いだろうと思うんですけど、武家は常に転変する現実と向き合っているんで、日々の記録を書き残したいというモチベーションがたぶんなかったんだと思うんですよね。だから残ってないんじゃなくて、たぶん書いてないんだと思う。

高野 僕の妻の父親は、もう亡くなっちゃったんですけども、明治大学の教授だったんですよ。

清水 ああ、そうですか。どちらの。

高野 農学部の。バイオとかやってたりしてたんですけど。もともと信州の古い家の出身で、その家には古文書が残っていて、なんかね、後醍醐天皇の手紙が出てきたんですよ。

清水 えっ、本当ですか。

高野 あったって言うんですよ。後醍醐天皇はすごく変わった人で、ふつう手紙っていうのは……あの、何でしたっけ？

清水　右筆《ゆうひつ》と呼ばれる秘書が書くんですよ。天皇の場合は、蔵人《くろうど》がそれに当たります。

高野　でも後醍醐天皇って……。

清水　ああ、そうなんです。自分で書くんです。天皇は基本、直筆では書かないことになっていて、全部、秘書が書くんですけど、後醍醐は気が短かったのか、秘書の名前を使って自分で書いているんですよ。

高野　すっごい変わっている人で（笑）。

清水　で、蔵人の署名まで自分で書くっていう（笑）。

高野　意味ないじゃないかという（笑）。で、義父の話だと、その手紙を東大の史学科で見てもらったところ……。

清水　あ、じゃあもう確認されている？

高野　そう、確認されてて。その手紙は「以前、軍勢を送るように頼んだら、はい、わかりましたと言ったのに、なんでまだ来ないのか。いいかげんにしろ」という叱責の内容だったというんですね。

清水　後醍醐らしい。

高野　全国で十何通だか二十何通だか確認されているうちの一通だとかいって。

清水　へえ、それはすごい。

高野　だから、そういう形で手紙が残っているようなケースはあるんですね。

清水　それはあります。旧家からまだ出てくる可能性はもちろんありますね。

高野　ついでに言うと、僕の母方の伯父が山梨県の郷土史家で、網野善彦さんとずっと一緒に仕事をしていたんです。

清水　えっ、本当ですか。何という方ですか。

高野　清雲《きよくも》俊元《しゆんげん》というんですけど。山梨にある武田信玄[*2]の博物館の理事をやってます。

清水　信玄の博物館というと、恵林寺《えりんじ》にあるやつですよね、甲州市塩山《えんざん》の信玄公宝物館。

高野　そうです。その恵林寺の五百メートルくらい北側に放光寺《ほうこうじ》というお寺があって、伯父はそこの住職なんですよ。そこが母の実家なんです。信長の軍勢によって恵林寺が焼かれて、快川《かいせん》和尚《おしょう》

＊2　武田信玄（一五二一～一五七三）
甲斐国の戦国大名。名は晴信。隣国信濃に侵攻し、越後の上杉謙信と川中島で五次にわたって戦った。信濃一円を抑えた後は駿河や関東などにも侵出し、中部地方一帯に大領国を形成。織田信長と対立するに至ったが、三方ケ原で徳川家康を破った後、病死。「風林火山」の旗印を用いた。戦略家・戦術家のイメージで知られる。

が「心頭滅却すれば火もまた涼し」と言ったと言われてますが、そのとき、うちの寺も巻き添えを食って焼けてたんです。

清水　いずれも信玄研究では重要な場所ですよね。

高野　伯父は網野さんと親しくて、「いい仕事してますね」って言われたこともあるそうです。それから、網野さんたちと山梨県立博物館の設立にかかわって、今は運営委員長をやっているみたいです。

清水　網野さん、山梨のご出身ですからね。

高野　で、その伯父に昔、聞いたんですけど、武田信玄がどういう人だったかなんてよくわからないそうですね。そういえば、これは伯父じゃなくほかの誰かに聞いたおぼえがあるんですけど、軍師[*3]の山本勘助[*4]なんていうのは実在したかどうかもわからないと。

清水　最近ね、山本勘助がいたのはほぼ間違いないってわかってきたんですよ。

高野　そうなんですか。

清水　ええ。不思議なことに、NHKの大河ドラマで武田信玄が扱われるたびに、文書が発見されるんですよ。たぶん話題になる

＊3　軍師
大将につき従って、戦場で計略・作戦を立てる者。ただし、実際の戦国時代には「軍師」という役職は存在せず、後世の物語などでつくられたイメージが大きい。山本勘助についても、実際に武田家の軍師であった証拠はない。

＊4　山本勘助（？〜一五六一）
戦国時代の武将。兵法に優れ、武田信玄に軍師として仕え、川中島の戦いで戦死したと伝えられる。井上靖の小説『風林火山』の主人公。その活躍が『甲陽軍鑑』にしか描かれていないことから、長く架空の人物と考えられてきた。

から、うちにもこんなのがあるよっていうんで、持ち込まれるんでしょうね。

山本勘助は長く架空の人物とされてきたんですけど、一九六九年に『天と地と』が放送されたときに、長野から北海道に移住した人の家で一通の古文書が見つかって、その中に「山本菅助」(勘助)の名前が出てきた。で、調べてみたら間違いない、だから実在するんだっていうことが明らかになって。それから、二〇〇七年に『風林火山』が放送されたときにも、群馬県の旧家と勘助の子孫とされる家から勘助やその子孫にあてた文書が、それもかなりまとまって出てきて。だから、今はもう、実在したということでほぼ間違いないんです(参考:山梨県立博物館監修『山本菅助の実像を探る』戎光祥出版)。

高野　間違いないんですか。へえ。

清水　ただ、ドラマで描かれるほど活躍した人物だとは言えないけれども、まあ、モデルになるような活動はしていた。

高野　まあ、山梨県人にとっては朗報だったでしょうね。

清水　そうですよね、山本勘助が実在するかどうかって、大きな問題ですよね。

延暦寺焼き討ちは歴史家を救ったか

清水　同業者ともよく話すんですが、中世史の古文書は適量なんですよ。近世史になると量が膨大になって。古代史になると今度は少なすぎて、六国史《りっこくし》[*5]と少数の文書ぐらいしか残っていないんですが、中世の文書は、一人の研究者が一生をかけてざっと見ることができるぐらいの量が残っているので、トータルな時代イメージをつくり上げていくのに一番向いているんです。

だから、日本史の世界では、新しい方法論を真っ先に開拓するのは、だいたい中世史の研究者だと言われているんです。歴史学の新たなブームが起きるときに、その口火を切るのは必ず中世史で、マルクス主義歴史学を最初に取り入れたのも中世史だったんですよ。社会史のブームを最初につくり出したのも、網野善彦さんのような中世史の研究者で。それはたぶん史料の量が適度だからで、新しい方法論を使って、それまで死んでいた史料を見直し

＊5　六国史
奈良・平安時代に朝廷によって編纂された正史。『日本書紀』『続日本紀』『日本後紀』『続日本後紀』『日本文徳天皇実録』『日本三代実録』の総称。

て、歴史像を組み立てることができるんです。

近世史だと、史料の中であっぷあっぷしてしまって、何か新しい方法論が出てきても対応しづらい。古代史も史料が少ないから、そう簡単には対応できなくて。中世史は史料が適当な残り具合でいいんじゃないかと言われますね。

高野 へえ、面白いなあ。

清水 織田信長の比叡山延暦寺焼き討ち[*6]は、あれはやってくれてよかったのかどうかという話もありますよ。

高野 ああ、延暦寺にはやっぱり相当な量の文書が。

清水 あったはずなんで、あれが焼けずにそっくり残っていたら、たぶん中世史の研究は面倒くさいことになっていた。

高野 そんなこと言ったらダメじゃないですか（笑）。すごいことがわかったかもしれないじゃないですか。

清水 残っていたとしても政治史が塗り替えられる程度で、僕が研究しているような庶民生活の歴史が大きく変わることはないと思うんですよ。

この問題については、以前、ある先輩の研究者と飲みながら話

＊6　比叡山延暦寺焼き討ち
一五七一年、織田信長が比叡山延暦寺を焼き討ちにした事件。前年に信長に敵対する浅井氏・朝倉氏を延暦寺がかくまったことへの報復として、根本中堂をはじめ山王二十一社ことごとくが焼き払われ、古代以来の貴重な寺宝や古文書が多数失われた。一方で、これにより古代以来の宗教的権威が否定され、合理主義的精神が芽生えるきっかけとなったとする評価もある。

したことがあって、僕はそのとき「やっぱり延暦寺の文書が残っていたら、ずいぶん歴史像が変わったんじゃないか」と言ったんです。そうしたら、向こうは「そんなことを言うようじゃダメだ。今までの歴史学は、残っていない史料の中身まで想定して歴史像を描いてきたんだから、そういう先人たちの営みを信じなきゃいけない」と言われて、ああ、それはそうだなって納得したんです。

高野　そこで揺らいではいけないんですね。

清水　どんな史料が新たに見つかっても、我々は、そんなことは織り込み済みで考えている、と言えなくてはいけないんでしょうね。

高野　だから、古文書を巡る殺人事件も起きない。

清水　そうなんです。博士が功績を独り占めするなんてことはない。

カオスでぐずぐずが室町時代の真実

高野　網野善彦さんという研究者はどんな方だったんですか。僕も学生時代に網野さんの本を読んで、面白いなあと思った口なんですけど。

清水　中世のイメージを革命的に変えた人だと思いますね。それ以前は、日本の中世は武士と農民の時代で、荘園は閉鎖的な村落で、人々はみんな自給的な暮らしをしていたというイメージでとらえられていたんですが、そうじゃなくて、非農業民を含むさまざまな人たちがうごめいていた社会だったんだというオリジナルな着想をもち込んで、注目されたんですよ。映画『もののけ姫』[*7]にも影響を与えていますよね。

高野　そうなんですか。

清水　あのたたら場[*8]で働いている、顔に覆面をしているような人たちとか、非農業民とか、教科書に出てこない人たちにスポットを当てたのは、間違いなく網野さんですよ。

網野さんの研究はスケールも大きくて、ミクロな庶民群像や偽文書なんかを取り上げる一方で、その中で人類の歴史が大きく転換するというようなマクロな議論もしているんですよね。鎌倉時代とか室町時代とか、そういうちまちました話じゃなくて。僕も

＊7　『もののけ姫』
一九九七年公開の日本のアニメ映画。宮崎駿監督作品。室町時代の日本を舞台にして、森を荒らす人間たちと神々の相剋を背景に、少女サンとアシタカの交流を描く。日本中世史や民俗学の新知見を多く取り入れ、独特の世界観をつくり出すことに成功した。

＊8　たたら場
製鉄を行うための大型の鞴（ふいご）をもうけた製錬炉。足で踏んで風を送り砂鉄を製錬する。『もののけ姫』で描かれたような大型のたたら場は、中世では確認できない。

学生時代に初めて読みましたけど、すごくビビッドな印象がありますよね。先に名前を挙げた藤木さんや勝俣さんと網野さんは同時期に活躍されて、一時代を築かれた方たちですが、あの世代の研究者はやっぱりすごいですよ。

高野　網野さんは突然出てきた人だったんですか。

清水　長い雌伏期間があります。あの方は研究所勤めをされた後、都立高校の先生を長くなさってたんです。その間にひたすら古文書を読み込んでいて、その努力のさまは学界でも半ば伝説化しています。だから研究者としての基礎体力がすごいんです。一見、突拍子もない説を唱えているように見えても、その背後に膨大なデータがあることが伝わってくるし、理論が骨太だから、みんな一目も二目も置いていたんだと思います。

それと、歴史学者って、史料に基づいたことしか書けないし、古文書の数は限られているので、いったんメディアでブレイクした後、だんだんネタが枯渇してきたり、同じエピソードを何度も書いたりしゃべったりしがちになるんですけど、網野さんが書いたり語ったりしている中には、いつも必ず何か新しいネタが入っているんですよ。その間もものすごい勉強しているっていうのもあるんですけど、やっぱり雌伏の期間が長い方が研究者として擦り減らないんだなあと思って。

高野　中世史のとらえ方って、結構、研究者によって違ったりするんですか。

清水　大きく分けて、中世を秩序立った社会と見るか、カオスと見るかという違いはありますね。政治史が好きな人は、天皇に収《しゅう》斂《れん》するような統治秩序を見いだそうとする傾向がある。僕が「中世は無秩序な社会だった」というふうに書くと、「そうじゃない。中世にも天皇制があって幕府があって、それなりに支配制度が覆っていたはずだ」と言われることもあります。まあ、それ以前に、ベテランの研究者から「日本が無秩序な社会だったことをことさらに強調して、一体何の得があるんだ」って食ってかかられたこともありますけど（笑）。

高野　個人の思想信条の領域に割り込んでくるんですか（笑）。

清水　無秩序では、論文のテーマになりにくいんです。ぐちゃぐちゃだったように見えるけど、実は一定のシステムが機能していたっていうふうに書く方が論文として締まりがいいじゃないですか。だから、そういう志向になりやすいんだと思います。

僕は、中世はぐずぐずでいいじゃないか、ぐずぐずが真実なんだと。一応、中央権力の支配はあったかもしれないけど、その言うことを聞いている人も聞いていない人もいたんだよっていう立場なんですけど。

高野　僕もね、室町時代は正直言って苦手だったんですよ。たいていの人はそうだと思うんですけど、何しろよくわからない。ごちゃごちゃしてるし。

清水　くっついたり離れたり、いまだによくわからないです。でも、わりとぐだぐだしていたのがこの社会なんだっていう、それを真実として受け入れないとダメでしょうっていうのが、僕のスタンスです。

差別につながるケガレの基本、〝死〟と〝血〟

高野　僕が藤木久志さんの『刀狩り』を読んだのは、被差別民について知りたいと思ったからでもあるんですよ。

清水　『刀狩り』で、藤木さんは被差別の話はしてないでしょ？

高野　していないけど、殺生の問題に興味があって。ソマリにも実は被差別民がいて、刃物をつくる人たちもそうだったんですよ。

清水　刃物をつくる人？

高野　鍛冶屋ですね。

清水　そこは日本とは違いますね。

高野　鍛冶屋の立場っていうのは、ちょっとよくわからないんですけど、特別な人たちでしょ。

清水　そうですね。特殊な利器をつくっている。でも、日本では鍛冶屋はそんなことないですよ。それを使う皮革職人なんかは被差別でしたけど、刃物をつくる人の中には、関の孫六《せきのまごろく》*9みたいに名前がブランドになる人もいたぐらいで。

高野　ブータン、それからソマリはそうなんですよ。あと、それに付随して、鍋をつくったりする人、鋳掛《いかけ》*10ですよね。

清水　その人たちも。

高野　そうなんです。イスラム的には、狩りをする人も。

＊9　関の孫六
室町後期に美濃国関（現在の岐阜県関市）で活動した刀鍛冶の名工。とくに二代目孫六兼元をさす。

＊10　鋳掛
鍋釜の壊れた部分にはんだを流して修理すること。またそれを職業とする鋳掛屋。

清水　それはわかります。日本中世でも、ケガレの基本は〝死〟と〝血〟ですから、そこにかかわる職業で、殺生をせざるをえない漁師・猟師はどうしても差別されてしまいますね。

高野　あと、物乞なんですね。物乞っていうのは、ふつうの物乞もいるんだけど、子どもが生まれた家に行ってお金をせびったりするという。

清水　ああ、はいはい。日本の江戸時代にもありました。お祝い事がある家に押しかけちゃうんです。その家ではそういう人たちに何かを恵んであげて帰ってもらうという。ああ、やっぱりそういうのもソマリにあるんだ。

高野　僕の友だちで内澤《うちざわ》旬子《じゅんこ》*11さんという人が『世界屠畜《とちく》紀行』（角川文庫）という本を書いているんですけど。

清水　ああ、その本、知ってる。ひとしきり話題になりましたよね。

高野　屠畜を知りたいって、世界中を取材して回ってる。

清水　重要な問題ですよね、とっても。

高野　ええ、そういう人が身近にいるんで、僕も無関心ではいら

＊11　内澤旬子（一九六七〜）　文筆家・イラストレーター。神奈川県生まれ。『身体のいいなり』（朝日文庫）で講談社エッセイ賞を受賞。他の著書に『飼い喰い　三匹の豚とわたし』（岩波書店）など。高野著『辺境中毒！』（集英社文庫）に対談が収録されている。

れなくなって、行く先々で聞いて回るようになってしまったんです。

でも、ソマリはもともと遊牧社会で、家畜が身近にいるわけじゃないですか。皮だってふつうにあるわけだし、皮をはがすために道具がいるわけだから、そこで被差別民が生まれること自体、すごく意外だったわけですよ。でも、実際にはいるわけですよね。

清水 それは、集落の端に隔離されていたりするんですか。

高野 遊牧社会なので、集落はなくて動いているけれど、前にも言ったようにエリアはわりと決まっています。被差別氏族はあちこちのエリアを巡回しているみたいです。移動する民は信用ならないという考え方はいろいろな所にありますよね。ヨーロッパで差別されてきたロマ[*12]（ジプシー）も放浪しているし。でも、鍛冶屋とか鋳掛とか刃物研ぎ師とかっていうのは、同じ場所に定住していても仕事にならないわけですよね。

清水 そうですね。エリアがあって、回っているはず。

高野 回らなきゃいけないんですよね。あと、芸能もそうですよね。ソマリではつい最近まで、芸能も全部、被差別民がやってた

***12 ロマ（ジプシー）** インドをルーツとし、一三世紀末以降、ヨーロッパに渡ったとされる。かつてはジプシーと呼ばれたが、差別的との理由で近年は自称であるロマが用いられる。現在は一千万〜千二百万人がヨーロッパ各地におり、居住地に暮らすケースが多い。

んですよ。

清水　そうでしょうね。

高野　歌ったり芝居をしたりする人たちも、同じ場所にいると商売にならないから転々とするわけですよ。そうすると、「どこの馬の骨かわからない連中」ということになる。

清水　彼らが来ると何かがなくなるとかって言われたり。

高野　室町時代にはそういう差別の意識というのは。

清水　あったと思いますよ。網野善彦さんは、南北朝時代ぐらいまでは差別がわりとない社会で、後に差別されるようになる職業の人たちも自由に各地を遍歴していたと主張したんですけど、地に足をつけて生きている農民には、そうではない人たちを見下す意識はあったと思います。

特に日本では、らい者（ハンセン病[*13]患者）が差別されたんですよ。らい者はユニフォームが決まっていて、基本的に白い覆面をして、一重《ひとえ》の帷子《かたびら》を着るんです。さっき話に出てきた、『もののけ姫』の中で描かれた、たたら場で働いている白覆面の病気の人たちは、ストーリー上では説明されてませんが、あれは明らかに

＊13　ハンセン病
らい菌の感染によって起こる慢性感染症。一八七三年、ノルウェーの医師ハンセンがらい菌を発見したことから命名された。末梢神経と皮膚が冒され、外貌が変形することから、古来、感染者は厳しい偏見にさらされ、差別の対象とされた。中世日本では、患者は「らい者」と呼ばれ、柿色の帷子と白い覆面を身につけさせられ、一般人と区別された。現在では化学療法により完治が可能。

らい者ですね。彼らの着る帷子は必ず柿色というふうに決められていて、くすんだオレンジ色ですよね。そういう服を身につけるように義務づけられていたんですけど。

インドに行ったときかな。清掃業者の人たちがやっぱりあんな色の服を着ていたんですよ。そういう目に見えるような色のシンボリズムって、外国にもあるんですか。アウトカーストの人はこういう色の服を着るというようなことが。

高野　いや、そういうのは見たことがないですね。気づいたことはないです。

清水　じゃあ、たまたまそういう色だったんですかね。

高野　清掃業者の制服は世界的にオレンジ色が多いんですよ。でも、それは差別じゃなくて、わかりやすくてクリーンなイメージにしようとしている感じがするんですよね。ショッキングオレンジ……そんな言葉ないか。

清水　蛍光オレンジみたいな。

高野　鮮やかなきれいなオレンジで。その方が、汚れが見えにくいし、目立つのでクルマにひかれたりもしにくくなるし、制服を着ている人が掃除していると、ちゃんとやってるんだなっていう気がするんですよ。行政がちゃんと仕切ってやっているという。

清水　ああ、なるほど、そういう意味ですか。

高野　ただ、さっきも言ったように、上座部仏教のお坊さんは一枚布の衣を着るんですけど、あれは柿色に近いかもしれないですね。ブッダと出家僧の集団が、道端に落ちていたぼろ布を洗ってつなぎ合わせて着ていたことに由来していると思うんですけど、黄色、オレンジ色、茶色、えび茶ですね。

清水　そうなんですか。

高野　あれがむしろ柿色に近いのかもしれない。

清水　よく学生に「なんで柿色は差別の色なんですか」と聞かれて困るんですが、神聖な色だったのがそういう特殊な色に転じたのかもしれないですね。

高野　でも、差別と色の話は初めて聞きますね。差別って本当に広くあって、似たパターンもあるんだけど、色っていうのは聞かないな。

定住しないタイの農民

高野　網野善彦さんは、百姓は農民のことじゃないんだっていうことも言っていますよね。僕は中国語をやっていたんで、そうなんだろうなって思うんですけど。中国語では、「百姓」は「庶民」という意味でしか使わないですよ。

清水　「百」という字には「もろもろ」という意味があって、百姓はいろいろな仕事をしている庶民という意味なんですよね。だけど、戦前戦後を通じて、「百姓は農民のことだ」という考え方は、学界にも一般社会にも根強くあったと思いますよ。

高野　じゃあ、網野さんが百姓は農民じゃないんだって言いだして、「えっ、そうなのか」って、みんなびっくりしたんですか。

清水　学界では、「百姓＝農民」ではないにしても、八割、九割は農民だろうという反論がいまだに根強いですけど、百姓という言葉に農民という意味がないことは間違いないんです。百姓のうち農民の比率はどれくらいかというのは答えの出ない問題だし、食べるために他の副業をやっている人はかなりいたでしょうから、農業だけという人の方が少なかったんじゃないですか。

高野　ミャンマーとかあちこちの辺境の農村でも、みんなやっぱり商売やってますもん。

清水　そうですよね。家の裏に山があれば、何か採ってくるぐらいのことはするわけで、純粋農民っていうのは、いてもごく一部ですよね。

高野　農民だって、市が立つ日には自分で余剰品を売りに行くじゃないですか。

清水　機織りをしたりとか、竹のかごをつくったりとか、副業はいくらでもありますよね。

高野　そう、副業はいくらでもあって、村の中でつくったものを買い集めて、代表で売りに行くような人もいるわけですよね。

清水　その意味でも、「百姓＝農民」ではないという網野さんの考え方はやはり正しいんです。

高野　日本人には、農民はこういうものだという固定観念があるんですよね。

最近、タイに行って、現地に二十年以上住んでいる日本人の友だちと話していて面白いなって思うことがあったんです。僕も前から感じていたんですけど、タイ人って、離合集散がすごく激しいんですよ。家族や親せきでも、すぐにどこかへいなくなっちゃう。で、連絡が取れなくなっちゃって、どこにいるのかわかんない。友人関係もぜんぜん長く続かないんですよ。研究者は「水の文化」と言ったりもしているんですけど、本当に水が流れるように人々がバーッと流れていってとどまらないみたいなね、感じがあるんですよね。

家督相続も、ふつう決まりがあるじゃないですか。それがないんですよ。母系でも父系でもなく、一応、末子《ばっし》相続が多いんですけど、それも末っ子は最後まで家にいるからっていう、すごく適当な理由なんですよね。

清水　じゃあ、上の子たちは全部、家を出ちゃうという。

高野　出がちだという話ですね。とにかく流動性が高い。なんでだろうなって思っていたら、その友だちが詳しくて、タイでは伝統的に農民からいくらも年貢を取っていないって言うんですよ。

今でも農民は基本的に所得税を払わない。政府が税金を多く取ろうとすると、農民はすぐにどこかへいなくなっちゃうんです。「逃散《ちょうさん》」*14をする。

清水　逆に言えば、よそに行っても食べられるんですね。

高野　そう。土地が豊かで、どこに行っても田んぼなんかすぐにできるから、支配者がちょっと過酷なことをやると、すぐにいなくなっちゃって、とてもじゃないけど税なんて取れない。

清水　日本の中世の人たちに教えたら、みんな喜んでタイに移っていきますよ（笑）。

高野　そういう伝統があるんで、農民から税を取るのは合理的じゃないんです、支配者にとって。

清水　なるほど。日本では農民は定住しているから、税を取るのは簡単だったんですけど、タイでは違うんですね。

高野　だから、農民は定住民であるとは言いがたいわけですよ。

清水　農民から税金を取るのがダメじゃあ、非農業民はもっとダメですよね。税金のかけようがないですよね。

高野　今でも庶民は税金を払わないのがふつうで、政府が取って

＊14　逃散
中世農民が、領主の過酷な収奪に耐えかねた場合や、領主への要求が受け入れられなかった場合に、耕作を放棄して他所に立ちのくこと。農民による抵抗手段の一種。

いるのは、企業の法人税とか、個人で所得の高い人の所得税、あとは関税とかなんですよね。個人の所得税をちまちま取ろうとすると、コストが合わないわけです。そこまで考えると、タイ人がすぐにどっかへ行ってしまっていなくなるというのも、すごくよくわかるんですよ。

清水　先祖崇拝はどうするんですか。

高野　それはいい質問、って僕が言うのもなんだけど（笑）。上座部仏教では死後は輪廻《りんね》するって考えますから、墓はつくらないんですよ。何かに生まれ変わる者のために墓をつくる理由はないですよね。だから、遺体を埋める場所があったり、川に骨をまいたりはするけど、墓はないんです。墓をつくるのは儒教の祖霊崇拝の思想なわけですよ。それが日本には中国から入ってきている。大乗仏教のブータンでも墓はつくらないですよ。

清水　じゃあ、タイでは家観念がますます希薄になりますよね。

高野　祭祀《さいし》をする必要がないんですよ。日本の庶民はどうだったんですか。

清水　庶民レベルで現在のような「家の墓」「先祖代々の墓」と

いう観念が生まれたのは、江戸時代以降ですね。しかも、地域によっては、村外れに「三昧《さんまい》」という、遺体を埋葬するためだけの場所（埋め墓）があって、四十九日まではそこにお参りして、それ以降は、お寺の裏などにある参り墓を拝むんです。だから、遺体は三昧にあって、魂はお寺や仏壇の位牌《いはい》にあるっていうふうに考えるみたいですね。遺骸というものにあまり価値を置いていないのかもしれないですね。お墓が二つあるので両墓制《りょうぼせい》と言うのですが、今でも近畿地方にはそういうやり方をしている場所が多くありますよ。ただ、それが中世まで遡るものなのかどうかは、よくわかりません。

高級外車に乗って戦場には出ない

高野　まだいろいろとお聞きしたいことがあるんですけど、いいですか。

清水　はい、どうぞ。

高野　東大の小島毅《こじまつよし》さん*15という人、かなり独特な先生だと思うん

＊15　小島毅（一九六二〜）　歴史学者。東京大学大学院人文社会系研究科教授。群馬県生まれ。専門は中国思想史。他の著書に『海からみた歴史と伝統　遣唐使・倭寇・儒教』（勉誠出版）『朱子学と陽明学』（ちくま学芸文庫）『靖国史観』（ちくま新書）など。

ですけど、あの人の『義経の東アジア』(トランスビュー)を読んでみると、やはり東日本と西日本の断絶について書かれていて、たとえば源氏は内陸の農耕の世界とつながりが強くて、平氏は西日本の海の世界に親しんで貿易で中国ともつながっていたという。

清水　傾向としてはそうですね。ただ、東日本でも北の方、奥州藤原氏の平泉なんかだと、十三湊《とさみなと》[*16]という青森の港でアイヌとかサハリンの方とも交易していたりしていましたし、西日本でも九州の方はまた違う。東日本と西日本というのでは、まだざっくりしていて、今でもそうですけど、現実はさらに多様化していたんですよね、文化圏的には。

高野　そうなんですか。あと、その本には、源義経[*17]の戦法はすごく卑怯《ひきょう》だったと書かれているんですが。

清水　ああ、それはよく言われます。

高野　崖の上から奇襲をかけるとかそういったことは、地方の武士同士の争いだったらともかく、源氏対平氏みたいなメジャーな武士団同士の対決でそんなことをやるのはすごく卑怯だと。

清水　同時代でもそういうふうに見られていたみたいです。義経

＊16　十三湊
青森県五所川原市、岩木川河口の十三湖に形成された中世の港湾集落。蝦夷地と日本海を結ぶ港湾として繁栄し、日本の「三津七湊」に数えられた。近年、発掘調査によって、遺構・遺物が確認され注目された。

＊17　源義経(一一五九～一一八九)
平安末期・鎌倉初期の武将。源義朝の九男。平治の乱で父が敗死したことにより鞍馬寺に入れられるが、後に脱出し、奥州の藤原秀衡の庇護を受ける。兄頼朝の挙兵に呼応。先に入京した木曽義仲を討ち、平氏を一ノ谷、屋島、壇ノ浦で破って滅亡させた。その後、頼朝と対立し、再び奥州藤原氏を頼るが、秀衡の子泰衡に

がやったのはチンピラの喧嘩のようなことだって。もっと正々堂々とやらなきゃいけないのに、壇《だん》ノ浦《うら》の戦い*18では、船を漕《こ》いでいる人を狙撃する。

高野　そうですよね。

清水　漕ぎ手は非戦闘員だから、本来は狙っちゃいけないんです。いなくなっちゃうと海上の侍は動けなくなるから。それをやれば勝てるわけだけど、みんな、もののふの道*19を守って、ふつうはそこは踏み外さない。だけど、義経はそういうゲリラ戦みたいなことをやったから、同時代にも批判がありますね。

高野　馬を射るっていうのもよくないんですか。

清水　馬も射ないですね、まず。

高野　それも卑怯なんですか。

清水　と思いますね。それと、馬って経済的な価値が高いんですよね。外車一台持っているくらいの価値があったし、敵を倒した後、馬は分捕れるんですよね。それを考えたら、みすみす馬を殺しちゃうよりは、狙わない方がいい。

高野　そういう考え方があったんですか。

襲われ、衣川で自刃。

＊18　壇ノ浦の戦い　一一八五年、長門国壇ノ浦（山口県下関市）を舞台にした源平最後の戦い。源義経の率いる源氏の軍に敗れた平氏は滅亡。

＊19　もののふの道　「もののふ」とされた武士たちの行動規範・倫理。

清水　義経の戦法は痛快だという書き方も『平家物語』[*20]の中ではされているんですよ。ただ、心ある人たちからは、やっぱりあれはないだろうという見方をされていました。

戦国時代になると、馬に乗って戦わなくなるんですよ。よくテレビドラマだと、馬に乗ってワーッとやってますけど、宣教師の記録なんかを見ると、日本では武士は戦場までは馬を使って移動して、戦うときは馬から下りて徒歩で戦うとあります。馬は逃げないように後ろの方に置いておくんです。

高野　ほう、じゃ、武田の騎馬隊[*21]は？

清水　存在しなかっただろうって言われているんですよ。

高野　ええっ？　存在しないんですか。本当ですか。

清水　そうなんですよ。長篠《ながしの》の戦い[*22]で織田の鉄砲隊と武田の騎馬隊が激突したと言われますけど……。

高野　ありえないと。

清水　ええ。だから、もし武田の騎馬隊が強かったとするならば、馬で移動して瞬時に戦場に駆けつけたっていう。

高野　ああ、機動力の問題。

＊20　『平家物語』　鎌倉時代の軍記物語。作者は信濃前司行長ともされるが、未詳。平安末期の平氏一門の栄枯盛衰を仏教的無常観・因果観を基調に描く叙事詩的歴史文学。琵琶法師の平曲によって広められた。

＊21　武田の騎馬隊　本対談収録後、武田の騎馬隊については、その実在を主張する新説が発表されており（平山優『長篠合戦と武田勝頼』『検証長篠合戦』吉川弘文館）、それに対する批判も発表され（藤本正行『再検証長篠の戦い』洋泉社）、議論が白熱している。

＊22　長篠の戦い　一五七五年、三河国（愛知県東部）の長篠城を包囲し

清水　だって馬に乗っていたら、人よりも背が高くなりますから、狙い撃ちにされると思いますよ。戦場では乗らない方がいいと思います。

高野　それは、鉄砲が使われるようになる前から、そうだったっていうことですか。

清水　そうみたいですね。馬よろいっていうのがあるんですけどね、一応。馬につける鎖帷子《くさりかたびら》みたいなのがあるんですけど、乱戦の中で馬に乗っていると、かえって的にされる。やっぱり馬は高級外車みたいなもので、大将の証しなんですよ。そういうものに戦闘場面で乗っていると危ないんでしょうね。

高野　確かに、戦場で高級外車に乗っていてもしょうがないですからね。

清水　ええ、身動きがとれなくなっちゃう。

上洛の面倒くささ

高野　義経は壇ノ浦で安徳天皇[*23]を心中させてしまう。あそこまで

た武田勝頼軍を、織田信長・徳川家康の連合軍が破った戦い。織田軍の鉄砲隊が武田軍の騎馬隊を破ったとして、日本戦術史上の画期的な戦いと評価されてきた。

***23　安徳天皇（一一七八～一一八五／在位一一八〇～一一八五）**
第八十一代天皇。高倉天皇の第一皇子。母は平清盛の娘建礼門院徳子。三歳で即位し、都落ちした平氏に擁せられて西海に逃れ、八歳で壇ノ浦にて一門とともに入水した。

追い詰めるのも異常なことで、頼朝が義経を取り除こうとしたのはもっともな話だと、小島さんの本にあったんですけど。

清水　ああ、それはそうですね。三種《さんしゅ》の神器《じんぎ》*24を奪い返せばそれでよかったのを、天皇を自害に追い込むっていうのは。

義経は途中で平氏追討軍から一回外されるんですよね、むしろ畿内近国の押さえにまわされて。でも、彼が外れると源氏が弱くなっちゃうから、また投入せざるをえなくなる。頼朝にとって義経は、平氏を滅ぼすまでは利用価値があったので、やらせていたと思うんですけど。

高野　もろ刃の剣《つるぎ》だったんですね。

清水　頼朝は本当は義経を平氏追討戦に投入したくなかったんですが、彼は勝手に朝廷の許可を得て出陣しちゃうんですよね。彼はあんまり罪の意識もなく、朝廷に吸い寄せられるようになってしまうんですよ。

高野　それはどういうふうに考えたらいいんでしょうかね。義経はずっと地方にいて、当時の貴族社会のルールをわかっていなかったのかな。

＊24　三種の神器　歴代天皇が継承してきた三つの宝物。八咫鏡（やたのかがみ）、草薙剣（くさなぎのつるぎ）、八尺瓊曲玉（やさかにのまがたま）を指し、その所持が皇位の正統性を示すとされる。

清水　どうなんでしょう。あの時代の武士っていうのは基本的に朝廷に仕える存在ですから、天皇が喜んでくれるなら、お兄さんも喜んでくれるだろうっていうぐらいに考えたんじゃないですかね。だから、朝廷が良いというなら構わないだろうと。頼朝からすると、それは分派活動であって、独立しようと思っているのかと、そういうふうに見られた可能性はありますよね。

高野　その前の木曽義仲《きそよしなか》*25もそうですけど、やっぱり地方にいる武士っていうのは、戦争にはめっぽう強いけど、都に入ってからの身の処し方がわからない。そこは義仲も義経も似たようなところがあるという印象を受けますよね。

清水　ああ、そうですね。だから頼朝は都に行きたがらなかったんですよ。行くと、朝廷に吸い寄せられちゃうのと、それなりに治安維持に気を配っておかないと、部下が暴走して大変なことになるから。義仲は部下の統制ができなくなっちゃいましたよね。実は源平合戦の最中って、養和《ようわ》の飢饉っていうものすごい大飢饉が起きていたんですよ。

高野　へえ。

＊25　木曽義仲（源義仲）（一一五四〜一一八四）
平安末期の武将。源頼朝・義経のいとこ。信濃国（長野県）で育つ。平氏を討って入京するが、都の治安維持に失敗。朝廷や院とも反目する。頼朝が送った義経らの軍勢と戦って敗死。

清水　それで、侵略軍は敵の所領で何をやってもいいっていうのが当時のルールなので、飢饉の最中に都にやってきた軍隊は、京都にあふれている富を略奪しちゃうんですよ、勝手に。それは止めようがないんですけど、結果的にそれで義仲は朝廷と京都の人たちの信頼を失っちゃった。だから、頼朝が上洛《じょうらく》*26しなかったのは、実は賢い選択なんですね。征夷大将軍《せいいたいしょうぐん》*27になる前くらいに一回都に上るんですけど、ものすごく規律の整った軍隊が来たって記録に表現されているんで、頼朝はかなり気を使ったみたいですよ。信長が上洛したときもそうでしたよね。

高野　ああ。

清水　あの前にも、いろんな大名が都を出たり入ったりして、そのたびに京都の人たちはひどい目に遭ったんで、今度も大変なことになると思っていたら、意外にも信長の軍隊はしっかりしている。兵士の乱暴狼藉《らんぼうろうぜき》に対して信長は厳罰で臨んでいるんで、京都の人たちは安心したっていう。支配者になった人にとって、軍隊の暴力性をどう制御するかっていうのは結構大きな課題ですよね。

高野　都の力って、すごいんですね。結局、そこの人たちの支持

＊26　上洛
地方から京都に上ること。

＊27　征夷大将軍
もともとの意味は、蝦夷を平定するために派遣される遠征軍の司令官。本来の律令制の規定にはない「令外(りょうげ)の官」。七九四年の大伴弟麻呂の就任が最初。一一九二年の源頼朝の就任以後は、幕府の首長、武家政権の最高統括者を意味した。将軍。

を得られないとダメなわけですよね。

清水　だから距離を置いて、そっちの方には行かないっていう選択肢もありますよね。室町幕府なんかは都に拠点を置いちゃったために、いろいろなことを背負わなくちゃいけなくて、俗に公家化したって言われるんですけど、公家化するにも大変なエネルギーがいるんです。朝廷のいろんな儀式をフォローしなくちゃいけないから経済力も必要だし、自分の配下の武士たちが公家や寺社の荘園を侵略したら、「やめろ」と言って止めなければいけない。でも、そういうことを言うと、配下の信頼を失って人気がなくなる。

高野　板挟みになっちゃうんですね（笑）。

清水　だから、都に拠点を置くというのは結構リスキーなんですよ。

高野　じゃあ、やっぱり徳川家康が江戸に拠点を置いたのは正解だったんですね。

清水　ええ、京都に拠点を置いたら、背負いたくないものまで背負わされると考えたんじゃないかと思いますね。何より面倒くさかったんでしょうね。

男子はいつから厨房に入らなくなったのか

高野　また食の話に戻っちゃうんですけど、四足動物を食べることについての禁忌って、中世にはどのくらいあったんですか。

清水　身分の高い人々や僧侶は意識していましたね。ただ、「今日は風邪をひいたから、タヌキを食べよう」とかって日記に書いてあったりするんで、食べちゃいけないっていう意識はあるんですけど、なんかちょっと精をつけるためとか。

高野　薬だ、みたいな感じで。

清水　ええ、そうですね。まさに薬って言ってますね。犬の肉なんかも。

高野　料理はどうしていたんでしょうね。『へうげもの』[*28]（山田芳裕、講談社）というマンガを読んでいたら、古田織部[*29]が豊臣秀吉に仕えていたときに、大名を集めた宴会の接待役を命じられるシーンがあるんですね。織部自身も大名の一人なのに自分で料理の

＊28　『へうげもの』　古田織部を茶の湯と物欲に魂を奪われた人物として描いたマンガ作品。「へうげる（ひょうげる）」とは「ふざける」「おどける」という意味。

＊29　古田織部（一五四三〜一六一五）　安土桃山・江戸初期の武将、茶人。名は重然（しげなり、しげてる）。美濃の人。織田信長、豊臣秀吉に仕えた。千利休に茶の湯を学び、高弟に。関ヶ原の戦いでは徳川方に属したが、大坂夏の陣では豊臣方に内応し、自刃を命じられた。織部焼、織部灯籠に名をとどめる。

指図をするという。

清水　織部ぐらいの人なら、それはありえたでしょうね。当時は侍の技芸として、みずから魚をさばくといったこともあったみたいですよ。室町幕府のナンバー2だった細川勝元[*30]も料理について、相当詳しい知識をもっていたと『塵塚物語《ちりづかものがたり》』[*31]という本に書いてあります。

高野　ああ、どこの川で捕れたコイなのかを当てられたとかいいますね。

清水　『徒然草《つれづれぐさ》』[*32]にもコイ料理の話が出てくるんですよね（第二百三十一段）。当時は魚を素手で触るとけがれると考えられていたんで、片方の手で箸を持って魚を押さえて、もう一方の手で包丁を握らなくてはならなかったんですけど、たぶんヌルヌルするから、さばくのは難しいはずなんですよね。

美しく盛れるっていうのが腕の見せどころなんです。その話では、包丁さばきの名人という人がいて、ある家で開かれた会食に立派なコイが出てきたとき、みんなはその人にさばいてもらいたいんだけど、あまり軽々しくお願いするのも悪いので言いそびれ

＊30　細川勝元（一四三〇～一四七三）
室町時代の武将。管領細川持之の子。室町中期の幕府内の実力者で、三度にわたり管領職を務める。応仁の乱では東軍総大将として西軍の山名宗全と戦ったが、勝敗のつかないまま没した。京都に龍安寺を建立。

＊31　『塵塚物語』
室町末期の説話集。全六巻。一五五二年の成立。作者不明。鎌倉・室町期の故事逸話を収録。

＊32　『徒然草』
鎌倉末期の随筆。全二巻。一三三一年頃の成立。兼好法師の作。作者の見聞や随想を順不同に叙述し、独特な人生観や美意識を展開する。仏教的無常観に基づく

ていたら、本人が空気を察して、「百日、コイをさばくことにしているので、今日もやらないわけにはいかない。やらせてもらえますか」と自慢するでもなくイキなことを言ってさばいてくれた、というんです。

だから料理は技芸の一つだったんでしょうね。「男子厨房《だんしちゆうぼう》に入《い》るべからず」みたいな感覚はだいぶ後になってからのものじゃないですか。

高野　江戸時代に儒教の影響が強くなってからとかなんですか。

清水　ですかね。いやもっと後、庶民レベルでは明治くらいからかもしれないですよ。問題は、台所仕事はロークラスの人たちの仕事だという意識があったかどうかですよね。イスラムなんかだと、どうなんですか。男性はやはり料理はしませんか。

高野　まさに「男子厨房に入るべからず」ですね。ソマリもそうでしたね。というのも、イスラムでは男女の区別がはっきりしていて、厨房自体が女のスペースなんですね。だから、そこに男が入ってどうこうするなんてこと、もうありえない。だいたい、ご飯を一緒に食べないですからね。

とされているが、一方で現実的な処世訓も多く、多面的な内容をもつ。『枕草子』と並ぶ古典随筆の名作。

清水　ああ、そうなんですか。
高野　男が先に食べて、残ったら女が食べるっていう。今でもそれがふつうですからね。男子が厨房に入ると、そこから崩れますからね。
清水　日本でも戦前ぐらいまでは、そんなふうにして食事をする家があったって話ですね。

柳田先生、「甘くて温かくて軟らかい食事」を嘆く

高野　僕は今、納豆の取材をしていて、大豆食品についてもいろいろ調べているんですけど、味噌はいつ頃から食べるようになったんですか。
清水　味噌自体は奈良時代ぐらいからあったようですが、やはり庶民レベルに一般化するのは室町時代ぐらいからだと思いますよ。
高野　味噌汁という形ですか。
清水　記録に「味噌水《みそうず》」という食べ物が出てくるんですよ。水で味噌を溶いて食べるんですよね。たぶん、九州の冷汁《ひやじる》みたいな感

じですよ。

高野　タイに「ナムプリック」という家庭料理があるんですよ。それも最後に水で溶くんです。魚を発酵させた味噌みたいなものに、トウガラシとかニンニクとかショウガといった薬味を入れる一種のディップなんですけど、すごく奇妙だと思ったのは、最後に水をジャーッと入れる。そんな料理ってふつうないわけですよ。不思議なことをするなあって思っていたんですけど、味噌水もそれにちょっと似ていますね。

清水　昔の人にとって、料理を温めるって結構大変なことだったんじゃないですかね。大阪に自由軒*33という明治創業のカレー屋さんがあって、織田作之助《おださくのすけ》の『夫婦善哉《めおとぜんざい》』*34にも出てくる店なんですけど、そこのカレーはご飯とカレーが最初から混ぜてあって、その上に生卵が乗せてあるんです。それは、あの時代はご飯を保温できなかったからなんですよね。だから、熱いカレーと混ぜることで冷や飯を温めてお客に出していたんです。そのことを知ったとき、温かいご飯が常に食べられるようになったのは、わりと最近のことなんだなと思ったんですけどね。保温できる電気炊飯器

***33　自由軒**
一九一〇年、大阪で創業した洋食店。現在でも系譜を引く複数の店舗が営業。

***34　『夫婦善哉』**
織田作之助作の小説。一九四〇年発表。大正から昭和の大阪を舞台にした道楽者の若旦那とシッカリ者の元芸者の夫婦愛の物語。一九五五年、森繁久彌・淡島千景主演で映画化（豊田四郎監督）。

ができたのは戦後だし。

高野　その前はお釜とおひつですよね。

清水　ええ。

高野　だから、ふつうは冷や飯を食べていたんですよね。柳田國男《やなぎたくにお》[*35]が明治の食について書いているのを読んだんですけど、最近の食事はやたらと甘くなって、温かくなって、軟らかくなったって書いてあるんですよ。たぶん、明治になってから生活がよくなったっていうことなんですけど、書き方がちょっとね、嘆いている感じなんですよ（笑）。でも、今の時代でも感じるでしょ。

清水　軟らかいと感じることはありますね。

高野　甘くなったと言う人もいますよ。

清水　それに、電子レンジでなんでも簡単に温められるようになりましたよね。電子レンジは決定的ですね。もはやあれがなかった頃のことが想像がつかなくなりました。昔は温かい食べ物はそんなになかったはずだから、人々はきっと猫舌だったはずですよね。でも、甘くなったというのはどういう意味なんでしょうね。

高野　砂糖を多く使うようになったんじゃないですかね。

＊35　柳田國男（一八七五〜一九六二）
民俗学者。兵庫県生まれ。貴族院書記官長を退職後、朝日新聞に入社。国内の民俗・伝承を収集、調査し、日本民俗学の基礎を築いた。代表作に『遠野物語』『石神問答』『海上の道』など。

清水　塩味が少し控えられるようになったっていう可能性はないのかな。しょっぱくなくなったという意味で、甘くなったと言ったのかなと。昔は保存のために塩分をきかせていたじゃないですか。だから食べ物が塩辛かったですよね。今は健康上の問題もあるから、どんどん薄味になってきてますよね。

高野　それと、食が豊かになって品数が増えると、塩気はなくなりますよね。味が薄くなるでしょ。あと、日本人は「甘み」と「うまみ」を混同しているという説がありますよね。語源も同じなんですよね。だから、だしをよく取るようになって、あるいは取れるようになったから、甘く感じるのかもしれないですね。

清水　そんな感じしますね。

高野　中世の頃の味についての記録って、さすがに残ってないんでしょ？

清水　あんまりないかな。「いっぱい料理が出てきた」って書いてあることはあるけど、おいしかったとか、甘かった、辛かったという記述は見たことがないです。

高野　いっぱい出てきたというのはあるんですか、ご馳走《ちそう》として。

清水　ええ、今日は何の膳まで出てきたとか。やっぱり数が多いっていうことがぜいたくだったんじゃないですか。味は二の次、三の次じゃないですかね。
高野　日本人の特徴として、いろんなものを食べたがるっていうのがあると思うんですよ。で、品数が多いっていうことにすごくこだわる。それは一体いつからなんだろうって思うんですよね。
清水　ヨーロッパに行ったときに人から聞いたんですけど、西洋料理のフルコースがああやって順番に出てくるのは、冷めるのを防ぐためと、いっぺんに並べて出すのが大変だからだっていうんですけどね。
高野　冷めちゃうのを防ぐっていうのが大きいんじゃないですか。
清水　出てきた順にどんどん食べていけっていうのは、理にかなってますよね。
高野　あれはもともとロシアのスタイルらしいですよ。
清水　あ、そうなんですか。
高野　それを見たフランス人が「これはいい、理想的だ」と感じて取り入れたって。ただ、給仕する人がいるっていう前提なら理想的なんですよ。

清水　料理が同じ時間に出来上がるとは限りませんしね。フランスの日本料理屋に行くと、まず味噌汁だけ出てくるんですって、スープだということで。そういうもんじゃないだろうって思いましたけど（笑）。

高野　日本料理の一の膳、二の膳という出し方も、若干コースになっていますよね。

清水　コースといえばコースですね。

高野　でも、日本の懐石[*36]って、なんであんなに冷えてるんですかね。外国人も言ってますけど、冷えたもの多いですよね。

清水　小皿にちょこちょこ盛るからじゃないですか。大皿でどんと出せば、温かいんじゃないですか、中華料理みたいに。

高野　刺身とかが多いせいかな。刺身はもうずっと前からあったんですか。

清水　あります、あります。

高野　どのくらい前ですか。

清水　室町時代の史料には、もう刺身っていう言葉は出てきます

＊36　懐石
本来は、茶の湯の席で茶を勧める前に出す簡単な食事のこと。禅僧が温かい石を懐に入れて空腹をしのいだことにちなむ。今日では、日本料理店などで出すコース料理のことを指す場合もある。

ね。

高野　寿司《すし》は？

清水　寿司はもともとは「なれずし」ですね。滋賀県のフナ寿司みたいに発酵させたにおいのきついもの。今の形の寿司が生まれるのは江戸時代の、しかもだいぶ後の方ですよね。

高野　なれずしは全国的に食べられてたんですか。

清水　ええ、全国的だと思いますね。

高野　へえ、何かの祝い事があるときとか？

清水　いや、保存食じゃないですかね。中世には、寿司は「鮓」と書いたんですよ。語源は「酢《す》し」（酸し）にあるようで、そもそも寿司は発酵して酸っぱくなったものだったんですよね。江戸前の寿司が酢飯を使うのは、発酵させないで酸っぱくするためだったと言われてますね。

高野　しかし、なぜ日本人は生魚を食べるようになったんですかね。世界のほとんどの地域では、生の魚って食べないでしょ。

清水　『イスラム飲酒紀行』では、イスラムの国ではうろこのない魚はダメだと書かれてましたよね。生魚はもっとダメですか。

高野　生の魚なんてありえないですよ。

清水　今みたいに輸送手段や冷蔵手段が発達するまでは、日本でも生魚はそんなに食べられてはいなかったのかもしれないですよね。江戸時代はマグロのトロは捨てていたって言われています。赤身なら大丈夫かもしれないけど、トロは危ないですよ。

高野　足が早いですからね。赤身だってそんなに遠くまで運べないでしょ。江戸から一日ぐらいで運べるような所じゃないと、危ないですよね。

清水　本当の江戸前の寿司は、しめサバとか、煮ハマグリとかアナゴとか、マグロの漬けとか、だいたいネタは加工してありますよね。だから、本来はそうだったんじゃないですかね。生のイクラやウニを乗せるようになったのは、ごく最近のはずですね。

江戸の茶屋の娘も、ミャンマーのスイカ売りの少女も本が好き

清水　前にもお話ししましたけど、僕も学生時代にインドやパキ

スタンを旅したことがありまして、インドに行ったときに、山賊と関所は同じだと実感したんです。

夜中に長距離バスで移動していたんですが、やたら料金所があるんですよ。そのたびにバスが止まって通行料を払うんですが、数日後、昼間に同じ道を通ったら、あれほどあった料金所がぜんぜんなくて。運転手さんに聞いたんですよ。「なんで帰りはタダなんだ」って。そうしたら、「夜中の料金所は山賊が勝手に立てたもので、彼らは昼間になると撤収するんだ」って言うんです。「違法な料金所なんだけど、通行料を支払わないと、何をされるかわからないから払うんだ」って。山賊の略奪が「料金所」というかたちで制度化されてしまっているんです。

高野　あー、ありますね、そういう所。

清水　で、実は日本の中世も同じで、関所と山賊は紙一重で、当時は山賊みたいな連中が勝手に立てた関所があちこちにあったようなんです。略奪しないかわりに縄張りを無事に通過するための通行料を支払わせるわけです。このことを最初に指摘したのは、あの「バック・トゥ・ザ・フューチュアー」という論文を書かれた勝俣鎮夫さんなんですよ。

それで、大学院生の頃、勝俣さんと初めてお会いしたときに、真っ先に「先生のおっしゃる通り、山賊と関所は裏表の関係にあることに、インドで気づきました」と言ったら、「君もそうか。僕もインドで気づいたんだよ」と言われて、びっくりしました。

高野　歴史学者はみんな、インドで気づく（笑）。

清水　なんでも勝俣さんは教員の交換派遣で一時期インドの大学で授業されていたことがあって、そのときに僕と同じことを感じたそうなんです。その場にいた他の大学院生たちに「みなさんも、若いうちに発展途上国に行った方がいいですよ。ああいう国に行ってから古文書を読み直すと、今まで見えなかったものが見える」と話されてましたけど。

高野　そういうことがあるんですね。

清水　僕もいくらか農村調査はやってきましたけど、確かに今はもう日本の農村に行っても、戦前の暮らしが垣間《かいまみ》見えればいい方で、とても前近代は体感できないんですよね。だから、これから前近代史研究を志す人は世界の辺境に行ってみた方がいいのかもしれません。学ぶところがきっと多いんじゃないかと思います。

高野　辺境を知ろうとするときに歴史が役に立つみたいに、歴史を考えるときに辺境での見聞が役に立つということですか。

清水　中世史の研究者も、古文書だけから理論を立ち上げているわけではまったくなくて。そうでもしないと、想像もつかない世界のことを叙述するのはたぶん無理なんで。

高野　僕は『ミャンマーの柳生《やぎゅう》一族』[*37]（集英社文庫、二〇〇六年）で、ミャンマーの軍事政権と江戸幕府ってどう違うんだろうっていう書き方をしたんです。ミャンマーと言えば、軍事政権が悪い、一般市民はかわいそうだみたいなね、そういう見方があって、それは思考停止してると思ったんですよ。実際、それだけじゃないわけだし。

だからといって、ミャンマーの軍事政権がいいわけではぜんぜんないんだけど、もうちょっとフラットに見たらどうなんだと。そうすると、見えてくるものが変わってくるんじゃないかって思ったんです。軍人がすべての政治を行っているって、どう考えてもおかしいけど、江戸時代の日本だってそれをやっていた。

＊37　『ミャンマーの柳生一族』
高野が、探検部の先輩で作家の船戸与一とミャンマーを訪れた際の道中記。軍事政権を江戸幕府に、軍情報部を柳生一族になぞらえて書き、ミャンマーの複雑な政治状況を解き明かすとともに、市井に生きる人々の暮らしぶりを活写した。

清水　人殺しの道具を腰に差している人たちが政治をやって。

高野　しかも、わりとうまくいっていた、みたいな（笑）。

清水　僕は、江戸時代はよかったと礼賛するのはあまり好きじゃないんですよね。中世史をやっているからかもしれないですけど。あれはやっぱりちょっと幻想が入っていますよね。

高野　江戸時代はよかったと言うんだったら、軍事政権下のミャンマーもいいって言うべきなんですよね。『逝きし世の面影』（渡辺京二著、平凡社ライブラリー）っていう本が評判になりましたよね。あの本を読んでいると、江戸時代はすごくいい時代だったんだなと思うんだけど、書かれていることの八割ぐらいは数年前のミャンマーにも言えることなんですよ。あの本を読んでよかったと思う人は、軍事政権時のミャンマーを肯定しなきゃいけないはずなんですよね。

清水　あの本では、日本にやってきた外国人の記録を紹介していますよね。外国人の叙述だと、日本がわりと美化されるんですよ。だから、そこはちょっと割り引いて見なくちゃまずいんじゃないかなと思いますね。江戸時代の日本人の識字率が高かったことと、道端にゴミが落ちていなかったことは、同時代のヨーロッパと比べても卓越した点だったので、それは事実だと思いますけど。

高野　江戸の識字率はそんなに高かったんですか。

清水　明治時代に日本に来た外国人が『回想の明治維新』（メーチニコフ著、岩波文庫）という本のなかで「日本では人力車の車夫や茶屋の娘ですら、時間があると本を読んでいる」と驚いています。当時のヨーロッパでは、カフェのウェイトレスが本を読むなんて考えられないことだったんです。

江戸時代は文書社会で、たとえば年貢の取り立ても村単位でやっていたので、あるレベル以上の責任ある立場の人たちは読み書きができないと話にならなかったんです。それで識字率が一気に高まったんだと思いますね。逆に言うと、徳川幕府の異常に緻密な支配は、読み書きができる階層が多かったから可能だったんだと思いますよね。

高野　ミャンマーも識字率はすごく高いんですよ。

清水　その向学心はどこから来るんですか。

高野　子どもたちは寺子屋みたいな所で字を習うから、もともと識字率が高いというのはあります。今でもミャンマーは国の仕組みとして、寺子屋から公立の小中学校に途中編入できるっていうからすごいです。国が認めた正規の教育なんですね。

清水　へー。日本なんかは、近代に入ると、寺子屋みたいな民間教育はみんな公教育に取って代わられちゃうけど。なんかそれは民間教育と公教育の理想的な接続の仕方のような気がするなあ。

高野　あと、軍事政権のせいやなんかで経済が停滞して、電気がぜんぜん普及しなかったんですよ。そうすると、テレビとかビデオの類が見られないじゃないですか、十分に。しょうがないから、貸本屋文化が花開いたんです。そこも江戸時代とちょっと似ているんですけど。それから、僕の義理の姉がたまたまミャンマー文化の専門家で、最近彼女に聞いた話では、一九世紀から芝居の戯曲の本が庶民の間で大人気だったそうです。絵入りの本だから今のマンガみたいなもので、結構誰でも読めたみたいです。それも江戸時代の戯作《げさく》*38本に似てますね。そういう下地も大きかったのかもしれないですね。

清水　娯楽の世界が文字文化ということになれば、そことつなが

＊38　戯作
江戸中期以降に人気を博した読み物の総称。町人の世相や風俗を素材とし、洒落本や滑稽本などのジャンルがある。社会風刺的な内容が多かったため、しばしば幕府による弾圧を受けた。

るために字が読めなきゃいけないわけですもんね。

高野　ミャンマーに行って驚くのは、道端の物売りの女の子が暇つぶしに本を読んでいるんですよ。スイカ売りの女の子がスイカの上なんかに乗って。

清水　じゃあ、明治時代に日本に来たヨーロッパ人が感動した光景と同じですよ。それはかなりポテンシャルが高いんじゃないですか。

高野　高いですよね。今になって、ミャンマーは経済がバブルになってきているけど、経済発展の基盤は人々の教養なんですよね。ミャンマー人は本を読むんで、知識があるし、物事の道理がわかる。物事を普遍化して考える能力というのは、文字を読んで高まるじゃないですか。ミャンマー人というのは、かなり話すとわかる人たちなんですよ。

清水　抽象的に物事を考えるためには、読み書きができなきゃダメですもんね。そう考えると、今の大学生の四割が一日の読書時間ゼロというのは、かなりヤバい事態かもしれない。

独裁者は平和がお好き

高野　もう一つ、ミャンマーに行って思ったのは、独裁者というか、権力者、あるいは権力というものは平和を要求するものだなっていうことなんです。平和とか秩序とか、そういうものを求める。日本にいると、独裁的な権力っていうのはとにかく暴力的で、倫理的によくないものだっていう刷り込みがされるじゃないですか。でも、実際のところは必ずしもそうではない。

僕はミャンマーの山奥の村に住んでいたことがあったんですが、そこはアヘン地帯だったんですよ。ゴールデントライアングルっ[*39]てあるじゃないですか。あの一番真ん中で、みんながケシをつくってそこからアヘン採って、それで生活しているという。そこのゲリラっていうのはマフィアと同じで、集めたアヘンをヘロインに精製して外国に売っているんです。僕もアヘンをつくってたんですよ。

でも、そこはどんなにすごい所かといったら、すごくないんで

＊39　ゴールデントライアングル
「黄金の三角地帯」と訳される。インドシナ半島北部、タイ・ラオス・ミャンマーの三国が接するあたりに広がる麻薬地帯。かつては世界のアヘン系麻薬の六〇～七〇％が生産されていると言われた。一九八〇年代以降、タイとラオスでは政府による統制が進んだため、生産が激減。一方、ミャンマーでは生産量が増加し、とりわけワ州（シャン州の州内州）では世界のアヘンの四割前後を産出するようになった。高野著『アヘン王国潜入記』（集英社文庫）は、この地域が舞台。

すね。農村なんですよ、ちゃんとした。すごくちゃんとしているわけですよ。ゲリラはアヘンをつくらせているくせに、とにかくアヘン吸うなって村人に言うんですね。なんでかっていうと、商品だから。それを吸われたら困るわけですよ。

で、アヘン吸うと働かなくなるから、それもやっぱり嫌なんです。要するに、麻薬やって中毒になるような人が出てくると困るという点では、日本政府とまったく同じ態度なんですよね。ぜんぜん変わりがないんですよ。それからトラブルもすごく嫌がるわけですよね。

清水　それはそうですよね。支配する側からすれば、住民はおとなしい方がいいですもん。

高野　支配する側にとっては、みんなが平和でしあわせにのほほんと暮らしている状態がいいんですよね。

清水　そうだと思います。

高野　その後で、『ヤバい社会学』（スディール・ヴェンカテッシュ著、東洋経済新報社）という本を読んだらまた面白くて。僕が行ったミャンマーの山奥は麻薬の生産地で、その本に出てくるシカゴは麻薬の消費地なんですけど、支配する側の論理はまるで、生産地と消費地で同じなんですよ。

清水　怖さがわかっているから、手を出さないんですか。

高野　ギャングがスラムのコミュニティを仕切っているんですね。で、売人の住民に何を言っているかというと、ヤクをやるな、トラブルを起こすな、それればっかり言っているわけですよ。トラブルが起きると、警察が来て商売にならなくなるから、とにかくトラブルは起こすな、他の住民とも仲良くしろと。運動会とか文化祭みたいなこともやったりするんですよ。

清水　ギャングがコミュニティに溶け込んでいるんですね。

高野　住民に嫌われたら警察に通報されるし、ヤクが売れなくなるからろくなことがないと。あと、売人がヤクをやっていると、それで商品が使われてしまうから、ヤクなんてやらずにちゃんと売れと言うわけですよ、真面目に働けと。やっぱり支配者が言うことはどこでも同じなんだなって思いましたよ。それは権力者の本質として、平和と秩序と勤労を求めるからなんでしょうね。

清水　合理的に搾取しようと思ったら、その方がいいんでしょう。

高野　だから、独裁権力がね、日本でも徳川綱吉とかが平和を志向したと聞くと、なんかそれ、偽善なんじゃないかとか、あと、研究者が勝手なイメージを抱《いだ》いているんじゃないかみたいな、そういう解釈をしてしまいがちですけど、そうじゃなくて。

清水　彼ら自身のためになるんですよね。日本史研究の世界でも、「権力は悪だ」と決めつけるような呪縛はいまだに根強いんですけど、それだけでは見えてこない部分っていうのは確かにありますよね。

妖怪はウォッチできない

清水　僕の方からも、もう少しお聞きしたいんです。高野さんは『未来国家ブータン』[*40]（集英社、二〇一二年。のち集英社文庫）の中で、雪男について書かれていますよね。都会に近い所でも、いろいろな目撃証言が出てくるんで、奥地に行けば、雪男の存在を深く信じている人がもっといるだろうなと思っていたら、意外に

＊40　『未来国家ブータン』　ブータン政府公認の生物資源調査に参加した高野が、「雪男情報を集める」という目的をひそかに達成するために各地を探訪。「世界で一番幸福な国」の秘密を解き明かすルポルタージュ。

も人々は雪男について語りたがらない。それは怖いからで、話をすると本当に雪男が出てくると信じているから、それについて話したがらないという。

高野　ええ、そうですね。

清水　あれを読んで思ったんですけど、日本の物の怪《もののけ》というのは、本来は造形されていないものなんです。たとえば、鬼が赤い体をして角がはえて虎の皮のパンツをはいていたというのは、中世になってから出てきたイメージであって、それ以前は姿の見えないもの、気配なんです。だから、物の怪を本当に信じている人は、造形したり、あるいは文字にしたりするっていうことはないんじゃないかと思うんです。

高野　本当にそれはね、同感なんですよ。僕は長らく未確認動物とか怪獣みたいなものを探してきたんですけど、一番の現場、本当に信じている人たちに近づけば近づくほど、形がなくなっていくんですよ。街に近い場所に住んでいたり、外国人と接触があったりするような人は、「首が長くて、尻尾《しっぽ》がある」とか、「猿に似てる」とかって言うんですけども、核心に近づけば近づくほど、形があいまいになって、ぼんやりした、よくわからない気配とか精霊とか、そういう感じになっていくんです。

清水　名前を聞いても通じなかったり。

高野　そうそう、名前すらなかったり。あっても、「水の物」とか「山の主」みたいな感じですよね。

清水　信じていないわけではないんですよね。

高野　信じているんですよ。

清水　たぶん、名前をつけたり、絵姿を描くっていうのは、合理的な精神によるステップなんですよね。それがあって、だんだん信じなくなっていく。

高野　やっぱり恐れが減っていくんでしょうね。

清水　沖縄のキジムナー[*41]も本当は姿がないんですよね。信じている人は造形していない。

高野　奄美大島《あまみおおしま》のケンモン[*42]と沖縄のキジムナーは、どちらも「木の物」から来ている名前だと思うんですけど、もともとは怪異現象のことをそう呼んでいたんですよね。火がついたり消えたりするとか。

＊41　キジムナー
沖縄の妖怪。ガジュマルやアコウなどの古木に宿り、童形で赤ら顔をしている。

＊42　ケンモン
奄美大島の妖怪。外見や特徴はキジムナーと似ている。

清水　古代の天狗《てんぐ》もそうですよ。人魂《ひとだま》みたいなものが飛んでいたとか、大勢の人が通ったような音がして、出ていって見たら誰もいなかったとか、そういうことがあると「天狗かもしれない」っていうことになった。あんな鼻の長いお化けじゃなくて。

高野　あと、僕の印象だと、そういう妖怪とか不思議な動物の絵を描く場合は、わりとかわいい感じに描かれることが多いんですよね。そんなにおどろおどろしい絵はない気がするんですよ。

清水　ああ、そうですね。

高野　妖怪をつくったのは水木しげる[*43]さんだっていう説もあるぐらいで。ああいうふうに形とキャラクターができていったのは、水木さんがつくったからじゃないかという（笑）。

清水　はいはい、僕もそう思います（笑）。もちろん『百鬼夜行絵巻』とか、先行する図像はありますけど、一般の人の妖怪イメージに水木さんがあたえた影響は大きいですね。

高野　でね、水木さんと一緒に旅をしている大泉実成《おおいずみみつなり》[*44]さんというノンフィクションライターの人が面白いことを話していたんですけど、水木さんは「妖怪はかわいく描かないといけない」と言

＊43　水木しげる（一九二二〜二〇一五）
漫画家。鳥取県で育つ。太平洋戦争に出征し、復員後、紙芝居作家となり、その後、貸本漫画家に転向。代表作は『ゲゲゲの鬼太郎』『河童の三平』『悪魔くん』など。妖怪図鑑も多く出版している。

＊44　大泉実成（一九六一〜）
ノンフィクション作家。茨城県で育つ。著書に『説得—エホバの証人と輸血拒否事件』（講談社文庫）など。水木しげるの妖怪探検のパートナーとして、マレーシア、メキシコ、オーストラリアなどを旅し、共著を発表している。

うそうなんです。なぜ水木さんがそう言うのかわからないって大泉さんは言うんですけど、僕はなんかちょっと腑に落ちるところがあって。やっぱり妖怪は怖いものなんですよね。だから、描くときにはユーモラスに描かなきゃいけないっていうことなんじゃないかと。近所に怖い人がいて、でもその人の話を誰かほかの人にも話したいって思うとき、そのまま話すのはまずいから「面白い人」として話す感じじゃないかと。

清水　なるほど、確かに。

高野　だから、恐れが少なくなるにつれて形ができていって、しかも絵に描かれると、どこかひょうきんな感じがにじみ出てくる。ブータンの雪男の場合は、滑稽譚《こっけいたん》も多いんですよ。

清水　ああ、バターを足に塗って火を近づけたら火だるまになっちゃったとか、『未来国家ブータン』に書いてありましたね。

高野　そうそう。それは、本当に怖い話をするのはヤバいと人々が思っているからじゃないかという気がするんですよね。

タイ屈指の「宝くじスポット」は、悲運の女性の霊廟

清水　日本では室町時代に能が生まれますけど、よくあるのは夢幻能[*45]で、いわば幽霊譚ですよね。お坊さんが現れて、幽霊と出くわす、幽霊は生前の恨みを語り、どこかへ消えていく。あの幽玄の世界は、人々が神や仏とともに生活していた中世の時代をよく表していると言われるんですけど、僕は、幽霊との接触を演劇化した時点で、実はもうかなり社会の世俗化が始まっていたんじゃないかと思うんですよ。少なくとも幽霊を可視的なものにしちゃった、人が演じるものにしちゃった時点で。
　能の研究者が聞いたら怒るかもしれないけど、室町時代っていうのはそんなに宗教的な時代ではなくて、むしろ宗教的なものが薄まっていく時代だったというイメージを僕はもっているんですけど、幽霊譚の能が流行《はや》って、それをショーとして見せるようになったのは、その表れじゃないかなと。

＊45　夢幻能
能の形式の一つ。名所旧跡を訪ねる旅人や僧侶（ワキ）が、神仏や死者の化身である主人公（シテ）に出会い、主人公の口から土地にまつわる伝説や身の上が語られる。世阿弥によって確立された作劇法。これに対し、登場人物がすべて現実の人間で構成される形式の能を、現在能と言う。

高野　能の幽霊譚は、最後は坊さんが幽霊を成仏させるというパターンですよね。

清水　そうですね。

高野　今それを聞いて思い出したんですけど、タイの話って、フィクションも実話もそんなのばっかりなんですよ。

清水　はあ……。

高野　以前、日本語とタイ語のバイリンガルの新聞をつくっていたとき、「タイの街角から」っていうコーナーで、不思議な話とか面白い話を集めて翻訳していたんですけど、まあ、たくさんタイの新聞に載っているんですよね、この村では三つ子ばっかり生まれるとか、牛がしゃべったとか、事件や交通事故がすごく多い場所があるとか、そういう話が。

清水　室町時代みたいですね（笑）。

高野　で、最後はお坊さんが出てきてお経を読んで、そういうことはもうなくなりましたと。

清水　ああ、そういうオチが。

高野　オチが必ず坊さんなんですよ。坊さんか、宝くじなんですよ。

清水　何ですか、それ、宝くじって。

高野　タイ人は宝くじが大好きで、みんな買っているんですけど。当たり番号を予想するやり方なんですね。その番号が何かに表れてくると思っているんですよ。で、何かこう奇妙なことが起きると、それが当たり番号を知らせるお告げだと感じるらしいんです。

清水　不思議な現象が実は当選番号を暗示していたとか、そういうオチの話になるんですか。

高野　そうそう。そこにあった石をこすっていると、「9」が見えてきたとか。

清水　物語としては、ものすごく俗っぽい終わり方じゃないですか（笑）。でも、そうやって異界と接触した人が富み栄えるわけですね。

高野　何かそこに開くとか、何かにつながると思うんでしょうね、きっと。

清水　宝くじは宗教施設が主催するんですか。

高野　いや、国がやってますね。重要な国家財源です。

清水　じゃあ、宗教性はそこにはないんですね。日本の江戸時代の富くじはお寺や神社が主催していて、買うことでご利益が得られるっていう説明がなされたんですが。

高野　ああ、そういうのはタイの宝くじにはないですね。

清水　それにしても、ストーリー上、現世の富を得る道が宝くじに限定されるというのはすごい。奇跡のバリエーションとしては狭すぎるような気もするけど。

高野　たとえば、恨みを残して死んでしまった女性の「ナンナーク」という話があって、何回も映画化されているんですけど、それも最後は徳の高いお坊さんが出てきて、お経を読んで霊を鎮めて終わるんですよ。終わるんですけど、そのナンナークの廟《びょう》がバンコクにあって、そこはもうタイ屈指の「宝くじスポット」なんですよ。当選番号が浮き上がってくる神木があるという（笑）。

清水　坊さんが霊を鎮めるということは、異界の人にとってのハッピーエンドですよね。

高野　そうですね。

清水　宝くじに当たるっていうのは、こっち側の世界の人が異界と接触したことによるハッピーエンドになる。

高野　便乗するっていう。

清水　ベクトルは違うけど、ハッピーという点では同じなんですかね。ただ、物語的にもっと洗練させるなら、たとえば冒頭で伏線としてお坊さんを登場させておくとか、そういう工夫が欲しいですよね。最後にお坊さんが出てきて、すべて解決するというのは、お膳立てとしてはご都合主義的じゃないですか。能の場合、お坊さんの体験談の中に幽霊の物語が挿入されているんですよ。

高野　最初にお坊さんを出すというのは、ずいぶん形式がしっかりしていますよね。どっちの形式が古いんですかね。

清水　それはタイの方が古そうですね。能はちょっとつくり込みすぎているのかもしれませんね。能っていうのはパトロンがあってつくられるので、宗派やお寺のご利益を伝えるメッセージが込められたりもするんです。出てくるお坊さんがパトロンのお寺の開祖だったりとか。

高野　ああ、やっぱりそうなんですね。

清水　だからお寺や宗派の宣伝の意味合いが流し込まれている面

はあります。

高野　僕の見た「ナンナーク」の映画では、最初は霊能者みたいな人が出てきて、女性の霊を強引に封じ込めようとするんですけど、それはやり方としては邪道なんですよね。で、霊に負けてやられちゃうんですよ。その後に仏教の高僧が出てきて、王道のお経で霊を鎮める。

清水　ほう、そこがショーアップされている。

高野　そうそう。呪術的な力では恐ろしい霊にかなわないんだっていうことがちゃんと描かれているんですよね。ただ、外国人からすると、なんで悲運の女性の霊を慰める廟に宝くじのご利益があるのかがわかんないんですけど。

もともと上座部仏教では、仏様に現世利益をお願いしちゃいけないんですよね。大乗でもブータンの仏教なんかはそうですけど。人々がお寺に行ってするのは、来世のために功徳《くどく》を積むことであって、宝くじを当てたいとか、大学に合格したいとか、海外に留学したいっていうようなことは、お寺ではなく、別の所にお願いするんです。そういう意味では、役割分担がしっかりできているっていう感じはします。

清水　日本の仏様と神様でも、そういう役割分担がないわけではないんですよね。神様にお願いして、先祖の菩提《ぼだい》を弔うとかそういうことは仏様にお願いする。現世利益は神様にお願いする。昔から今に至るまで、ちょっとそのへんはファジーですけど、一応の分担関係はありますね。

スピルバーグはケンモンによって未知と遭遇した

清水　高野さんは雪男とかをずっと探してこられて、やっぱり人がそういうものを信じる意識は薄らいでいると感じますか。

高野　薄らいでますね。

清水　近代化の中で？

高野　定点観測をしているわけじゃないので、そこはわからないですけど、一般に街に近づけば近づくほど信じてない人が多いという傾向は当然あります。でも同じ街の人でも、「いない」って一笑に付す人と、「絶対いる」って信じている人が隣り合って暮らしていたりもする。そこは面白いです。

清水　日本にはもうそういうのは残ってないかな。一九九〇年代に、河童《かっぱ》を祀《まつ》る風習が残っている熊本の球磨《くま》地方のドキュメンタリーをNHKが放送したんですけど、そこに出てきた何人かは本当に河童を信じている様子で語っていました（『ふるさとの伝承』[*46]山ん太郎と川ん太郎）。「猿ぐらいの大きさで、手をつないでぐるぐる回る」とか、「夕方、犬が吠えるから行ってみたら、いた」みたいな感じで。今、再放送されたら、「何だ、これは」っていうような反響があるでしょうね。

高野　僕は何年か前に奄美大島に行って、ケンモンの話を聞いたんですけど、『未知との遭遇』[*47]みたいな体験をした人がいて、それもケンモンのしわざみたいなんですよね。

清水　その人は宇宙人にさらわれそうになったんですか。

高野　巨大な宇宙船みたいなものが出てきて、そこで時間が止まっちゃったそうです（笑）。

清水　それ、高野さんが直接、話を聞いたんですか。

高野　聞きました。

＊46　『ふるさとの伝承』
一九九五〜一九九九年にNHK教育テレビで放送されたドキュメンタリー番組。失われつつある日本の伝統文化を記録し、日本各地の民俗行事を紹介する。全百二十四話。番組に共感したアニメ映画監督、宮崎駿の発案で、二〇一一年にスタジオジブリよりDVD・ブルーレイ化された。

＊47　『未知との遭遇』
一九七七年公開のアメリカ映画。スティーブン・スピルバーグ監督・脚本。UFOを目撃した主人公を通して、人類と異星人とのコンタクトを描いた作品。クライマックスに巨大なマザーシップが降臨する。

清水　その人は真顔でしゃべるんですよね。

高野　「後で『未知との遭遇』を見たら、そっくりだった」って言うんです。

清水　先に見ていたわけじゃないんですね。

高野　「監督はあれを見たに違いない」って言ってましたよ。「見なきゃ、あんな映画はつくれない」って。その人は、小学生の頃から神社に行ったら何かを見たりとか、そういう人で。

清水　じゃあ、ちょっと霊感が強い？

高野　いや、そこはふつうだったみたいです。そういう体験をアピールしたいわけでもなくて、聞かれたら話すっていう。本人の中では不思議な体験が切れ目なく続いているみたいですね。

清水　僕は一九九〇年代以降に農村で聞き取り調査をやりましたけど、まだそういう人には会ったことがないし、今後も会わないでしょうね。真顔でそういうことを言う人には（笑）。

高野　いや、いると思いますよ（笑）。

清水　いるんですかね。

高野　清水さんはわざわざ探さないでしょ。

清水　ああ、そうかもしれない。

高野　僕はそういう人を探しているんで、「だったら、うちの兄ちゃんに聞けばいいよ」って言う人に会ったりするんですよ。その人だって、聞かれなきゃ言わないでしょう。ふつうに仕事をしている人なんで。

清水　ああ、そうか。そうですね、確かに。

ロウソクの光でスマホを使う時代に

清水　ミャンマーもそうですけど、近頃はアジアとかアフリカの国々が新興国と呼ばれたりして、経済成長の面で注目されるようになっていますよね。

高野　ミャンマーが「経済のフロンティア」と呼ばれるようになるなんて、十年前はもちろん、五年前だって、想像もできませんでしたよ。こないだ行ってきましたけど、活気があるとはこういうことかっていう。街の雰囲気もそうですし、人の顔つきとか見ても、生き生きしててね。

ただ、そんなに簡単な話でもなくて、よくわかんないわけですよね。民族紛争とセットになった宗教紛争が起きてて、民主化が始まる前よりも暴力で死んでいる人が多いと思うんですね。行ってみると、インド系とイスラム教徒っていうのがごっちゃにされてるんですけど、反インド・イスラム感情っていうのがすごいんです。すごく常識的で教養のあるミャンマー人でも、その話題になると、どうかしちゃったんじゃないかっていうぐらい、差別的な発言をするんですよ。

それは、かつては軍事政権が止めてたんですよね。軍事政権は平和が好きなんで。別にイスラムやインド系をかばっていたわけじゃないんだろうけども、争い事になるのが嫌なんで、抑えていたわけですね。でも、それがもう止められなくなっちゃったんで、やり放題になって。

清水　そういう揺り戻しが起きると、もっと悲惨な状況になるんですよね。

高野　そうなんです。たとえば、シリアなんていうのも、中東の中ではかなり安定していて、しかも経済的にはリベラルで活気のある国だったんですよ。それが一瞬にして昔のソマリアみたいになってしまうっていうのは、ものすごいですよね。

清水　しかし、全体的に見て、世界が均質化していくような感じはしませんか。

高野　均質化はすごいですよね。だって、電気が通っていない所でも、携帯とネットは使えてしまうわけですよ。ろうそくの明かりしかない所でスマホやってたりとかするわけですよ（笑）。

清水　ということは、やっぱり世界はだんだん狭まっているんでしょうか。

高野　歴史学者が世界の辺境に行くんだったら、早く行かないと（笑）。僕は昔の日本に行ってみたいですよね。

清水　それこそ『タイムスクープハンター』みたいに？　大変そうですけど。

高野　前に編集者の人に「次はどこに行きたいですか」って聞かれたときに、真剣に「昔の日本」って答えたら、すごく困ってましたね（笑）。でも昔の日本って、わからないことがいろいろあるけど、とにかく行けば一目瞭然だから。だから「行きたいなあ」

って言ったんですけど、「はあ……」って。

清水　僕は行きたい半面、ちょっと行きたくないような気もします。今までの仕事が全否定されるんじゃないかなって（笑）。『タイムスクープハンター』の映像は全部うそじゃないかって言われたらどうしよう（笑）。

第五章　異端のふたりにできること

歴史学の若き天才は現れない

高野　歴史学者っていうのは、どうやってなるものなんですか。

清水　基本的に古文書を読んで理解できなきゃいけなくて、そのための訓練は独学ではなかなか無理なんですね。アカデミズムの世界に入らないとダメで、在野の歴史学者って、たぶん今はもうありえないんです。昔だったら、そういう郷土史の研究家みたいな人もいたんですけど、今は学問自体がすごく緻密になって細分化されているんで。だから、大学の文学部史学科やそれに類する専攻に入って、それから大学院[*1]に進んで、きっちりトレーニングを受けないといけない。

それと、歴史学の研究って、読んだ史料の量で発言の重みが大きく変わってくるんです。数学の世界なんかだと、若き天才が突然現れて、キャリアのある研究者を打ち負かすっていうこともあるかもしれないですけど、歴史学の分野で若き天才研究者がさっそうとデビューすることはありえない（笑）。だから、みんなわ

＊1　大学院
大学在学の後、より専門的な研究を学ぶことを希望する者が進学する機関。一般的な文系では、修士課程が二年間、博士後期課程が三年間だが、それぞれその倍の期間在学することができる。在学期間中は給与などが支給されることはなく、逆に学費を支払わねばならないため、経済的負担は大きい。また、文系の場合、ポストが限られるため、修了後、研究職に就ける確実な保証はない。清水の場合、大学院に八年間、三十二歳まで在籍している。

りと遅咲きですよね、歴史学者は。

高野　史学科の学生のうち研究者を目指す人って、どれくらいいるものなんですか。

清水　それは年によって違いますね。一時は不景気になると増えるって言われたんですけど（笑）。ふつうの企業に就職できないから、大学院でも行くかっていうふうに。僕らが大学院にいた九〇年代も、バブルが弾《はじ》けて就職難になっていたので、そういう院生がすごく増えたんですよね。

ところが、その後、行くともっと大変なことになるということが知れ渡って、今はすごく減っているみたいですね。明治大学でも、大学院の日本中世史ゼミに上がってくるのは、年間一人とか二人みたいですね。

高野　大学院に入っても、みんなが研究者になれるわけじゃないですよね。

清水　なれるとは限らない。

高野　修士でやめる人も結構いますよね。

清水　やめて高校の社会科の教師になる人もいますよ。高校で教えるにしても、古文書から歴史を読む訓練を受けていると、授業の説得力がぜんぜん違いますから、それはそれでいいことだと思いますよ。

ただ、研究者の道に入っていくのはなかなか大変ですよね。僕は今、大学院生の指導教授にはなっていないですけど、研究職を志望する人がいたら、まず親御さんの支援態勢があるかどうかを聞きますね。すねをかじらなきゃいけないから。「これから先、他人をだまさなきゃいけないんだから、親ぐらいだませなきゃいけないよ」って言いますけどね（笑）。

高野　どういう人が歴史学者に向いているんですか。

清水　歴史学者にもいろんなタイプがいて、けれん味のある、人のやらないような研究をやる人もいますし、わりと地味な研究をコツコツ続けていくタイプもいます。どっちにも共通しているのは、あきらめないっていうか、無駄かなと思ってもやるっていうことですかね。

才気走っている子は、これ以上やっても先が見えないっていうふうに見切っちゃって、大学院をやめちゃったりすることもあるんで、頭がよすぎる人は向いていないみたいですよ。

高野　辛抱強さがないと続かない。

清水　愚直さっていうのが大きいんじゃないかな。将来を考えると、どんどん不安になってくるんで。そんなことより目の前の古文書をひたすら読むのが楽しいんだって思えるような、ちょっと鈍感な人ぐらいがちょうどいいんじゃないですかね。

高野　まあ、他の研究者もそうだと思うんですけど、大学院の博士課程を終えても、なかなか就職口は見つからないんですよね。

清水　ないですね。だいたい三十歳ぐらいまでは就職できないんですよ。だから、「楽で収入もよさそうだから大学教授になるんだ」っていうような安直な考えをもっている人は、ちょっと冷静に考えた方がいいと思いますよね。そろばんを弾くようなタイプは長続きしないんで、この世界にはもともと向いてないですけど。採算を考えちゃいけないんです。

高野　採算を考えたら、僕みたいな仕事も無理ですよ（笑）。

きっかけは歴史ドラマ

高野　いわゆる歴史好きがこうじて研究者を目指すようになる人もいるんですか。

清水　だいたい始まりはみんなそうですよね。だけど、研究対象をどこまで客観視できるかですよね、プロとしてやっていくとなると。

中世史の研究をしていると、「戦国大名の中では誰が好きですか」と聞かれることがあるんですけど、この質問には困るんですよ。

高野　好き嫌いでやっているわけじゃない（笑）。

清水　戦国時代の人物で誰を尊敬するかと聞かれても、尊敬以前に、そのキャラクターを正確に語れるような歴史上の人物って、ほんの一握りなんですよね。だから、人格的に心酔できるほどの人物っていうのがいないんですよ。

たとえば戦国時代には、上杉謙信[*2]が武田信玄に塩を送ったみた

＊2　上杉謙信（一五三〇〜一五七八）　越後国の戦国大名。守護代長尾家に生まれ、初めは景虎を名乗る。後に上杉政虎、輝虎。信濃に侵攻した武田信玄と川中島で激突し、接戦を繰り広げた。その一方で、今川氏・北条氏の経済封鎖（塩止め）によって苦しむ信玄に塩を送ったとの故事が伝わっており、「敵に塩を送る」という言葉が生まれた。北陸地方を抑えて織田信長と対決、上洛を目指したが病死。戦術家・軍神のイメージで語られることが多い。

いな話があって、世間に流布していますよね。それ自体は感動的な話なんですけど、僕たち研究者はその話がいつ頃から語られるようになったのかっていうことを見ていきますし、そうすると、江戸時代に生まれた伝説にすぎないということがわかるんです。

そうやって話をそぎ落としていくと、誰を好きと言えるほどのデータがない、というのが正直なところなんで。だから「戦国武将の誰々が好きだから」といった動機で研究を始めても、わかることが案外少なくて冷めちゃうかもしれないし、あまり人物に傾倒しちゃいけないいような気がしますね。

高野　清水さんの場合は、歴史好きというのはもともと何から始まったんですか。

清水　やっぱり戦国時代なんかのテレビドラマ、大河ドラマとかですね。

高野　へえ、どういうのが好きだったんですか。

清水　子どもの頃に見て今でも好きなのは、『関ヶ原』という一九八一年にＴＢＳが放送したお正月ドラマで、小学生のときにそれを見て、すごく面白かったおぼえがあって。ほとんど意味はわかってなかったはずなんですけど、徳川家康役が森繁久彌《もりしげひさや》さんで、石田三成役が加藤剛《かとうごう》さんなんですよ。で、原作は司馬遼太郎《しばりょうたろう》。

高野　おお、すごいですね。

清水　ほかも豪華キャストだったんですけど。歴史ドラマをちゃんと見たのは初めてだったんで、父親に聞いたんです。どっちがいい者なんだって。そしたら、三成だと言われて。じゃあ、どっちが勝つんだって聞いたら、家康の方が勝つ、三成は負けて最後は殺されちゃうんだっていうんで、すごい衝撃を受けた（笑）。

高野　いい者が負けるのかと（笑）。

清水　そんな話があるのかと。それでさらに驚いたのは、これは四百年前にあった本当の話だと。なんだ、こりゃと思って。なんか現実を突きつけられたんでしょうね。それで興味をもって調べだしたっていう記憶がありますね。

高野　研究者の間で、人気のある時代とあんまりない時代っていうのはあるんですか。

清水　ありますよ。ここのところは室町時代がわりとブームですね。一九九〇年に今谷 明《いまたにあきら》*3さんが『室町の王権』（中公新書）と

＊3　今谷明（一九四二〜）
歴史学者。帝京大学文学部特任教授、国際日本文化研究センター名誉教授。京都府生まれ。専門は日本中世史。室町政治史のパイオニアで、天皇制にかかわる著作で注目を集めた。他の著作に『室町幕府解体過程の研究』（岩波書店）『信長と天皇』（講談社学術文庫）『日本国王と土民（集英社版日本の歴史9）』（集英社）など。

いう本を出して、足利義満は天皇の位を簒奪《さんだつ》しようとしていた、あの時代は天皇制の危機だったという説を唱えたんですが、この本がすごく売れたんですよね。ちょうど昭和から平成に変わった頃だったので、天皇制の歴史に興味をもつ人が多かったんでしょうけど。

それまで室町時代はエアポケットだったんですよ。だけど、その本が起爆剤となって、研究があっという間に進んだんですよね。それ以前は、あまり手がつけられていなかったんですよ。

そば屋の跡継ぎの運命を変えた三周

高野　いつ頃から本気で歴史学者になろうと思い始めたんですか。

清水　僕の実家はそば屋なんですよ。なので、子どもの頃からずっと、将来は家業を継ぐつもりでいたんです。

ただ、うちの父親は大学を出ていて、息子に店を継がせるにしても、学はつけておいた方がいいという考えをもっていたんで、大学に進学させてくれたんです。で、僕も、ゆくゆくはそば屋になるんだろうなと、漠然と思っていて。それなら、大学では好きなことを勉強してやろうと思って、それで立教大学の史学科に入っちゃったんですよね。

ところが、一年生のときに藤木久志さんの授業を受けて、やっぱり面白かったんですよ。印象的だったのは、何回目かの授業のときに、藤木さんが領主と百姓の関係について話されてたんですね。従来の研究では、領主が百姓から収奪するというふうにマルキシズム的に考えるのが主流だったんですけど、藤木さんは、そうじゃなくてギブ・アンド・テイクの関係だったと。領主はやらずぶったくりで百姓から年貢を取っていたんじゃなくて、百姓に対して一定の保護を与えていて、百姓はその見返りとして領主に年貢を納めていた。つまり両者は契約関係にあったんじゃないかっていう話をしたんです。

高野 へえ。

清水 で、それに僕は疑問を感じて、授業が終わった後で質問しに行って。契約という以上は、破棄できなければいけない。百姓が領主との関係を維持したくないと思って、破棄を通告するということは現実的にありえるんですか、それができないんだったら契約とは言えないんじゃないでしょうかって、生意気なことを言ったんですよ（笑）。

高野　すごい一年生ですね（笑）。

清水　何もわかってないから、言えたんでしょうけど。そうしたら、藤木さんは黙っちゃって、「ちょっと、君、お時間ありますか」って言うんです。藤木さんはとても紳士な方なので、いつもそういう話し方なんですが、僕が「空いています」と言ったら、「ちょっと歩きませんか」って言われて。

立教のキャンパスをとぼとぼ歩きながら、藤木さんは、「確かに君のおっしゃる通り、契約は近代的な概念で、それを領主と百姓の関係に当てはめるのは不適切かもしれない。しかし、今の研究状況では……」というふうにしゃべり始めて。途中から明らかに僕に向かってしゃべってない（笑）。自分の頭の整理をしていたんだと思います。

それでキャンパスの中庭をぐるっと一周すると、「もう一周しますか」って言って。結局、三周したんですよ。三周したところで藤木さんは用事を思い出したらしくて、「わかります?」と言われて。僕にはとても理解できない話ばかりだったんですけど、わからないとは言えない雰囲気だったので、「よくわかりました。ありがとうございました」と答えて、藤木さんは去っていったんですけど。

そのとき、藤木さんは五十代半ばぐらいで、もう著名な先生だったんですけど、大学の先生というのはこんなにも真摯で誠実なのかと思ったんですよね。適当な思いつきの質問をした学生に対して、こんなにまじめに答えてくれて、しかも自分も悩んでいるんだということを吐露している。研究者って格好いいなあと思っちゃって。それが間違いの始まりですかね(笑)。

高野 いい話じゃないですか(笑)。

清水 そうですか。

高野 僕にはそんな美しいエピソードがないですから。

探検家を名乗れない訳

清水　僕からも聞きます。どうやったら探検家になれるのか、聞きたいです。

高野　そもそも探検家じゃないです（笑）。

清水　違うんですか。肩書は「探検家・作家」じゃないんですか。そう書いていません？　この対談の前にも、僕は「探検家に会ってくる」といろんな人に言ってきたんですけど。

高野　今はノンフィクション作家と名乗ってるんですよ。その前は、長いこと辺境作家と言ってて、その前は辺境ライターと言っていて。

清水　はあ、そこはどういうこだわりなんですか。

高野　いや、そう名づけたのは実は妻[*4]なんです。彼女もノンフィクションライターで、最初に出会ったとき、向こうにインタビューされたんです。学生時代に面白いことをやっていた人の話を聞くという取材で。そのとき、「職業フリーライターじゃパッとしないから、〝辺境ライター〟にしたいんだけどいいですか」って言うから、「まあ、いいですよ」と。それから辺境ライターを名乗ることになったんです。結婚前から妻の指導下にあったんです

＊4　**片野ゆか（一九六六〜）**　ノンフィクション作家。『愛犬王　平岩米吉伝』（小学館）で小学館ノンフィクション大賞を受賞。他の著書に『北里大学獣医学部　犬部！』（ポプラ文庫）など。『旅はワン連れ』（ポプラ社）では高野と飼い犬と一緒にタイを旅した顚末を書いている。

ね（笑）。

清水　はあ（笑）。

高野　そのうち、ちょっと格上げしたいなって勝手に自分で思って、辺境作家に（笑）。

清水　その後、ノンフィクション作家になった理由は？

高野　辺境作家とかって言ってると、みんなが「何をする人なんですか」とか「辺境作家って何ですか」って聞くわけですよ。で、説明にもう疲れてしまって。特に最悪なのがラジオに出たときで、どんな番組にどんなテーマで呼ばれても、辺境作家についての説明をしているだけで終わっちゃうんですよ。

清水　ああ。

高野　時間が十分とかしかないでしょ。肩書の説明に五分以上かかって、ぜんぜん本題にたどり着けないうちに終わっちゃうんですよ。

清水　そうなりますよね（笑）。

高野　あと、「辺境冒険作家」って間違って紹介されることも、すっごく多かったんですよ。なんでだろうって思っていたら、自分の公式ホームページにそう書いてあったんですね。友だちに頼んでつくってもらったら、いろいろ気を回してくれて、肩書もキャッチーなものにしようっていうことで、辺境冒険作家にしてくれたらしいんですよ。僕はずっとそれに気づかなくて、なんでみんな俺のことを辺境冒険作家って呼ぶんだろうなって、本当ね、イライラしてて（笑）。つい最近なんですが、「冒険なんて一言も言ってないって」って言ったら、「だって、公式ホームページにそう書いてあるじゃないですか」って言われて、「ええっ？」って。見たら、そう書いてあったんで、すっごくびっくりした。

清水　そうだったのか（笑）。

高野　それは誤解を生むなっていうか、誤解でも何でもないし、みたいな話ですよね。

清水　僕の中では、高野さんはずっと探検家だったんですよね。どこで刷り込まれたんだろう。探検家って、少年が一度はあこがれる職業の一つですよね。その後、理性を身につけていくと、そういう夢はだんだんなくなっていくけど。

高野　探検家って、それだけだと仕事になりえないわけですよ。

僕が知っている限り、日本で探検家を自称している人は三人しかいないんですよ。

清水　ああ、そうですか。

高野　一人は関野吉晴[*5]さんといって、一橋大学の探検部出身で「グレートジャーニー」をずっとやってきた人ですよね。あの人は医師であって探検家なんですけど、武蔵野美術大学の教授もしていますよね。もう一人は僕の後輩の角幡唯介《かくはたゆうすけ》[*6]。彼は「探検家・作家」と名乗ってますね。で、何で収入を得ているかというと、要するに作家部分です。

それからもう一人、高橋大輔[*7]さんという人がいて、ロビンソン・クルーソーのモデルになった人が暮らしていた無人島を探したりとか、浦島太郎やサンタクロースの伝説の真実を明かすっていうことをやっています。面識ないですけど、たぶん執筆と講演活動で収入を得ているんじゃないかなと想像はしますよね。

要するに、探検家っていうのは、それだけでは収入を得られないんです。探検部を出て、僕や角幡みたいなことをやっている人は実はたくさんいるんですよ。テレビのディレクターになったり

＊5　関野吉晴（一九四九〜）　探検家。東京都生まれ。一橋大学在学中に探検部を創設。横浜市立大医学部卒。一九九三年、アフリカに誕生した人類がユーラシア大陸を通ってアメリカ大陸にまで拡散していった行程を脚力と腕力だけを頼りに遡行する旅「グレートジャーニー」をスタートさせ、足かけ十年でゴール。二〇〇四年から二〇一一年にかけては、日本列島にやってきた人々の足跡を三つのルートでたどる「新グレートジャーニー」を敢行した。著書に『グレートジャーニー——地球を這う（南米〜アラスカ篇／ユーラシア〜アフリカ篇）』（ちくま新書）など。

とか、スチールのカメラマンになったりとか、あと、研究者も結構多いんですよ。人類学やったりとか、森林研究とか、社会学に行ったりとか。

清水　探検部出身の人たちに共通する資質みたいなものはあるんですか。

高野　何か、ありますね。堅苦しいことが、まあ嫌いですよね。

清水　でしょうね（笑）。

高野　あと、山師的な人が多いんですよね。やったもん勝ちの世界なんですよ。行ってナンボ。で、現場に行くのがすごく好きですよね。頭だけで考えるのを嫌う。よく言えば嫌うし、悪く言えば苦手（笑）。

清水　でも、行って、本になって、初めて収入になるわけじゃないですか。その間の経済的な裏づけはどうしているんですか。

高野　ないですよ、別に裏づけなんか。

清水　取材費も自腹なんですか。

高野　基本的に自腹ですね。僕の場合、ごく最近になって、出版社から部分的に経費をもらうケースが出てきましたけど、あくま

＊6　角幡唯介（一九七六〜）　探検家。北海道生まれ。早稲田大学探検部OB。朝日新聞社勤務を経て作家・探検家に。著書に『空白の五マイル』『アグルーカの行方』（いずれも集英社文庫）など。二〇一三年に高野とともに講談社ノンフィクション賞を受賞。高野との対談録に『地図のない場所で眠りたい』（講談社）がある。

＊7　髙橋大輔（一九六六〜）　探検家。秋田県生まれ。明治大学在学中から世界を放浪。著書に『ロビンソン・クルーソーを探して』（新潮文庫）『浦島太郎はどこへ行ったのか』（新潮社）『12月25日の怪物』（草思社）など。

で部分的ですね。あとは原稿料や印税で稼ぐしかないので、とうてい探検家にはなれない（笑）。

清水　その不安定さに耐えられないとダメなんですね。研究者もそうですけど。

高野　僕は、売れない時期が本当に長かったんで、それはすごく不安になりますよね。

清水　それはわかります。

高野　なにしろ、「こんなこと、やってていいのか」っていうところから不安が始まるんで（笑）。評価もされないし、本も売れないということは、自分の路線が間違っている可能性が高いわけじゃないですか。ほかに同じようなことをやっている人もいないですからね。

清水　デビューのきっかけは何だったんですか。

高野　いやあ、本当にね、深い考えは何もなかったんですよ。たまたまコンゴに謎の怪獣を探しに行くっていうのを学生時代にやって、それが新聞に大きく出たんですよね。そういうのんき気な時代だったんですよ。

清水　本にされた後ですか。
高野　いや、する前ですよ。
清水　コンゴに怪獣探しに行ったという事実だけが報道されたわけですか。
高野　いや、これから行くっていうので。
清水　へえ。
高野　で、すごいインパクトがあったんですよね。帰ってきた後、出版社三社ぐらいから「体験記を書きませんか」という話をもらって、まあ、僕が隊のリーダーだったんで、代表して『幻の怪獣ムベンベを追え』[*8]（ＰＨＰ研究所、一九八八年。のちに『幻獣ムベンベを追え』のタイトルで集英社文庫）を書いたんです。
清水　何年生のときですか、それ。
高野　四年です。それで出してみたら評判がよかったんですよ。書評に取り上げられたり、雑誌で著者インタビューをしてくれたりしたもんだから、この職業、いいじゃんって思ったわけですよね。自分が好きな所、辺境とかに行って、好きなことをやって、それを本に書いて、仕事にするなんて、こんなおいしい話がある

＊8　『幻の怪獣ムベンベを追え』　コンゴ奥地の湖に生息すると伝えられる怪獣モケーレ・ムベンベを追い求めた早大探検部コンゴ・ドラゴン・プロジェクトの記録。高野の処女作。

のかって思っちゃったんですよ（笑）。

清水　大学生ならそう思うでしょうね。

高野　世の中、甘いなあとか思って（笑）。本当、今から考えると馬鹿だったなと思うんですけど、それでやっていこうと思ったんです。大学七年までいたんですけど、その間にアマゾンに四カ月行って、それも『アマゾンの船旅』[*9]（ダイヤモンド・ビッグ社、一九九一年。のちに『巨流アマゾンを遡れ』のタイトルで集英社文庫）という本になったんで、なんか、すごい順風満帆な勘違いが醸成されていったという（笑）。

*9　『アマゾンの船旅』
アマゾン川本流の河口から最源流まで、六千七百七十キロを約四カ月かけて遡った高野がつづった旅行記。当初は「地球の歩き方・紀行ガイド」として刊行された。

早稲田のイタさ

清水　僕は大学院から早稲田に行ったんですけど、最初、あそこの校風がちょっと嫌だったんですよ、僕の中では。

高野　はいはい。

清水　早稲田って、たぶん高野さんとかの責任もあると思うんですけど、ちょっと変な人がちょっと変なことをやらかす大学っていうようなイメージが世間的にあるじゃないですか。そうすると、早稲田の学生になってから、変なことをわざとやろうとする奴っているじゃないですか。

高野　すみません（笑）。

清水　高野さんはそれを仕事にしているからいいですけど、本当はぜんぜんそういうキャラじゃないくせに、校風に自分を合わせようとする、今の言葉で言う「イタい奴」っていうのがいるじゃないですか。

高野　すごい痛い話を……（笑）。

清水　僕はよその大学の出身だからだと思うんですけど、そういうのを見ると、すごく背伸びしているような感じがして、それこそ痛々しい感じがして、なんでこの大学の人は自分がふつうだと言われることを恐れているんだろうって思ってたんです。そういうのって、高野さんの頃からありました？

高野　まあ、あったし、探検部というのがまたその巣窟みたいな所だったわけですよ。

清水　はあ、そうなんですか。本来そういうキャラじゃないのに無理して来ちゃった子もいましたか。

高野　だって、早稲田っていうのは受験が大変なんで、優等生とか秀才が多いわけですよ。高校のときから変なことをやってたら、入れないわけですよね。

清水　そうですよね。あるレベルをきちんとできる子たちが来ているんですよね。

高野　そうそう。そこがまたイタさをね、倍増させてる（笑）。

清水　探検部に入ったけど、やっぱり違うって気づいて抜けていく子とかもいるんですか。

高野　もちろん、たくさんいます。

清水　中には本当に変な子もいるんですか。

高野　もちろん、そういうのもいます。

清水　ご自身はどうでした？

高野　僕はわりとふつうでしたよ。

清水　だいたい、ふつうじゃない人がふつうと言うんですよね。

高野　いや、僕は本当にふつうなんですよ。もっと変な人、たくさんいるんですよ。でも、清水さんって、僕の五つぐらい下ですよね。その頃も雰囲気は同じですか。

清水　たぶん同じじゃないですか。

高野　今はもうかなり違うと思うんですよ。そんなのはあまり見かけない気がするんですけど。

僕なんかの頃はね、当時でも時代錯誤だなって感じだったんですよ。僕は文学部でしょ。一年生のときは学科が決まってないんで、語学でクラスを分けられるんですけど、そうすると、全部で五十人くらいしかいないのに、作家志望が七人とか八人とかいたんですよ。そのほかにも、詩人になりたい、ミュージシャンになりたい、映画監督になりたいって自己紹介のときに言う奴がいて。ということは、口に出さない奴はまだたくさんいるわけでしょ。

清水　ああ、そうか、野心としてもっている人が。

高野　そうそう。友だちぐらいには言うけど、人前で言うほどではないっていうのがまだいるわけですよ。それに衝撃を受けましたね。一体何なんだろう、この世界はって。要するに、昔の映画とか小説に出てくる学生のイメージなわけですよ。

で、みんなものすごい早熟で、今から考えると早熟気どりなんですけども、文学好きで、映画はゴダール*10とか見てて、ジャズが好きで、あと、ミュージカルに凝っているとかっていう奴がいたりとか。そんなのに囲まれてね、俺は一体どうしようってね(笑)。

清水 確かに、黒澤明《くろさわあきら》*11が好きだって言えなかったですもんね。

高野 言えなかった。

清水 小津安二郎《おづやすじろう》*12なら許されるけど。「黒澤?」みたいな。

高野 そんな雰囲気がありましたよね。

清水 そんな子どもが見るような映画を見るのかっていうような。

高野 僕は学生時代にパリに行って、フランス人から小津を教わったんですよ。たまたま出会ったフランス人が映像の仕事をやっていて、「日本のOZUが大好きなんだ」って言うから、「誰?」って聞いて。向こうは「知らないわけない。もしかしたら俺の発音が間違っているかもしれない。日本人がOZUを知らないなんてことはありえない」って言うんですよ。僕は「いや、まったくわかんない」って言って、「クロサワの間違いじゃないのか」って言ったら、「いや、それはぜんぜん違う」って言われた(笑)。

清水 小津好きだという人の話を聞いてみると、だいたい蓮實《はすみ》重《しげ》

***10 ジャン=リュック・ゴダール(一九三〇〜)** フランスの映画監督・映画批評家・俳優。パリ生まれ。一九五九年『勝手にしやがれ』で長編デビューし、ヌーベルバーグの旗手と呼ばれる。他の代表作に『気狂いピエロ』『映画史』等。

***11 黒澤明(一九一〇〜一九九八)** 映画監督。東京生まれ。ダイナミックな映像表現とヒューマニズムで、国際的な評価を受けた。代表作に『羅生門』『七人の侍』『生きる』『影武者』など。

***12 小津安二郎(一九〇三〜一九六三)** 映画監督。東京生まれ。ローアングル・固定カメラなど独特の映像手法で市井の

彦《ひこ》*13の受け売りだったり、とかってこともありましたよね。今の子はそういう背伸びはしないんですかね。

高野　ないんじゃないですかね。背伸びって、やっぱり教養主義でしょ。教養主義自体がもう死滅しているじゃないですか。

自分の中の特殊な核

清水　大学を出た後の具体的なイメージはあったんですか。

高野　ああ、サラリーマンにはならないと思ってましたね。研究者か、それとも日本語の教師になって、外国で暮らすっていう、すごく漠然としたイメージですね。

清水　外国へのあこがれはどこから来るんですか。

高野　なんですかね。高校まで、いや中学くらいまでかな、僕もまじめな優等生タイプで、協調性のあるタイプだったわけですよ。

清水　どこまで本当なんだろう。

高野　いや、本当、本当。高校のときにはそういうのが嫌になってて、このままいくと、そこそこの企業に就職して、とにかくま

家庭生活を描いた。代表作に『晩春』『麦秋』『東京物語』など。死後、世界的に再評価の気運が高まった。

***13　蓮實重彦（一九三六〜）**　フランス文学者、映画評論家。東京生まれ。第二十六代東京大学総長。東京大学名誉教授。映画評論集に、『映像の詩学』『監督小津安二郎』（ともにちくま文庫）「映画狂人」シリーズ（全十巻、河出書房新社）などがある。

じめで協調性があるから、そこそこ重宝されて、無事に定年を迎えるっていうのが見えたんですよね。で、それだけは避けたいなと思って。

清水　なるほど。

ちょっと僕の話になっちゃうんですけど……、僕は大学時代に、夏目《なつめ》房《ふさ》之介《のすけ》*14さんっていますよね、あの人と知り合ったんですよ。ミニコミ雑誌をつくるサークルに入っていて、毎回、有名人にインタビューしていたんですけど、夏目さんにインタビューしたとき、僕が「日本中世史のゼミで勉強をしています」と言ったら、ご本人が喜んじゃって「いろいろ教えてよ」っていう話になったんです。その頃、夏目さんは中世史に興味があったようで。あの人は青山学院大学で中国史を専攻していたんですよ。だから歴史学の素養があるんです。

それで、二人で会って話したり、一緒にカラオケに行ったりするようになって、今でも飲み会に呼んでもらったりして、お世話になっているんですけど。

ちょうどその頃は、夏目さんがエッセイストからマンガ評論家

＊14　夏目房之介（一九五〇〜）
マンガコラムニスト。学習院大学大学院教授。東京都生まれ。マンガ批評の草分け的存在。代表作に『手塚治虫はどこにいる』（ちくま文庫）『マンガはなぜ面白いのか』（ＮＨＫライブラリー）など。夏目漱石の直系の孫。

にシフトしつつあったときなんですよ。マンガについてのコラムを書くだけではなくて、もっと学問的にマンガを論評できないものかという悩みをご自身は抱えていて、僕を呼んで、相談と言うとあれですけど、「意見を聞かせてほしい」と言ってくれたりしてたんですね。僕もお酒を飲ませてもらいながら、好きなことを言ってたんですけど。それが、腕一本で食べていくライターとの初めての出会いでした。

高野　へえ。

清水　夏目さんに相談したこともあったんですよ。僕もそんなふうにものを書いて生きていくことはできるかなと思って。それで、飲んだ席で「僕なんか、どうですかね」みたいなことを聞いたら、夏目さんは「自分の中に特殊な核となるものがないと、食べていけない」と言ったんです。エッセイストは自分の身辺雑事を書いてお金に換えるわけだけど、ふつうの人の身辺雑事をお金を払って読みたいと思う人はそうそういないんだと。夏目さんも、自分の中にマンガという核があると気づいてから、文章を書いて食べていけるようになったというんです。「清水君は、歴史の話をしているときが一番楽しそうだから、まず歴史をちゃんとやって、それからものを書くことを考えてもいいんじゃないの」って言われて、ああ、そうかって思って。

高野　もっともですね。

清水　感謝してますけどね。だから、たまにコラムみたいな仕事をもらうと、結構楽しくやれるんですよね。ひょっとしたら、俺、こっちがやりたかったんじゃないかなって思うこともあって（笑）。

高野　そんなことがあったんですね。

清水　今思い出しましたけど、大学時代の結構大きな出会いでしたね。

遺書のつもりだった処女作

高野　それで大学院を出た後はどうしたんですか。

清水　東大で研究員の身分を三年だけ与えられたんですよ。ただ準公務員の扱いなので、アルバイト禁止という条件があって、それまで非常勤でやっていた高校教師とか全部辞めちゃったんですよ、アルバイトを。それで三年たって、どこかの大学の先生にでもなれたらいいなと甘く考えていたら、就職口がなくて、妻と子どもを抱えて、まったくのプータローになってしまって。

高野　そのときもうお子さんもいらしたんですか。

清水　長男が一歳でした。妻も出産で仕事辞めちゃってて。それで、どうしようって思って、知り合いを訪ねて八方手を尽くして回してもらったのが、女子高の講師と予備校の講師の仕事で。その一年はきつかったですね、一時はまったくの無職になったんで。そんなこと言ったら、ずっとフリーでやっている方に失礼なんですけど。その不安定なときに、たまたま講談社の人が僕の論文を読んで、本の執筆を依頼してくれて。

高野　論文を読んでいる編集者がいるんですか。

清水　博士論文を出版したんですよ。『室町社会の騒擾《そうじょう》と秩序』（二〇〇四年、吉川弘文館）という九千円以上もする本で、六百部しか刷ってない、誰が読むんだっていう硬い本なんですけど。それを読んでくれてたんですよ、講談社選書メチエの山崎比呂志さんという方が。で、「何かもっと書きたいものがあるんじゃないですか」って言ってくれて。やっぱりアンテナの張り方が半端じゃなくて、清水さんが書いたような話は、ビザンツ帝国[*15]でもありますよ、とか、ビザンツの研究者にはこんな人がいますよ、とか、そういう話が出てくるんです。メチエの編集者の方って、わりとそういう感じで、ブレイク手前の著者を探すのに命をかけているみたいですよ。

高野　それにしたって目が利かないと。

清水　あんな論文、よく読んだなと思います。発売して数週間後に連絡をくれて、企画をもちかけてくれたんです。あのときが人生で一番うれしかったかもしれない。誰からも僕は必要とされていないかもしれない、僕の未来はどうなるんだろうって不安に駆られていたときに、一般向けの本の依頼をいただいて。

それで、生涯で一冊一般向けの本が書ければいいな、これで研究活動は店じまいにしてもいいやという気持ちで書いたのが『喧嘩両成敗の誕生』なんです。半年間をひたすら書くのに費やして。昼間は女子高の講師をやって、夜は予備校の講師をやって、家に

＊15　ビザンツ帝国　ローマ帝国が東西に分裂した後の東側。東ローマ帝国。三九五〜一四五三年。首都はコンスタンティノープル(現在のトルコ・イスタンブール)。

帰ってから毎晩寝る前の二時間ぐらい、あれを書いていたっていう。
だから、あの本は遺書のつもりで書いてたんですよ。結構いっぱいいっぱいで。とにかく自分のもっている中世のイメージをすべて吐き出しちゃおうと思って。そうしたら、翌年になって今の職に就けたんでよかったんですけど、あの本には最大限出し切っちゃったってところがあって。

高野　あの本はすごく面白くて、そんなに切羽詰まった感じなんて、ぜんぜんなかったですね。

清水　そうですか。僕にとって最初の一般書なので、気負って書いていているところもあるし、とにかく盛り込もうという意識が強すぎて、何でもかんでも入れてる。僕のことをよく知っている友人やなんかに言わせると、行に詰められている情報量が多すぎて読み進められないっていう。

高野　そうかな。

清水　二冊目の『大飢饉、室町社会を襲う！』は、職も得たんで、書き方にちょっと色気が出てるんですよ。それがよくなかったなと反省しているんですけど。

高野 それは作家がたどる道と同じですよ。ある程度書いていくと、書き慣れて、筆がこなれてくるんですよ。

清水 そうすると、あんまりよくないですよね。

高野 いいとか悪いとかじゃなくて、自由になってる感じがしますよ。

清水 ああ、そう言ってくれた人もいます。

高野 あの本の帯にほら、「ドキュメント、応永の大飢饉」ってあるじゃないですか。まさにノンフィクションとして書いているわけですよ。あれは新しいというか、面白かったですよ。今起きている災害を描くような感じで、同時代の人が書くみたいに飢饉のことを書いてるじゃないですか。あのへんが面白いですよ、すごく。

清水 そうですか。うれしいな。三冊目の『日本神判史』は、頃合いがわかってきたっていう部分があるので、僕のことをよく知っている人は、あの本が一番わかりやすいと言ってくれるんですよ。でも、僕の思い入れでは、不遇のときに書いた『喧嘩両成敗』が一番いいっていう。

高野　『神判史』は、新書という形式だからでもあるんでしょうけど、硬くかっちり書いている感じ。

清水　そうですね。初めての新書で、中公だったんで、結構、襟を正してますよね。

高野　あの三冊って、何年間に出したんですか。

清水　ここ四、五年です。一応、隔年で一冊書いてるんです。

高野　えらく速いペースですね。

清水　そうなんですか。

高野　だって作家じゃないんだから。ノンフィクション作家だって、隔年で出す人なんかあんまりいないですよ。四、五年で三冊っていうのはペースとしてはすごく速くて、これからもどんどん書ける感じがしますよ。僕がこういうことを言うのもなんですけれど、最近、プロデュースとかもやってるんで、すぐそういう目で見てしまうんですよね（笑）。

清水　本業は大学の教員なんで、ガツガツしないで、本当に自分にしか書けないことだけ書いていくというポリシーは守っていこうと思っているんですけど。

高野　それがベストですよ。

清水　高野さんはいつ頃から書き始めたんですか。物書きになろうと思って、高校生の頃ぐらいから書きためたりとか。

高野　ぜんぜんそういうのはないんですよ。

清水　ものすごい読書家で、いろいろ読んでいたとかっていうのはないんですか？

高野　まあ、本はよく読んでましたよね。

清水　学生のときに初めて書くまで、書く方はぜんぜん興味はなかったんですか。

高野　興味はなかったですね。

清水　じゃあ、デビューした後で、文体を自分で工夫したりっていうような努力とか苦労もあまりなく？

高野　うーん、もうちょっと硬くならないか、まじめな感じにならないかとは思ったんですけど。

清水　そっちへの努力。

高野　ついにはそういうふうにはなれなくて（笑）。硬く書くと、ぜんぜんうまくいかないんですよ。もうちょっとまじめに書かないと評価されないだろうと思って、努力したんですけど。

清水　メジャーに受けるために軟らかくしていくってことではなくて。

高野　逆なんですよ。メジャーの方に行こうと思って、硬くしてみようと思ったんだけど、ぜんぜん硬くならない。

清水　出ている本を読むと、初期のものも最近のも、文体がぜんぜん変わらないですね。ふつうは初めの方は硬くて、だんだん軟らかくなっていくものなんじゃないですか。

高野　僕の中では、違いはあるんですよ。『イスラム飲酒紀行』なんかはかなり軟らかくなってますけどね。それで『ソマリランド』はちょっと戻して。題材によって変わったりもしますね。

うーん、まあ、そうなんですよね、一生懸命、格調高いものを書こうと努力したんですけど、そっちの方にはついぞ行かなかった。

清水　無理にすり寄るよりいいんじゃないですか。ここまでぶれてないっていうのも。

高野　ぶれさせようとしても、ぶれなかったっていうか。

清水　読んでいると、研究者的だなって感じることもありますよ。たとえば言葉の使い方とかね。そこまで定義をしっかりしなくても、読者は困らないっていう部分もあるじゃないですか。でも、わりと言葉にこだわって説明されることがありますよね。

高野　へえ、そうですか。たとえばどんなところ？

清水　なんか、突然、脱線して語源の説明を始めたりするじゃないですか。

高野　しますね（笑）。

清水　そういうことが本質的に好きな人なんだなと思って。

高野　そうなんですよ。

清水　『アヘン王国潜入記』[*16]（『ビルマ・アヘン王国潜入記』のタイトルで草思社、一九九八年。のちに集英社文庫）なんかも、出だしはちょっとキワモノ的な関心じゃないですか。でも途中から、フィールドワークの報告書みたいな感じになって。

高野　そうなんですよね。

清水　人類学のレポートを読んでいるみたい。

＊16　**『アヘン王国潜入記』**　麻薬地帯ゴールデントライアングルにある反政府ゲリラの支配区・ワ州に高野が七カ月間にわたって潜入、ケシの栽培とアヘンの生産に従事しながら、現地の実情をあぶり出したルポルタージュ。

高野　そのわりには人類学的なことは何もできなくって。生活誌の方に行っちゃったんですよね。人類学的なことをやるなら、もっと向こうの人たちとコミュニケーションがとれないと。じゃないと親族や神話の話は聞けないんですよ。それから時間も足りなかった。あのとき僕は向こうで畑仕事をやってましたから、畑仕事やりながら親族の話の聞き取りなんて、まずできないんです。だから、まあ、自分への言い訳としては、宮本常一《みやもとつねいち》*17みたいな生活誌の方向に行ったということです。

清水　わかります。確かに宮本常一さんの書き方は抑制的ですよね。理屈を語らず、なるべくルポルタージュとして書くんだっていうふうに。

コンゴにも日本にもいる取材者泣かせ

清水　高野さんと角幡さんの対談書『地図のない場所で眠りたい』（講談社）に、取材ノウハウについてお二人が語り合う箇所があるじゃないですか。取材のときにメモ帳を出すタイミングと

*17　**宮本常一（一九〇七〜一九八一）**　民俗学者。武蔵野美術大学名誉教授。山口県生まれ。生涯十六万キロ、地球四周分を歩き、千軒以上の民家に泊まったとも言われ（佐野眞一著『旅する巨人』文春文庫）、庶民の暮らしに関する膨大な記録を残した。文庫版『忘れられた日本人』の解説は網野善彦が書いている。

か、情報整理の方法について話されている。あれを読んで思ったんですけど、僕が大学の授業で伝授された農村調査のノウハウは、お二人が語られている内容とそっくりなんです。

農村に行って、おじいさんやおばあさんに話を聞くときに、いきなり手帳を出すと、向こうがかしこまってしまうんですよ。録音なんてすると、よけいにかしこまっちゃう。だから、聞き取り調査のうまい人っていうのは世間話から入るんですよ、絶妙な。

高野　ああ。

清水　「息子さん、東京で何をなさっているんですか」みたいな話から入って、ずいぶん前置きが長いなと感じるぐらい世間話をして、その間に要所要所で聞きたいことを聞いて、で、別れ際に「最後に確認ですけど、あの土地の名前は何々で間違いないですよね」って念押しをする。そういうテクニックがあるんですよね。

高野　僕の場合はテクニックというほど意識はしてませんけど、まず相手と親しくならないといけないですよね。特に外国に行くと警戒されますから、とりあえず雑談から入りますよね。

清水　話のきっかけって何ですか。

高野　場合によって違うんですけども、実用的なことが多いかな。ここから次の村に行くまでどのくらいかかりますかとか、このへんに泊まれる場所はありますかとか。あとは言葉のことを聞いたりしますけどね。このへんはどういう言葉をしゃべっているんですかとか。

清水　言葉の話には乗ってきますか。

高野　乗ってきますよ。言葉の話はみんな大好きです。

清水　どうしても乗ってこない人っていません？　僕の経験だと、農村の調査するとき、集落の代表みたいな人に話をつけて、「大学の人が行くからよろしく」という連絡も回してもらっているはずなのに、一軒だけかたくなに門戸を閉ざしている家があって。

　だいたいそういう家は集落のナンバー2だったり、かつてはトップだった家だったりして、過去の話をすると、自分の家の没落の歴史を語ることになっちゃうので、よそ者と接触したがらないんですよね。どんな集落にもたいていそういう家がありますね。みんなで調査に回って帰ってきた後、「あそこの家は堅いよね」っていう話になるような家が。

高野　調査は何人かでするんですか。

清水　個人でやるときもありますけど、大学のゼミなんかだと、十〜二十人ぐらいのグループでやるんですよ。

高野　たとえばどんなテーマで？

清水　たとえば、古文書に田んぼに引く水をめぐる争いについて書かれていたりしますよね。だけど、東京にいて地図を見るだけではよくわからないから、現地に行って聞くんです。そうすると、「ああ、その地名は地図に載ってないよ。昔からあの畑の裏の方のことをいうんだ」とか、「あそこは水がいつも涸《か》れる所なんだよ」みたいな話が出てきたりして、なるほど、それでもめるのかということがビジュアル的にわかる。

高野　ああ、歴史的事実をフィールドワークで明らかにするんですね。

清水　ええ。八〇年代以降は、歴史学も文献を読むだけでは手詰まりになってきたんで、村落史なんかではそういう手法もわりと併用するようになりましたね。

高野　その話を聞いて思い出したのは、コンゴの湖に怪獣を探しに行ったときのことですね。あそこの村は典型的な二重権力で、行政機関の長としての村長と、昔からの伝統的な酋《しゅうちょう》長みたいな人がいて、最初はわからなかったわけですよ。村長に話をしてOKをもらっているのに、ぜんぜん協力してくれないから、なんでだろうと思っていたら、実は村長はナンバー2、あるいはもっと下だった。

清水　入り口を間違えちゃったんですか。

高野　いや、外から行くと、まず村長と接触するしかないんですよ。対外窓口は村長だから。でも最高権力者ではないので、話が通らない。人を雇うにしても、村長派と酋長派がいたりして。

清水　どこから入るのかっていう最初のアプローチが一番難しいんですよね。

高野　それと、意外によく引っかかるのは、外国人がやってきたときに「おおー！」って言って親しげに寄ってくる人がいるんですけど、そういう人ほど村のアウトサイダーだってことがありますね。

清水　ああ、あるある（笑）。地元でちょっと浮いた存在だから、外の人に対していい顔をするんですよね。

高野　そうそう（笑）。そうやって村の中で微妙なポジションを得ているんですよ。

清水　そうなんです、そうなんです。

高野　そういう人の話はあてにならなかったりするんで、そこは本当に注意してる。

清水　確かに。

高野　口はうまくて、愛想もよかったりして。

清水　ちょっとインテリで。

高野　そうそう。

清水　でも、村では浮いているという。僕もありました。調査に入ったら、最初に窓口になってくれた人がすごく調子がよくて、村の古文書を見せてくれると言うんで、部屋を借りて撮影機材を持ち込んで写真を撮っていたんです。だけど、村全体の合意がぜんぜんできていないまま見せてくれちゃってたみたいで、村の人たちがもめ始めて、「あんたら、誰の許可を得てやっているんだ」みたいな話になって。最初に口を利いてくれた人が「まあ、まあ」とかってとりなしてくれるだろうと思っていたら、その人が誰よりも怒りだして裏切るんですよ。「そんなことまでやっていいとは言ってない」みたいなことを言いだして（笑）。

高野　困った人ですね（笑）。

清水　どこでも似たようなことはあるんですね。

高野　気をつけないと。外部の人間はそういう人にはまりやすいんですよ。

〝黄門様〟だった宮本常一

清水　僕らは大規模な調査をやるときは、上からと下からでやるんですよ。教育委員会とか名刺の利く世界からアプローチするグループと、それこそ宮本常一さんみたいにふらっと村に現れて人人に溶け込んでいくグループに分かれてやると、うまくいくことが多いんです。

高野　上からのアプローチだけだと、本当の話ってなかなか出てこないですよね。

清水　聞いた話なんで本当かどうかわからないんですけど、宮本常一さんがある学会調査に同行することになって、その頃の農村調査って、公民館みたいな所に人を集めて集団聞き取りをするっていう方法だったらしいんですけど、宮本さんはそこへは行かずに「ちょっと外を見てきます」って言って、夕方くらいまで出かけていたそうなんです。

それで夜になって、聞き取りの成果を報告し合っているとき、誰かから「この村はこうらしいです」みたいな報告が上がると、宮本さんが「違うんじゃないかな」と異論を挟んで、確認してみると、宮本さんの方が正しかったっていう。公民館に集まってくる人っていうのは村の上層部の人たちで、そういう人たちからの情報は歪《ゆが》んでいたりすることもあるんですね。宮本さんは、村の中をふらふら歩いている間にいろいろ村人たちから聞いて、正しい情報をつかんでいた。まるで水戸黄門だっていう（笑）。

高野　すべてお見通し（笑）。「こういうことを聞きたいんだ」と言って人を集めちゃうと、公式声明みたいな情報しか得られなかったりするんですよね。

清水　あと、しゃべりたい人が来るんですよね。

高野　声のでかい人ですね。

清水　ええ。だから本当の生活者の声が聞けないことが往々にしてあるんですよね。

高野　その宮本常一の『忘れられた日本人』（岩波文庫）の冒頭の部分に、対馬《つしま》で話し合いが行われるシーンがありますよ。

清水　はい、村人に古文書を見せてくれって頼んだんだけど、いつまでも話し合いをだらだらやっているという。

高野　コンゴに行ったときにそっくりなことを経験しました。湖に行くには許可がいるというんで、村の人たちに頼むと、延々と話をしてるんだけど、ちゃんとした議論になってないんですよね、ぜんぜん。

清水　ああ、でもそれが大事なんでしょ。

高野　そうそう。休み時間になると、長老に促されて軒下に連れていかれて、いくらだとかって値段を提示されて、「それは高い」って言うと、また戻って議論して。あれ、本当に似てるなって思ったんですよ。

清水　学生によく「多数決は暴力的な手続きなんだ」って言うと、キョトンとするんですね。小学生の頃から、多数決は民主主義の基本だって習ってるから。でも、多数決は実は非民主的で、それをやってしまうことによって少数意見が切り捨てられる。

中世の人も滅多なことでは多数決をやらないんですよね。だらだら話し合うことによって、白黒つけない。白黒つけちゃうと、少数派のメンツをつぶしちゃうことになるから。だから中を取るというか、ストレートな対立を生まないようにするというか。

高野　みんなになじませていくという感じですよね。

清水　根回しですよね。それってたぶん、狭い世界で生きていくための一つの知恵なんですよね。前近代社会の意思決定の仕方としては、一番ポピュラーな形かもしれないですよね。

いかに自分の世界観を見せるか

高野　それにしても、歴史学者がそんなにフィールドワークをされているとは知りませんでした。ずっと古文書とにらめっこしているっていうイメージがあって。

清水　それはそうなんですけど、現地にも行きますね。大学一年のときに藤木さんの史学概論の授業を受けて、その中で民俗学調査の方法とか理念を学んだんですけど、テキストが本多勝一《ほんだかついち》*18の『事実とは何か』（朝日文庫）だったんです。史学概論のテキストに本多勝一ってかなり斬新だったと思うんですが、ルポルタージュも歴史叙述も根っこは同じなんだという藤木さんのメッセージだったんだなって、今頃になって再認識しました。

高野　それ、読んだことないんですけど（笑）、どういう内容なんですか。

清水　短いコラム的な文章を集めたものなんですけど、要するに、事実を並べただけではルポルタージュにはならないのであって、不可避的に作者の主観が介在するのだとか、事実のとらえ方は人それぞれにあるんだっていう認識論的なことが書かれている。実際、取材したことって、意識的にせよ無意識にせよ、取捨選択してますよね、で、再構成しているわけですよね。

高野　どこを切り取るかで話の色合い、意味合いがぜんぜん変わ

*18　**本多勝一**（一九三一〜）　ジャーナリスト。長野県生まれ。京都大学在学中に探検部創設にかかわる。朝日新聞記者として極限の民族三部作『カナダ＝エスキモー』『ニューギニア高地人』『アラビア遊牧民』を発表（いずれも朝日文庫に収録）、ベトナム戦争報道や多くのルポルタージュ、評論活動でも知られる。退職後『週刊金曜日』を創刊。

ってくる。そこはもうしょうがないんですよね。

清水　物事を客観的に見ているようで、その素材を選んだこと自体が主観であって、その選択には本人の人生が投影されている。取材って、ある意味、文学的な作業ですよね。

高野　そうですね。あれですか、研究者でも文章がうまい人の方が論文を書くのにも有利っていうことは？

清水　それはありますね。論文は古文書のネタがあって書けるわけですけど、ネタとネタの間にポコッと抜けている部分があって、そこを埋める史料があったら説明がスムーズなんだけど今はないっていうときに、文章のうまい人は力業で、ちょっと文学的な書き方にして乗り越えちゃう（笑）。

高野　ああ（笑）。

清水　自分の文章を読んでみても、書きながらネタが弱いなと思っていた箇所ほど、筆に気合いが入っていたりしますね。本当に自信があるときは、淡々とした文章になりますからね。自信がないときほど、「結論から言うと――」みたいな。

高野　声を大にして言っちゃうんですね、思わず（笑）。

清水　たいがいそうですね。帰納的[*19]に書いていれば結論に至る文章だったら、演繹的《えんえきてき》に「結論から言うと」って書く必要はないんであって、最初に結論を述べた後で傍証をつなげようとするときは、ネタが弱かったりします。

高野　それは本当にそうですね。僕なんかも、ネタが弱いときほど、技巧を使ってしまうんですよ。その結果、独特な展開のストーリーになったりして、それはそれでいいんですけどね。でも、材料が強いときは、ストレート一本、まっすぐ勝負で問題なし。

清水　やっぱり。

高野　下手に技巧を使うと、材料のよさがわからなくなっちゃうんですよね。

清水　すごくよくわかります。でも、そういうことがわかってきたのは最近ですね。人の書いたものを読んで、ああ、材料が弱いから、こういう書き方をしてるんだなってわかるようになったのは。

高野　最近、深海の生物を研究している高井研[*20]さんという人が、一流の研究者はストーリーをつくるのがうまい、ストーリーテラ

＊19　帰納的・演繹的　個々の特殊な事柄から一般的な原理・法則を導き出すのが「帰納」。逆に、一般的な命題や理論から特殊な事柄を推論・説明するのが「演繹」。

＊20　高井研（一九六九〜）　宇宙生物学者、地球生物学者。海洋研究開発機構（JAMSTEC）深海・地殻内生物圏研究分野・分野長（上席研究員）。京都府生まれ。著書に『微生物ハンター、深海を行く』（イースト・プレス）など。

ーだって書いているのを読んで痛快でした。そういうことを研究者の口からはっきり聞くことがなかったですから。

清水　ああ、見習わなきゃいけないな。でも下手すると、ちょっと危ない発言ですよね。

高野　そうそう。話をつくってるのかって思われかねないですからね。

清水　つくっているって言っちゃまずいですからね。

高野　まずいですよね。そうじゃなくて、要するに仮説を立てているんですよね。今までにこういう事実が明らかになっていて、今後どういうことが明らかになったら、どんなにすごいことになるのかというストーリーを描ける人が一流の研究者であると、そういう意味でストーリーテラーという言葉を高井さんは使っているんですよね。それはノンフィクションでやっていることとまったく同じだと思いましたね。

清水　優れた研究者の文章では、ネタを並べるだけじゃなくて、叙述の中で唐突に「こういうところがいかにもこの時代の人の特徴だ」みたいな印象的な書き方になっているところも必ずあって、そういうところにその人の時代の見方みたいなものがポロッと出るんですよね。ああいうのは、僕は大事なんじゃないかと思っているんです。ネタにすべてをしゃべらせるんじゃなくて、ネタとネタの間に自分の世界観みたいなものを出す。そういう文章を書きたいなと思いますよね。ポロッと出てくるのは自分の思い込みかもしれませんけど、いろんなものをちゃんと見ている人の思い込みって、あながち外れていないんじゃないかなって思うんですよ。

高野　そうですよね。やっぱり世界観が見たいですよね、文章の中に。

清水　高野さんの本を読んでいても、事実を書いているだけじゃなくて、その社会について一言でスパッと言い切るシーンがありますよね。

高野　そうやって、さりげなく自分の主観を突っ込む（笑）。

清水　いやいや（笑）。さっきの「結論から言うと」じゃないですけど、ネタをもとに結論に至るんじゃなくて、そういう作業抜きでポーンと一言で語った形容詞の方が実は本質をつかんでいることがある。その一言をちゃんと論証しようとすると難しいし、たぶん経験がものを言うんでしょうけど、そうやって時代や社会のイメージを打ち出せるっていうのは大事だなっていう気がしますね。

シリアスな問題だから笑いで伝える

清水　僕の中でいまだに答えが出ていないんですけど、僕の文章を読んで、「軽い」と感じる人もいるんですよ。いつも同業者に献本するんですけど、ある先生に送ったら、お叱りのお手紙をいただいて、「あなたは人の死を軽く扱っていないか。中世の人たちが殺し合っている様子を面白おかしく書きすぎている。人の死とはそういうものでしょうか」というふうに書かれていて。

確かに、人の死という本来は深刻な話をちょっと面白おかしく書いているのは事実なんですよ。それでいいのかって引っかかっている部分は僕の中にもあって。

高野さんの本も面白くて読みやすいけど、取材に行かれている場所で起きていることって、すごく凄惨な事実だったりするじゃないですか。それを語るときの文体って、どうしたらいいんでしょうね。同調して書こうとすると、文体がウェットになりますよね。そうすると読み物として重くなって、読者も限られてくるし。お考え、ありますか。

高野　従来のノンフィクションっていうのは、やたらウェットで重いものが多いんですよ。僕はそれがすごく嫌なんです。なぜかっていうと、現場ではウェットで重いことばかりが起きているわけじゃなくて、どんなシリアスな現場でも、絶対に笑いっていうものがあるわけですよ。シリアスな状況だからこそ笑うっていう人間の心の作用も必ずあるし。戦争やったり飢餓があるから、みんなが毎日悲しく暗い顔をしているかというと、そんなことはまったくないわけですよね。

清水　難民キャンプでカメラを向けると、みんな笑顔になる。だけど、そういう難民の写真はマスコミやNGOのレポートには載らない。ソマリランドの本にそう書かれていましたよね。

高野　ソマリアのモガディショなんて、戦争めちゃくちゃやっているのに、みんな、ふつうの日本人よりまったく明るいわけですよ。それが事実なのに伝えられていないですよね。ミャンマーでもそうですよね。軍事政権が弾圧して民衆が苦しんでいるっていう図式だけで書くわけですよ。

清水　そこにはめるとわかりやすいからですか。

高野　少数民族とか一般の人たちが弾圧されているといったことはもちろんあるんだけど、そういう人たちを、ただただかわいそうなだけの人みたいに書くっていうのはおかしいと思うんですよ。当の本人たちも、いい加減うんざりしたり怒ったりしているわけですよ。俺たちはかわいそうな人じゃないんだ、文化もあって歴史もある誇り高き民族だって言っているんですね。なのに、そういうところには目を向けないで、かわいそうなこと、大変なことばっかり書くのはおかしいんじゃないかっていうのは、僕の中には前からあるんですよ。

清水　じゃあ、そういうことも意識して、面白おかしい文体で書かれているんですか。

高野　そうそう。面白おかしく書くというと、なんかすごく誇張して書いているように思われがちなんだけど、ぜんぜんそうじゃない。逆にふつうのノンフィクションは、面白い部分や笑える部分をわざと削除して書いているわけですよね。

清水　切り取り方の問題ですよね。

高野　それが一つ。それから僕は、外国の辺境の話をすべての日本人が知る必要があるのかなって思うんですよ、正直に言って。

何かが起きると、難しいノンフィクションの本が出て、人としてこういう問題は直視しなくてはならないっていうふうに書かれますけど、世界中の問題を全部直視なんてしていたら、ほかのことは何もできないですよ。だって、日本国内でも、医療問題や格差問題なんかがあって、原発や基地の問題があって、外交や憲法の問題もあるのに、それらを全部直視するなんてできるのかと思うわけです。

それに、ソマリアで何があったって、大半の日本人にとっては知ったこっちゃないでしょう。でも、何かを見せたいと思ったら、面白く書くしかない。読者にストレスを感じさせてしまったら、読んでもらえないと思うし、そんなところでストレスを感じてほしくないとも思うんですよ。

清水　メッセージはあるじゃないですか。ここだけは伝えたいっていう。

高野　そういうのは説教として伝えるんじゃなくて、面白いという知的興味の中で昇華してほしいわけですよ。物語を読んですごく面白かったと思うと、カタルシスが生まれて、読んだことがすっと入ってくるから、余計なストレスを感じずに問題を直視できるんだと思うんです。

清水　同感です。まったく同感です。

高野　よかった（笑）。

清水　僕もそう思うんですよ。数百年遡ると日本はこうだったんですよって、ああいう形で書くと、読者の心に案外すっと届くみたいで。大上段に振りかぶらない方が通じる部分があるのかな。

高野　あると思いますよ。

清水　よかった。僕の中で、この文体でいいのかなと思いながらやっているところが実はあって。

高野　気持ちはすごくわかりますよ。最近はそんなことも考えなくなってきましたけど、僕も、一時期は、特に昔気質《むかしかたぎ》の人から「何をチャラチャラ書いているんだ」みたいな感じで言われたりしてたんですよ。

でも、あるときとてもホッとしたことがあったんですよ。早稲田大学でチベットの研究をしている石濱裕美子《いしはまゆみこ》*21さんという先生が、『ミャンマーの柳生一族』を読んで面白いと感じてくださったみたいで、ああいうテーマはシャレのめして笑いにまぎらせて扱う方がいいんだとブログに書いてくださったんですよ。ネットで自分検索したら出てきたんですけど。

そのブログ記事の中で石濱先生は、「粗暴な男が弱者を殴っている場面」の比喩を用いていて。そういう場面に遭遇した一般の人はどうするかっていうと、止めに入ったら、男に殴られるかもしれないから、見て見ぬふりをするしかないんだけど、そうするとストレスかかって良心が痛むから、最初から見ないようにする。

清水　最初から見なかった方がよかったと。

高野　そうそう。チベットとかミャンマーの問題もそうで、真正面から「こんな不条理が行われている」っていうふうに書くと、

＊21　石濱裕美子　チベット研究者。早稲田大学教育・総合科学学術院教授。専門はチベット仏教世界（チベット・モンゴル・満州）の歴史と文化。『ミャンマーの柳生一族』についてのブログ記事は、http://shirayuki.blog51.fc2.com/blog-entry-198.htmlに掲載。

読者はすごくストレスを感じてしまって、その問題を永遠に直視しようとはしない。むしろライトにシャレのめした方が、読者はストレスを感じずに問題を理解することができる、というふうに石濱さんは書いてくださってて、僕はすごくホッとしたんですよ。

清水　わかりました。僕もその路線で行きます。『タイムスクープハンター』のつくり方もそれに近いものがありますよね。歴史上の出来事は結構シビアなのに、それをタイムスクープ社が実況中継風に記録するという。ジャーナリストの役の要潤《かなめじゅん》さんは未来人っぽい顔立ちで、あの人がその時代の人たちの中に入っていくだけで、すごく違和感があるし、かなりふざけてますよね（笑）。僕も当初は半信半疑で制作に加わったんですけど、今は歴史の描き方にああいうスタイルがあってもいいのかなって思っています。

高野　清水さんは本の中で、今風の言葉をわりと気軽に使ってますよね。

清水　使います、使います。

高野　たとえば「医療ミス」だとか、「室町殿でも手厚くフォローしなくてはならなかった」とか。

清水　わざとやってます。

高野　意識的に？

清水　そうですね。もちろん論文では使わないですけど、一般向けの本だということで、やっぱりちゃんと読者に届けなきゃいけないっていう。

高野　それはやっぱり、学生時代に雑誌みたいなものをやったから？

清水　かもしれませんね。夏目さんからも、論文と一般に売る文章は文体が違うんだって教わってたんで。

高野　なるほど。

清水　『喧嘩両成敗』を書くときかなんかに夏目さんに相談に行ったら、学者として生きていくにしても、一般向けの文章を書けるようにしておくのはいいことだから、ちゃんとやった方がいいよっていうふうにアドバイスされました。

高野　なんかね、藤木さんといい、夏目さんといい、すごくいい師匠に出会ってますね。うらやましい感じがありますよね。

清水　出会いに恵まれてますよね。高野さんには、そういうのはないんですか。師匠に当たるような人は。

高野　いないんですよね。それがまた迷走が長引いた理由の一つですよね。

二人は異端なのか

高野　清水さんって、ちょっと異端なんですか、歴史学者の中では。

清水　異端というほど迫害されてはいないし、そんなに卑下する必要もないんですけど、僕みたいなアプローチで研究している人はほとんどいないですね、民衆史の分野では。

高野　清水さんの専門は民衆史ですか。

清水　一応そうなっているんですけど、一方で『足利尊氏と関東』[*22]（吉川弘文館、二〇一三年）みたいな本も書いているんですよね。民衆じゃない人の話も。

高野　あれも、導入部分で足利氏の子孫の話が出てきたりして、とっつきやすいですよね。

＊22　『足利尊氏と関東』　人物伝と史跡ガイドを兼ねた吉川弘文館の「人をあるく」シリーズの一冊。足利尊氏の人生（本編）、彼の先祖の事績（特論）、栃木足利・神奈川鎌倉の関連史跡（史跡ガイド）の三部で構成。遺伝的な精神疾患をもっていたとも考えられてきた足利尊氏と、その先祖の事績を点検し、通説の再検討を試みた。

清水　尊氏[*23]は歴史的評価の振幅が激しい人なので、その後の時代の評価についても書いとかなきゃと思って。

高野　戦前は尊氏は悪者扱いだったと聞いても、漠然としていてわかりにくいけど、子孫が苦労したとかっていうと生々しい。実感が出てきてね。いいですよね、ああいうのね。

清水　子孫の方の手記が残っているんですよね。

高野　民衆史っていうと、ふつうはどういうことをやるんですか。

清水　農村生活ですね。もともと民衆史のベースの一つはマルクス主義歴史学だったので、七〇年代ぐらいまでは、支配者に抵抗する民衆という垂直関係の対立を描くのがメインだったんですよ。僕が描いているのは、民衆同士が争い合う平行関係の対立が多いんですけど、七〇年代ぐらいまでは、民衆が戦う相手は権力だと考えられていて、民衆同士の争いを想定していなかったんです。

高野　ええ？　そんなわけがないのに。

清水　それどころか、民衆同士の争いの方がシビアで、民衆はその中で鍛えた力でたまに権力を突き上げる、というふうに考え方をシフトさせたのが藤木さんだと思うんですよ。ちょっと前まで

＊23　足利尊氏（一三〇五～一三五八／在職一三三八～一三五八）　室町幕府初代将軍。初めは高氏を名乗る。後醍醐天皇が鎌倉幕府打倒を目指して挙兵した際、鎮圧軍として西上したが、反旗を翻して六波羅探題を滅ぼした。建武の新政の第一の功臣となり、後醍醐の名（尊治）の一字を受けて改名。その後、建武政権に背き、一時、九州に落ちるも再挙して入京、光明天皇（北朝）を擁立し、征夷大将軍に任ぜられた。戦前の皇国史観では「逆賊」と位置づけられていた。

だったら、なぜ民衆同士がお互いに争い合うというような歴史の暗黒面を描くんだと批判されたかもしれない。そういう時期が長かったことは確かです。

高野　そう考えてみると、まだまだやれることがたくさんあるということじゃないですか。

清水　そうですね。そういう目で見れば。

高野　ノンフィクションの世界もそうで、シリアスノンフィクションに凝り固まっている状況なんで、やれることがたくさんあるんですよ。

清水　イスラムの国でお酒飲んだりとか。

高野　フィクションの世界だと、ありとあらゆることが実験的にやり尽くされているんですよね。だけど、ノンフィクションでは、みんな同じことしかやっていないから、いろいろなことをやる余地があると思うんですよ。そこが面白いなと僕は思っているんです。

第六章　むしろ特殊な現代日本

日本人の自殺は世界的に特殊か

高野　清水さんは、現代の日本人も中世人のメンタリティを引きずっていると言われましたよね。たとえば、今の日本社会は自殺がすごく多いじゃないですか。年間二万数千人も自殺しているわけですよね。自殺は中世の頃から多かったんですかね。

清水　自殺は多かったですね。ただ、現代の自殺とはちょっとニュアンスが違って、彼らは抗議の意思表示として、よく切腹するんですよ。武士の切腹もあったし、百姓なんかも切腹しましたね。江戸時代になると、切腹は武士の特権になっていきますけど。中世の人は感情的になると、そういう、命と引き換えにみたいな発想になったようですね。でも、なんで腹を切るんだろう。あれだけでは、なかなか死なないはずなのに。

高野　やっぱりそこに魂みたいなものがあるっていう。

清水　「腹を割って話す」とか、「腹黒い」とか言うように、心は腹の中にあると考えられていたんでしょうね、頭や胸の中ではなくて。
　自殺の原因はケースによっていろいろでしょうから、一概には言えませんが、今の日本でも、子どものいじめとか、有名人のスキャンダルとか、あるいは政治家の汚職事件が起きたりすると、「抗議の自殺」とか、「死をもって潔白を証明する」とか、「憤死」といった行動が見られますよね。中世の切腹もそれに似たメンタリティのような気がします。だけど、キリスト教の国々では自殺はタブーですよね。ソマリランドではどうなんですか。

高野　イスラムでもダメですよ。禁止されています。

清水　生きていられないような屈辱を受けたときは、どうするんですか。

高野　それは、相手をやるしかないでしょうね。

清水　ああ、そうですか。相手がどう考えてもかなわない敵である場合は？

高野　それでも自殺という選択肢はふつうはないと思いますよ。精神的に追い詰められて、どうにもならなくなっちゃって自殺することはあるかもしれないですけど、ほとんど聞いたことがないですね。自殺のしがいがないんだと思います。ソマリの社会では、自殺してもまったく評価されないですからね。家族だって困るし。

清水　家族が困るというのは、経済的理由からだけでなく、倫理的な理由からもですか。

高野　倫理的によくないんだと思いますよ。

清水　たとえば「私は無実だ」と言って自殺することは？

高野　ありえないです。自殺したら負けを認めることになるじゃないですか。

清水　欧米でも、何かの係争中に一方が自ら命を絶つようなことがあったら、それは敗北を認めたのと同じと見なされるらしいんですよね。日本では、ある人の主張の是非を判断するとき、その主張が論理的に正しいかどうかよりも、その人が自分の主張にどれだけ思いを込めているかを見て判断する傾向があるっていうふうにも言われますよね。

　それと、日本人の自殺は死生観とかかわっているようにも思うんですよね。死んでリセットして生まれ変わるとか、あの世からたたってやるとか、そういうことは他の国ではあまり聞かないんじゃないですか。

高野　それもね、あまり聞いたことがないんですよ。タイやミャンマーなんかだと、上座部仏教なので、死んだら生まれ変わるっていいますよね。なので、戻ってくることはないですけど、すごく恨みを残したりすると、生まれ変わることができない、霊が留《とど》まるというふうにもいいますよね。最近、タイで、集団にレイプされて自殺した女子学生が霊になって復讐するっていうホラー映画がありましたね。

清水　なんかすごく日本的じゃないですか。

高野　それはすごくヒットしたんですよ、めちゃくちゃ怖いって。

清水　一般の人はどう受け止めてるんですか。そういうこともあるよねっていう感じですか。それとも、想像もつかないような恐怖なんですかね、自殺してたたるというのは。

高野　むっちゃ怖いって言っているから、まあ、ある話なんだと思いますね。タイでは自殺は少なくないんですよ。年間一万人ぐらいいるんです。というのも、自殺すると借金が棒引きになるっていう習慣があって、で、借金を抱えている人がすごく多いんですね、タイの社会っていうのは。

清水　借金苦が理由というのは、日本の自殺にちょっと近いところもありますね。

高野　そうですね。自殺した人はかわいそうだとタイ人は言いますね。かわいそうな人には優しくしないといけないというふうにタイ人は考えるんで。そのへんの感覚は日本人に意外に近いのかな。

清水　その映画は、やっぱりタイだから流行《はや》ったんじゃないですか。自殺の少ない文化圏では受け入れられないんじゃないですかね。

高野　よくチベットなんかでも、僧侶の焼身自殺がありますけど、あっちの方は、俺はこれだけ強い気持ちで反対しているんだっていうようなことをアピールしているんであって、日本の自殺とはちょっと違う気がしますよね。

清水　僕は近いような気がしますけどね。ベトナム戦争[*1]の頃も、ベトナム人僧が焼身自殺しましたよね。究極の抗議行動なんじゃ

＊１　ベトナム戦争
一九六〇年代から七〇年代にかけて、南北に分裂していたベトナムで続いた戦争。アメリカは南ベトナムを支援、南ベトナム解放民族戦線と北ベトナムを攻撃し、中国・ソ連は北ベトナムを援助した。そのさなかの六三年、南ベトナムでは政府に弾圧された仏教徒による抗議活動が起き、六月一一日、首都サイゴンのアメリカ大使館前で僧侶が焼身自殺した。七三年、アメリカ軍が撤退。七五年、北ベトナムの全面攻撃によってサイゴンが陥落し、南ベトナムは降伏。翌七六年、南北統一が果たされてベトナム社会主義共和国が樹立された。

ないですかね。

高野　それはそうだと思いますよ。

清水　でも、一般人はやらない。

高野　ふつうはしないですよね。だから、ふつうじゃないっていうことなんですよね、あれをやるっていうのは。自殺を許容してない文化圏ですからね。ほとんどないことだと思いますよ。

清水　そうか。ニュースになるのは例が少ないからで。

高野　ものすごく珍しいことだから、インパクトがあるんだと思うんです。

清水　暴力的な抵抗が許されないという宗教者としての倫理観は関係ないですか。僧侶としては自殺して抗議するしかないという。

高野　ああ、それはあるかもしれないですね。

清水　刃物を持って抵抗できないんで、残された手段として焼身自殺するという。

高野　うん、それはあるかもしれないですね。

自由が苦手な国民性

清水　僕が高野さんのお話を聞いていて思うのは、アジア・アフリカの辺境の国々はなぜ日本みたいな近代を迎えなかったのかということなんです。どうしてなんでしょうね。

高野　やはり鎖国しなかったからですかね。ああいう所には、いろんな他民族がひっきりなしに攻めてきたりしますよね。日本みたいにがっちり領土が決まっていて、外敵も来ないっていう状況ではないですよね。

清水　そうか、やっぱり地理的な条件ですかね。それが国家統合という観点ではマイナスに働いたと。

高野　いろいろな人がひっきりなしに来てて、領土なんかもはっきり確定してなくて、大きい国の周りに小さい国が連なるっていう形が続いたんですよね。

清水　でも、そういう国々が今、もう発展途上国なんて言えないぐらい力をつけてきている状況を見ると、日本が鎖国によって他国との接触をなくしていた歴史がよかったのかどうかはわかりませんね。日本人が交渉下手なのは鎖国の歴史があったからだって言われますよね。

高野　うーん、あるかもしれませんね。ただ僕は、幕末から明治にかけての日本人には交渉能力はあったと思うんですよ。江戸時代は、日本中に小さな国がたくさんあるような状態だったでしょ。各藩によって法律も違うし、人々の気質も違って、言葉も違う。薩摩の人と長州の人と会津の人は、ほとんど外国人同士、今で言うとイギリス人とドイツ人とフランス人ぐらい違ったんじゃないかと思うんですよ。そういう人たちが話をして、幕末の政治を動かしたりしていたわけだから、そこで交渉力がかなり磨かれたんじゃないかと思うんですよ。

清水　そうか。でも、信じてる神様・仏様は同じですよね。僕なんかは、やっぱり近世の日本社会は同質性が高かったような気がするんですよね。

高野　そうですかね。たとえばインドシナ半島[*2]だって広い仏教圏ですよね。その中にいろいろな国々があるわけですし。イスラム

＊2　インドシナ半島
アジア大陸の東南部に突き出した半島。インドと中国の間に位置する。ミャンマー、タイ、ラオス、カンボジア、ベトナムの五カ国がある。

もかなり広大な地域なんだけど、その中にいろいろな国があるわけだから。宗教が同じだからといって、同質性が高いとは限らないんじゃないかな。

清水 そう、かな（笑）。確かに、日本は島国で外との接触が少なかったから交渉下手っていうのは、もう昔から言いふるされている日本人論なんですよね。

高野 どんどんそうなっているんじゃないかとは思いますよ。

清水 あれはどうですか。「空気を読む」とか、「世間体を気にする」ところとか、同調圧力が強いところ。

高野 うーん、そういうのはどちらもちょっとずつ違うと思うんです。「世間体を気にする」というのは世界中でありますよ。ソマリ人やアラブ人も「名誉」や「恥」をものすごく気にしますしね。

日本人が空気を読むばっかりで自分の思っていることをはっきり言わないとか、議論が苦手というのは、やっぱり異民族に支配されたことがないからじゃないですかね。

清水 やっぱりそうなっちゃうのかな（笑）。

高野　日本人以外でそういうのがすごく強いのがタイ人なんですよ。タイも植民地支配を受けた経験がないですからね。

清水　よく言えば、あうんの呼吸、悪くすると村八分[*3]、みたいなところがタイ人社会にもあるんですか。

高野　宮廷政治みたいなんですよね。みんなニコニコして、けっして声を荒らげたり怒ったりしない。日本人は、ときには人を糾弾したり追い詰めたりするでしょ、会社の中なんかで「どうなってるんだ。ぜんぜんノルマを達成してないじゃないか」とか。タイ人はそういうこともやらないんですよ。人を追い詰めるような行為自体が下品でよくないこととされているんですよね。だから、言葉で相手を論破するっていうことがまったくないんです。で、誰かのことが気に入らないときは、陰でその人の悪いうわさを流したりとか、足を引っ張ったりとか（笑）。

清水　なんか、女子校みたいですね（笑）。

高野　表面的にはみんなニコニコしている国なんです、日本よりもっと貴族的な。

清水　逆に日本の方が、人を叱責したり追い詰めたりするような

＊3　村八分
村の掟を破った人とその家族に対して、村中の人が葬式と火事のときを除いてつき合いをやめ、のけものにすること。

厳しい社会になってきていますよね。不景気が原因でもあるんでしょうけど。

高野　そうですよね。それからエチオピア人も面白い。あそこも宮廷みたいですね。イエスもノーもぜんぜんはっきり言わない。知り合いを食事に誘っても答えないで、他の話題に移ったりしてはぐらかされるし、タクシーの運転手に値段を聞いても答えなかったりする。「俺に言わせるな、察しろ」っていうことなんです。いや、俺は今来たばかりだから察するなんて無理だって思うんだけど（笑）。

清水　エチオピアは植民地支配を受けてなかったですか？

高野　イタリアに占領されていた時期はあるけど、五年だけなんです。

清水　昔からの帝国ですよね。

高野　そうそう、そういうのは国民性や民族性を形づくるのに大きいですよね。ソマリ人の隣に住んでいるのに性格が正反対ですから。

話を戻すと、日本人が同調圧力が強いというのは、またそれとは少し違って、それこそ応仁の乱前後から連綿と続くムラ社会で形成されたって思うんです。前にコメの話（第三章）で名前が出た東大の高橋昭雄先生ですけど、この方がとても面白い本を書いてる。『ミャンマーの国と民』（明石書店）っていうんですが、ここでミャンマーと日本の農村社会を比較しているんです。ミャンマーの農村もぜんぜん豊かじゃないけれど、日本よりずっと風通しがよくて気楽だっていうんですね。それはなぜかというと、日本では村は「生活の共同体」であると同時に「生産の共同体」だというんです。ほら、年貢を村単位で取り立てるじゃないですか。一軒だけ年貢を納められない家が出ると、村全体で肩代わりしなくちゃならなくなるから、どうしても共同体の規制が厳しくなっちゃう。

清水　職住一致ですもんね。どこにも逃げられない。

高野　そう。でもミャンマーでは税は個人単位で取るから、誰が何をしようと知ったことじゃない。税金を納められなかったら、その人間が困るだけだから。

清水　なるほど。それじゃ同調圧力をかける意味がないですね。

高野　だから何かあるとすぐ他の土地に逃げてしまうし、移動してしまう。タイ人も宮廷政治みたいに空気を読んだりするけど、嫌になったらさっさとどこかに行っちゃう。

清水　応仁の乱以前の日本なわけですね。

高野　高橋先生とこの前それについて話をしたんですが、日本以外の多くの国では税が個人単位だったんじゃないかと。だから「共同体」っていっても日本みたいにガチガチなものとはぜんぜん違うし、ミャンマーとかそういう国の共同体は、共同体と呼ぶより個人が確立されている「コミュニティ」と言った方がいいと言うんです。

清水　共同体の意味合いが違うんだと。

高野　で、それが日本人の国民性みたいなものを形づくっていると思うんですが、今はムラ社会がそこら中で壊れていますよね。

清水　地域も会社も機能しなくなってますね。

高野　最後に残ったムラ社会が日本という国自体だと思うんです。

清水　ははあ。今までは地縁のレベルで村とか町とか都道府県とかいろいろなレベルのムラ社会があって、そこで価値観が少しずつずれているからよかったけど、今は間に何もなくてインターネットでダイレクトに国家に結びついていますもんね。

高野　今、ナショナリズムがすごく強くなっているのはそういう部分もあるんじゃないですかね。僕なんか、外国から帰って成田空港に到着すると、玄関に入って靴を脱ぐような気持ちになりますよ（笑）。

清水　いや、まったくその通りだと思います。

　それとは一見逆のようですが、『ミャンマーの柳生一族』で、「自由」について書かれてましたよね。

高野　ああ、そうそう。

清水　日本企業で働くミャンマー人は、上司に意見を聞かれたり、会議でどんどん発言してほしいと言われたりすると、ストレスを感じてノイローゼになってしまうこともあるっていう。日本の戦後教育では、自分で考えて自由に行動しなさいと教えられるけど、自由が許されない国の人にとっては、自由はつらいことでもあるんですね。

高野　でも日本でも、人と違うことを勝手にやろうとすると、それはダメだっていうことになるから、空気を読みながら自分で考えて、行動してもいい範囲でやるわけですよね。

清水 そうなんですよね。一見、西洋的な自己主張を求められているようで、根っこの部分は違っている。日本の戦後教育って、木に竹を接いじゃったようなところがあるから、かえって子どもにとってはストレスですよね。

高野 だって、今の若い人たちは、「好きなことをやりなさい」「個性的でありなさい」と言われて、すごく苦しいんでしょ。

清水 そうだと思いますよ。だから、キャラを演じるんですね。ペルソナ（仮面）を被《かぶ》らなくてはいけないから。

高野 独自の個性をつくるのは大変だから、A、B、C、D、E、五つくらいのキャラクターの中から自分に合ったのを一つ選んで演じるっていうのは、ものすごく現実的な対処法、処世術ですよね。

清水 欧米人が聞いたらびっくりすると思いますよ。

高野 よくわからないでしょうね。

清水 個性を発揮するというよりは、役割分担をしているんですね。ミャンマー人は、自由は牢獄《ろうごく》だと感じているかもしれないけど、日本人はその牢獄を意識することはなく、でも確実にストレスを抱えているはずなんですよね。

高野　まあ、ミャンマーも民主化が進んでいますから、もう十年もすると、自分の意見を言えないことの方が苦痛だと感じるようになると思うんですよね。

アフリカで日本の中古車が売れる知られざる理由

高野　前に、中世では人に盗まれた物はけがれると考えられていた、というお話がありましたよね。あれって、今も続いている話じゃないかと思っていて。中古の物って嫌われるでしょ、日本では。

清水　ああ、日本では、ええ。

高野　というのも、中古車の取材をこの前したんですよ。

清水　いろんなことやってるんですね。

高野　ソマリランドを走っている自動車は、九九％が日本の中古車なんですよ。それがドバイ[*4]経由で来てるっていうんで、なんとか直通で、もう少し安く送れないものかなということをね、ちょっと考えたんですよ。なんで僕がそんなことを考えなきゃいけないんだっていうのはあるんだけど（笑）。

で、アフリカに中古車を専門に輸出している会社が東京の調布にあって、そこに取材に行ったんですよ。聞いたら、すごく面白くてですね。日本車は、中国でもベトナムでもタイでも現地生産されているんですよね。でも、そういうクルマの中古っていうのはぜんぜんソマリランドに行ってないんですよ。ソマリランドに入ってくるのは、「日本でつくった日本車の中古」だけなんです。これがすごく不思議なわけですよ。価格的には海外生産された日本車の方が安いんじゃないかと思うしね。

清水　販路の問題じゃないんですか。

高野　販路だって、日本から中東に送るより、東南アジアから中東に送る方が近いですよ。

清水　ああ、そうか。

高野　そのことを中古車輸出会社の社長に聞いたんですよ。そし

***4　ドバイ**
アラブ首長国連邦を構成する首長国の一つ、またその首都。中東における貿易・商業の中心地。

たら「日本以外の国では、中古車の値段はそんなに下がらないんだ」って言うんですよ。「クルマの持ち主が代わった瞬間に、価格が六割に下落するなんていう国は日本しかない」って。

清水　へえ。

高野　二、三回転売されたクルマの価値はほぼゼロになっちゃう。そんなのは日本独特の現象で、しかも日本人はものすごく丁寧にクルマに乗るから、めちゃめちゃ質のいい中古車がタダ同然で手に入る。だから、中古車を輸出するビジネスは日本でしか成り立たないんだと。

清水　面白い。それがケガレ意識と関係していると。

高野　日本人は人の手がついたものを使うのを嫌がりますよね。

清水　向こうの人はぜんぜん嫌がらないんですか。ソマリランドでは、日本の幼稚園とかセレモニーホールの名前が書いてあるバスが走ってたりするって、本に書かれてましたけど。

高野　それは、他のアフリカの国でもミャンマーでも別にふつうです。

清水　おさがりは嫌だとか、いつかはまっさらな新車が欲しいとかって思ったりはしないんですか。

高野　まあ、お金があれば新車に越したことはないんでしょうけど、中古車に乗ることへの抵抗感は薄いですよね。クルマが古くなったからといって、財としての価値は下がらない。減価償却もしないんでしょうね（笑）。

清水　そうか。食器なんかはどうですか。日本には、家族それぞれに自分の茶碗《ちゃわん》や箸があって、他の人のものは使わないじゃないですか。それもケガレ意識によるものだと説明されたりするんですよね。

高野　ああ、それは海外では見たことも聞いたこともないです。

清水　日本では、住居の遺跡の発掘をすると、その家の住人の数だけ器が出てくることがあるんです。名前が書いてあるわけじゃないんで、どれが誰のものかはわからないんですけど。日本人がそれぞれ自分の器を使うのは、原始時代や古代にまで遡る風習だって言われてますね（参考：佐原《さはら》真《まこと》『遺跡が語る日本人のくらし』岩波ジュニア新書）。

高野　変わらないんですね、そういうところは。

清水　ちょっと前まで、立ち食いそば屋で、食べ終わった後、割り箸を折ってから店を出ていくおじさんがいたじゃないですか。あれは実は本来の割り箸の使い方で、自分が使い終わったものを誰かが使い回すのは不吉なので、その形状を破壊するっていう。

高野　ほう。

清水　『古事記』[*5]に、地上に落とされたスサノオノミコトが、ヤマタノオロチを退治する前に出雲《いずも》の山の中を歩いていたら、川から箸が流れてくるというシーンがあります。それを見て、スサノオは近くに集落があるぞって気づくんですけど、そのエピソードをもとに、おそらく古代においては、箸は使い終わったら川に流したりして捨てるものだったんじゃないかという説もあります。

高野　毎回ですか。

清水　じゃないかというふうに。

高野　もともと割り箸的だったと。

清水　と言っている人もいますよね。おせち料理を食べるとき、お正月用の割り箸をスーパーでわざわざ買ってきて使いますよね。塗り箸じゃなくて、あえて割り箸で食べますよね。

＊5　『古事記』
奈良時代の歴史書。稗田阿礼が誦習した内容を太安万侶が筆録した。七一二年の成立。神代から推古天皇までの歴史を叙述している。天皇を中心とした中央集権国家の来歴を正当化するために編纂された。『日本書紀』と合わせて記紀と称される、日本最古の歴史書。

高野　ああ、そうなんですか、本来は。

清水　あれも、ハレの場では日常的な箸ではなく、特別な箸を使って、しかも使い切るという発想なんですよ。あと、お酒をかわらけ[*6]に注《つ》いで飲んで、その後にかわらけを割ってしまうのも、使い回さないことに意味があるんだと思いますね。

高野　使い捨ては日本の伝統文化なんですね（笑）。

清水　うん、それはよく言われますよ、本当に。

高野　使い捨てオムツとか、使い捨てカイロとか。日本人、大好きですよね。

清水　しかし、中古車か……。考えたことなかったな。

高野　それで腑に落ちましたよ。なんでわざわざ日本からアフリカに中古車を輸出しなければいけないのか、ずっと不思議だったんで。僕も販路の問題かと思ってたんですよ。他の国にはそういうブローカーとか業者がいなくて、やってないのかなと思っていたら、値段の問題だったんです。

清水　ただ、日本人が他人の使った物を嫌がるのは、ケガレ意識とはまたちょっと違うのかもしれないですね。なんというか、物

＊6　かわらけ
釉薬をかけない素焼きの陶器。特に素焼きの杯を指す。飲食物を一度載せると、シミが残ってしまい使い回すことができないため、使い捨てにされ、その場で叩き割られる。

に魂が乗り移るように感じるとか、そういう感覚ですよね。

高野　そういう感じもありますよね。

清水　その逆が形見分けですよね。亡くなったおじいちゃんの着物が子孫に受け継がれたり、あるいは昔の殿様が家来に衣を下賜したりしたのは、人が身につけた物をもらうことが、その人の人格的なものを部分的に受け継ぐことだと考えられていたからでしょうね。

高野　だから、ありがたいわけですよね。

清水　たぶん、日本人の中では、物が単なる物では終わらないんでしょうね。

なぜ日本人は日本論が好きなのか

清水　日本人はやたらと日本人論を好む民族だって話もよく聞かれますよね。たぶん、「日本とは何か」という問いに対する確信がないんでしょうね。常に自分たちのアイデンティティが不安にさらされている。

高野　日本は中華文明の辺境だという話が出ましたよね。僕も内《うち》田樹《だたつる》さん*7の『日本辺境論』（新潮新書）を読んで、真実に迫っているなと思ったんですけど、日本は中華文明の辺境地帯で、でも中国からかなり離れているから、たえず中国の基準に照らして、自分たちは文明的にOKなのかということを気にしていないといけない。

清水　その通りだと思います。

高野　でも一方で、中国から直接は支配されないし、あっちから襲ってもこないので、わりと適当なことをやっても大丈夫だって開き直ってきたところもあって。

清水　うん、そうだと思いますよ。

高野　そういう歴史が日本人の気質を決定づけているんじゃないかという話なんですよね。それは本当にそうだなと。

清水　右からも左からも攻め込まれて、自分の存在について悩むならともかく、それほど緊迫した状況にないのに、自分の定点はどこなのかということを、日本人はすごく気にするんですよね。

それは、半分ゆとりがあるからなんですかね。南海の孤島みた

***7　内田樹（一九五〇〜）**　思想家。神戸女学院大学名誉教授。東京都生まれ。専門はフランス現代思想、映画論、武道論。他の著書に『私家版・ユダヤ文化論』（文春新書）『街場のアメリカ論』（文春文庫）など。

いな、外の世界と隔絶した場所に住んでいる人も、自分は何なのかという意識はあまりもたないでしょうね。やっぱり他者の存在があって、初めて自分を意識するわけですよね。

高野　日本はぬるま湯なんですかね、ある意味では（笑）。

清水　そうかもしれないですね。

高野　アイデンティティを探すというのは、よくモラトリアム[*8]の若者がやっていることですからね。

清水　広い世界に出て荒波にもまれれば、自分のことなんて考える余裕はなくなるんだけど、若者には時間があるんで、ゆっくり自分探しができるっていう。そういうことが日本人全体についても言えるんでしょうね。

「政府」と「国」はどう違うのか

高野　またちょっと話は変わるんですけど、網野善彦さんの『日本の歴史をよみなおす』（ちくま学芸文庫）に、中世では、道でもし殺人事件が起きたとしても、その場だけで処理することと決

＊8　モラトリアム
非常の場合、法令で一定期間、債務者の支払いを猶予すること。転じて、知的・肉体的には一人前に達している青年が、社会的な責任や義務を一時猶予されている期間、またそういう心理状態にある期間を指す。E・H・エリクソンが発達心理学の概念として用い、日本では、小此木啓吾の論文「モラトリアム人間の時代」（『中央公論』一九七七年）によって一般に知られるようになった。

まっていたとか、道で起こったことは世俗の世界にはもち出さず、その場だけで済ませるようにしていたっていうふうに書かれているんですけど。あれはどういうことなんでしょうか。

清水　路次（路地）は平和領域として厳しく管理されていた反面、誰のものでもないニュートラルな場所だったので、死体が転がっていても、訴えがない限り、捜査しないいんですよ。中世の社会っていうのは、公権力が網の目のように張り巡らされていたわけではなくて、その及ぶ範囲はきわめて狭かったし、特にお寺とか道といった公共の場は権力の埒外《らちがい》だったんです。

高野　それって、すごく不思議ですよね。「公権力」が「公共の場」に及ばないって、そんなおかしなことはないじゃないですか。

清水　確かにそうですよね。

高野　でも日本って、今でもそういうところがあるような気がしてしょうがないんですよ。というのは、英語の「パブリック」と日本語の「公」って、言葉としてまったくかみ合わないんで。日本の公って一体何だろうってよく考えます。

清水　「パブリック（公共の）」と「オフィシャル（公式の）」の

違いなんでしょうね。

権力のつくられ方は、ＡとＢの二者がもめているようなときに、第三者であるＣが調停役として登場して、トラブルを解決することによってＡ、Ｂの信頼を得て、パブリックな権力になっていく、というパターンがわりとふつうなんですけど、日本の場合はそうではなくて、天皇にしても鎌倉幕府にしても、「公」ではあるんですけど、パブリックではなくて、オフィシャルな権力なんですよね。

高野　お上ですよね。

清水　お上ですね。

高野　そのオフィシャルな権力である朝廷や幕府は、道で起きたことに介入できなかったっていうことなんですか。

清水　介入する必要もなかったんでしょうね。被害者と加害者が特定されていれば、加害者を処罰したんでしょうけど、人が倒れているだけだと行き倒れと一緒なので、事件性はないという処理をされちゃうんです。

戦国時代になってくると、パブリックな権力も下から立ち上がってくるんですよ。たとえば毛利《もうり》氏なんていうのは、中国山地の山あいにいる武士集団の一つだったんですけど、周辺のもめ事を毛利元就《もとなり》*9が調停していって、やがてパブリックなボスになっていくんです。その立場を土台にして税を取り立てるようになっていったりして。彼らの契約状を見ると、ある領主が狩りをしていて、獲物のシカが他領に逃げていって死んでしまった、その場合、シカはどちらのものか、みたいなことも明文化してるんですよね。

高野　そんなことまで？　ちゃんとやっているんですね。

清水　下から出来上がっていった戦国の権力は、不明確な所有関係によって生じる問題もちゃんとフォローするようになったんです。落とし物を拾ったらどうするかというルールまでつくりますから。

高野　きめ細かいフォローを考えてるんですね（笑）。

清水　そこに戦国大名の存在理由もあったんじゃないですかね。それ以前の中世っていうのは国家権力の担当分野が極小化されていた時代なので、現代のイメージで見ると、法がザルなんですよね。抜けているところは当事者で調整していたんですが、当事者

＊9　毛利元就（一四九七〜一五七一）　中国地方の戦国大名。もとは安芸国吉田（広島県安芸高田市）の一国人にすぎなかったが、隣国の大内氏（陶氏）・尼子氏を滅ぼし、山陰・山陽十カ国を支配する大名に成長した。三人の子供に一家の結束を教訓した「三本の矢」のエピソードで知られる。

同士がフラットな関係の中で調整しようとすると、非常に面倒くさいことになるんですよ。

今でも外国だとそうだったりしませんか。犯罪捜査とか、わりとザルな部分がありますよね。

高野　犯罪捜査なんてちゃんとやらない国の方が多いでしょう。警察は政府を守るのが第一ですから。あまりにもひどい犯罪が起きると、それによって政府が脅かされたり、体制が覆されたりする可能性があるから、厳しく取り締まるけど。

清水　戦国大名のレベルもいろいろで、伊達の領国[*10]では、盗みがあった場合は、被害者が自分で犯人を捕まえて突き出さないと、裁いてくれなかったんですよ。でも、だいたい人から危害を加えられるのは弱い立場の人ですよね。そういう人が自力で加害者を捕まえることはほぼ不可能だと思うんですけど、そういうルールを伊達氏はつくっていたんです。冤罪を晴らすためには、真犯人を自分や関係者で捕まえてこなくちゃいけないというルールもありました。これもほとんど無理ですよね。

高野　親族とか地縁の集まりで結束していないと、対処できない

＊10　伊達の領国
伊達政宗の曽祖父、稙宗時代の話。一五三六年に稙宗の定めた分国法『塵芥集』では、生口制という刑事制度があり、犯罪被害者は自ら「生口」(証人、容疑者)を捕縛せねばならなかった。桜井英治・清水克行『戦国法の読み方』(高志書院)参照。

ですよね。

清水　やっぱり個人では生きていけない社会だったんですよね。

高野　江戸時代はどうだったんですか。ある程度、パブリックな権力が機能していたと言えるんですか。江戸みたいな大都市でも、町奉行所[*11]の与力と同心は全部で数十人しかいなくて、あとは、同心が個人的に岡っ引きを雇ったりとかしてたんでしょ。

清水　ええ、しかもその岡っ引きは元犯罪者だったりっていう世界なので、近代の警察のイメージで見ちゃいけないんでしょうね。ただ、やっぱり江戸時代はよくできていたと思います。初期と後期ではスタイルが違いますけど、一応、犯罪捜査がルール化されていましたし、中世に比べると権力の自覚はあったみたいです。

高野　さっきオフィシャルな権力のことを「お上」と言いましたけど、僕は、今の日本でも、人々のお上に対する依存度というのは、他の国と比べて桁外れに高いと思うんですよね。

NGOってありますよね。あれは「Non-Governmental Organization」だから、「非政府組織」なわけですよ。今でも途上国とかに行くと、現地のNGOとか国際NGOが、人道支援や環境保

＊11　町奉行所　町奉行は江戸幕府の職名。寺社奉行、勘定奉行と並ぶ三奉行の一つ。老中の下で、江戸町方の行政・司法・警察を司った。

護活動とかいろいろな活動をしていますよね。

彼らは自分たちは政治的に中立で、つまり良心的なのだと訴えたいがゆえに「非政府」を名乗るんです。どうして、「非政府」がいいかっていうと、一つには、政府は必ずしもフェアではないからですよね。政府は国益のために動くものなので、土地の人のためにいいことをするとは限らない。むしろ弊害が多い。だから政府とは別に活動する。もう一つには、NGOは政治に左右されない。たとえばアメリカのNGOがイラン人の人道支援をしないかというと、そんなことはないわけですよね。だからNGOは世界で尊敬を集めているわけですよ。

清水　そうですよね。

高野　それが日本だと、NGOはあまり社会に受け入れられないんですよ。日本ではNPO（非営利団体：Nonprofit Organization）、それも行政の認証を受けたNPO法人（特定非営利活動法人）にならないと活動しづらいっていうんです。

知り合いでNPO法人をやっている人に聞いたんですけど、毎年、行政に対して収支を報告する義務があったりするので、人手や予算が限られている団体は運営が大変なんです。だけど、NGOを名乗っていたら、どこのものだかわからないと思われて、誰も協力してくれないっていうわけです。

だから、日本はNGOが存在しづらい土壌なんですよね。下手をすると、わざわざ「非政府」と名乗るのは政府に反抗しようとしているんじゃないかとか、そういう目で世間から見られてしまうみたいなんですよ。

清水 お上に盾ついている連中なんじゃないかとか。

高野 そうそう。それは僕にとってはなかなかのカルチャーショックでしたね。だけど、そう感じる人は意外に少なくて。行政の認証を取ってやった方が、正しいことをやっているように周りに見てもらえて、やりやすかったりするんでしょうかね。だとすると、日本人のお上に対する依存というのは、歴史に根差したかなり深いものなんじゃないかと思うんですよね。

清水 そこはちょっと難しいですね。日本の伝統と言われることが、たかだか五十年ぐらい前からのものだったりすることもあるし、案外、戦後の社会体制がつくったものだったりもしますから。

高野　なるほど。そういうこともありますよね。

「お国のため」は終わりの始まり

高野　お上意識とも関係する話だと思うんですけど、日本語の「くに」という言葉にも、いくつかの意味がありますよね。

清水　そうですね。日本国という「国家」と、武蔵国《むさしのくに》や出羽国《でわのくに》といったような「行政単位」と、それから「郷里」のことを指すこともあって、中世の日本では三つの意味で使われていましたね。

高野　自分の郷里のことを「くに」と呼ぶようになったのは。

清水　遡ると、『万葉集』[*12]かららしいですよ。

高野　ああ、それじゃ、長いんだ。

清水　「くに」という自分たちの住んでいる場所を表す和語があって、それを漢字の「国」に当てはめて、国家や行政単位にも適用した結果、意味が重層化しちゃったっていうのが、たぶん国語学的には正しい説明なんでしょうけど。

＊12　**『万葉集』**　わが国最古の和歌集。全二十巻。七七〇年頃の成立。大伴家持らの編纂。天皇から防人・東国農民に至るさまざまな階層の人々の和歌、約四千五百首を収める。万葉仮名で記され、歌風は素朴で力強い。代表的な歌人に、額田王、柿本人麻呂、山上憶良などがいる。

高野　よく「国は何をやってるんだ」とか「国は何もしてくれない」と言うじゃないですか。あれも不思議でしょうがない。やっぱり外国語に翻訳できないわけですよ。

清水　その場合の「くに」は「政府」ですよね。

高野　そうですよね。外国人も「政府は何をやってるんだ」「政府は何もしてくれない」とは言いますけど、日本人は「政府」って言わないで、わざわざ「国」って言いますよね。これがすごい不思議で。たとえば、「貧困層は国が支えなければいけない」とか「国が責任を取らなければいけない」と言うと、政府の役割を超えた国民全体のことを漠然と言っている感じもしますよね。

清水　戦時中も「お国のために」という言い方をしましたね。「政府のために」とは言わなかった。「政府のため」「国家のため」と言うと、すごく生々しい感じがするけど、「お国のため」って言うと、若干ウェットなニュアンスになりますね。「くに」っていうのは郷里のことでもあるし、人々が甘えられる対象でもあるんですよね。「政府のために戦え」と言われると、無駄死にさせられるような気もするけど、「お国のために戦え」

と言われると、家族やきょうだいのために戦うんだと納得させられてしまうのかもしれません。「お国」という言葉は支配者を指す言葉ではなくて、被支配者もそこに含まれちゃう。

高野　弁証法的[*13]に言うと、支配者と被支配者の関係が止揚《しよう》されているという。

清水　便利な言葉かもしれないですよ。

高野　思考を停止させる言葉なんでしょうね。

清水　戦国大名も言うんですよ。「お国のために」って。

高野　言うんですか。その「お国」というのは？

清水　武田領国とか北条領国のことなんです。ただ、それ、ほとんど滅びる寸前のときに言うんですよ。

高野　そうなんですか（笑）。

清水　敵がいよいよ領国に攻め込んでくるというときに、彼らは百姓を兵隊に動員するんですよ。百姓は協力したがらないんですよ。ふつう戦争っていうのは武士だけでやるものなので、百姓の動員ってなかなか難しいんですよ。で、最後に泣きの涙で言う口説き文句が、「お国のために」なんです。「今まで平和を享受でき

＊13　弁証法　物事や概念の対立・矛盾を克服、統一すること（止揚）によって、より高次の結論に到達するための思考法。

たのは誰のおかげか。こういうときこそ働かなきゃダメだろう、お国のために」という論法を使うんですよ。

高野　へえ。

清水　だから、「お国のために」というのは国民国家的な考え方でもありますよね。でも、近代の国民国家と決定的に違うのは、どうもその説得が功を奏していなくて、誰もついてこないんですよ。で、その大名は滅んじゃうんです。

百姓の方は国民国家的なアイデンティティをもっていなかったんですね。だから、戦国大名が「お国のために」と言っても、「そんなこと言われたって」と感じていたんでしょうね。言う以上は言うだけの意味はあったんでしょうけども、まだ人々を納得させるところまではいっていなかった。

高野　そうか。「お国のために」と言いだしたら、もう終わりっていうことですよね。

清水　そうだと思いますよ。ごまかしが入りますからね（笑）。

高野　そういうことがわかるのが、歴史を学ぶ一つの大きな意味ですよね。

今生きている社会がすべてではない

清水　『謎の独立国家ソマリランド』の冒頭、エピグラフに「今まで見てきたことや聞いてきたことが、全部でたらめだったとしたら面白い」というような言葉が書かれているじゃないですか。

高野　ブルーハーツ[*14]ですね。「情熱の薔薇《ばら》」の歌詞を引用したんです。

清水　あれはまさしくその通りだなと思って。僕は学生に対していつも言っているんですよ。今生きている社会がすべてだとは思わないでほしいって。それとはぜんぜん違う論理で動いている社会があるんだし、我々の先祖の社会にも今とはぜんぜん違う仕組みがあった。その仕組みを勉強しても直接的には役に立たないけれど、そういう社会があったっていうことを知るだけで、ものの見方が多様になるんじゃないかって言っていますね。

高野　僕は、現代日本の方がむしろ特殊であって、アジア・アフリカの辺境や室町時代の日本の方が、世界史的に普遍性をもった

＊14　THE BLUE HEARTS（ザ・ブルーハーツ）
日本のロックバンド。一九八五年結成、一九八七年にメジャーデビューし、一九九五年解散。メンバーは、甲本ヒロト（ボーカル）、真島昌利（ギター）、河口純之助（ベース）、梶原徹也（ドラムス）。他の代表作に「リンダリンダ」「TRAIN-TRAIN」「人にやさしく」など。

社会だったんじゃないかって夢想することがありますよ。

清水　そうだと思います。江戸時代という特殊な時代を経て、その延長線上にあるのが今の日本社会だと考えると。

高野　今の日本社会は人類社会のスタンダードではないし、僕たちの価値観だってそうですよね。自分は今たまたまここにいるだけなんじゃないかっていう気がときどきするんですよね。

清水　しかも、今、中世からずっと続いてきたムラ社会が壊れてきているわけですよね。自明とされてきた社会がだんだん溶け始めている。

そうすると、今後どうなるかわかりませんけど、またソマリのような、あるいは室町時代みたいな社会に戻らないとも限らないですよね。人類は一方向だけに向かって進化しているわけではないので、何かの揺り戻しが起きたとき、日本社会の皮を一枚はがしてみたら、室町的なものが出てくるんじゃないのかな。

高野　僕が見た感じでは、人間の動き方っていうのは、いくつかのパターンがあるなっていうふうに思うんですよね、文化によって違うっていうのはもちろんあるんですけど。

清水　宗教とか民族とかイデオロギーといった外皮に覆われているので、一見違う社会に見えますけど、そういうのを取っ払うと、人間の行動原理はかなり似通ってますよね。

高野　ありえないような突飛な行動をする人はそんなにいるわけじゃないですもんね。だいたいは利害とか快不快とか、そういうものがあって動くんで、よくよく見ていくと、なるほどわかるっていうことが多いですよね。

清水　僕は授業で学生にアンケートを書いてもらうんですけど、一番残念なのは「今の時代に生まれてよかったと思いました」という感想なんです。中世史を学んで、「あんな社会に生まれなくてよかった」と思ってしまうのは、思考が停止しているということですよね。過去への共感もないですし、自分が今いる場所から出ようともしていない。

一方で、「今の私たちの価値観が絶対ではないということがわかりました」と書いてくれる学生も必ずいて、これは一番うれしい回答です。「室町時代の人たちの行動を知って、私たちが変だなと思うように、私たちの行動を五百年後の人たちが知ったら、やはり変だなと思うんでしょうか」と書いてくれた学生もいて、ああ、こういう子は現代を相対化できているなって感じます。ソマリランドの本を読んで、「日本に生まれてよかった」っていう感想をもつ読者っています？

高野　そんな読者はさすがにいないと思いますけど。ソマリ人っていうのはクレイジーな連中で、銃をぶっ放して、めちゃくちゃやっているんだと思っていたら、ぜんぜん違った、イメージが百八十度変わったって言ってもらえたら、うれしいですよね。

でも、アフリカにかかわっている日本人の中にすら、「日本に生まれてよかった」って言う人は多いんですよ。アフリカから来た僕の友人に対して、「君はえらいよ。僕がアフリカに生まれたら自殺してる」って面と向かって言った人がいたそうです。その人は大学の教授だっていうんですよ。どれだけ失礼なことを言っているのかもわかっていない。もう、ありえない話なんです。

端っこを開拓し、古文書の海に埋もれ、発見し、伝える

清水　高野さんには、今後もいろいろな世界に突っ込んでいってほしいですね。地理的な辺境にこだわらずに、いろいろな意味での端っこの方を開拓してもらいたいなあと思いますね。ご自身は何か今後やってみたいことはあるんですか。

高野　さっきも言いましたけど、今までのノンフィクションは狭い範囲しか扱ってこなかったんで、やろうと思えばやれることって、いくらでもあるんですよね。アジア・アフリカのメジャーな国でもそうなんですけど、特に辺境、そこから流れてくる情報というのはすごく一面的です。それはよくないと思うんですけど、逆に言えば、僕がやれることはいくらでもある。こういう面がありますよ、こういう面もありますよっていうのは、いくらでも言えますからね。

清水　体力が追いつかなくなるとか、そういう心配はありませんか。老いが迫ってくるとか（笑）。

高野　さすがに疲れやすくなってきましたね。体力というより精神力なんでしょうね。やっぱり異文化と対峙《たいじ》するためには結構なエネルギーがいるんですよ。

清水　そうすると、『アヘン王国潜入記』とか『西南シルクロードは密林に消える』[*15]（講談社、二〇〇三年。のちに講談社文庫）とか、ああいう仕事はもう難しいですか。

高野　さすがに三、四カ月ぶっ続けで海外の辺境取材をやるのは、よほどのことがない限り難しくなってます。

清水　よほどのことがあれば、まだやれる。

高野　もちろん、やりたいですよね。

清水　ファンとして安心しました。

高野　清水さんは、今後どんなことをやりたいとかってあるんですか。

清水　最近、アウトプットが多すぎるかなと思ってて。歴史の本は史料をもとにして書かなくてはならないので、本来そんなに多くは書けないんですよね。二年に一冊で十分だって高野さんに言われたのが心の支えなんですけど。

高野　十分だと思いますよ。

清水　だから、もうちょっとのんびり構えてもいいのかなと思い始めていて。サバティカル（研究休暇）なんかを利用してインプ

＊15　『西南シルクロードは密林に消える』　中国四川省・成都からミャンマー北部を経てインドへと続く幻の交易路「西南シルクロード」に高野が挑み、反政府ゲリラが支配する世界屈指の秘境を踏破した記録。

ットしようかなとは思いますね。もう一度、古文書の海に埋もれて、いろいろと発見してみたいなと思っています。

高野　一般人からすると、通史を読みたいんですよね。歴史シリーズの本だと、各時代をいろいろな人が書くから、寄せ集めになってくるでしょ。だから読みづらい、全体の流れがわかりにくいので。一人の人間の世界観で書いてほしいんですよ。

清水　通史を一人で書く研究者はなかなか出てこないでしょうね。たとえば與那覇潤《よなはじゅん》さんの『中国化する日本』（文藝春秋）が話題になりました。「中国化」と「江戸時代化」という二つの軸を設定して通史が描かれている。

僕は、通史は書けないかもしれないけど、戦国時代のことは書いてみたいですね。やっぱり戦国時代は日本史の画期なんですよね。今あるいろんな問題とかも、あの時代にかなり出てきていま す。

高野　中世はどこが終わりなんですか。

清水　一般的には戦国時代までで、織田信長が上洛して以降は近世に入ると考えられていますよね。

高野　僕の希望としては、江戸の初期をぜひやっていただきたい。まだ鎖国が完成していなくて、人々が海外に出ていったり、海外から人や物が入ってきたりしていた時代のことがすごく知りたいですよね。

清水　グローバルスタンダードが入ってきて。

高野　そうそう。あの時代も一つの転換期ですよね。戦国が終わって平和になって、そっちにもシフトしていかなきゃいけない時期ですよね。

清水　中世的なメンタリティの尻尾がまだ残っている時代ですよね。あのあたりは面白いですよ。

高野　そのへんをすごく知りたいですよね。

清水　研究者のよくないところは、自分の専門分野を中世史とか近世史というふうに考えちゃうことで、お互いに相乗りしないと、時代の変わり目のことが抜け落ちちゃうんですよね。ただ、僕みたいに文化的な事象を追っていると、ひげや同性愛がそうだったように、百年ぐらいかけてじわじわと変わっていくものを見ていくことになるので、信長上洛から先のことは知らないよと言うわけにはいかなくて、やはり元禄期ぐらいまでは見ていかなきゃいけないんです。頑張ります。

おわりに

今から二十年ほど前。その頃はバブルと円高のおかげで、大学生でもバイトを少し頑張れば、年に一～二回は海外旅行に行ける時代だった。そんな中で、大学生だった私やそのまわりの友人たちは、あえてパキスタンやインドや中央アジアといった「辺境」ばかりに足を向けていた。このていどで「辺境」と称しては高野さんには鼻で笑われてしまうだろうが、その頃の私は、なぜか多くの人が足を向けるアメリカやヨーロッパにはまったく興味がもてなかった。

ただ、不思議なもので、大学院に入って専門的な日本史の研究を始めるようになってから、私の中で「辺境」に対する情熱はすっかりなくなってしまっていた。たぶん日々の生活と専門的な知識や技能の習得に追われて、それどころではなくなっていたというのもあったのだろう。それにしても、なぜ急に私の中で「辺境」への興味がなくなったのか、そのことの意味をこれまで考えることもなかった。

今回、高野さんと対談する機会に恵まれて、「辺境」に憧れを持っていた頃の自分を二十年ぶりに取り戻すことができたのは幸せだった。高野さんはあちこちで「ほんとうは学者になりたかった」「アカデミズムにコンプレックスがある」ということを書かれたりしているが、じつは高野さんほど研究者以上に研究者としての資質を備えている人物はまれなのではないかと、私は睨《にら》んでいる。それはサービス精神旺盛のようにみえて、ときに全体の流れを犠牲にしてまで言葉の語源やその土地の風土の分析に脱線してしまう、その文章にもよく表れていると思うし、いっしょに話していても、問題の本質にストレートに斬り込んでくるセンスにはたびたび啞然《あぜん》とさせられた。原稿入稿後の加筆修正も、私があまり細かいことに頓着しない性分であるのとは対照的に、高野さんは最後の最後まで粘りづよくこの本を少しでも良い本、正確な本にするよう奮闘されていた。こうした高野さんの資質が、この本を世間にありがちな「似たもの探し」や「あるある」系のお気楽対談に陥るところからみごとに掬《すく》いあげて、立派な超時空比較文明論にしてくれていると思う。

この幾度かにわたった対談の過程で、かつての私が「辺境」に興味をもった理由も、ある時期から急に「辺境」に興味を失っていった理由も、徐々にわかってきた。二十歳の頃の私は、きっと「辺境」の中に「ここ」にはない何かを求めていたのだと思う。オートリキシャ一台乗るのにも熾烈《しれつ》な料金交渉を迫られ、怪しげな身なりの人たちが市中を闊歩《かっぽ》し、とんでもない富豪がいる一方で極貧の中でたくましく生き抜くストリートチルドレンがいる、そんな社会に、今まで自分が生きてきた社会が切り捨てた大事な何かがあるような気がして、魅《ひ》かれていったのだろう。「ここ」ではない何処《どこ》かへ――。それは私にかぎらず、あの時期の多少感受性と好奇心の強い若者には共通した志向だったように思う。そして、それをいまだに持ち続けている稀《け》有《う》な存在が、きっと高野秀行という人なのだろう。

ただ、私の場合、ある時期から、その「ここ」ではない何処かを、現実にある「辺境」世界ではなく、過去の「日本中世」社会の中に求め始めていたようだ。振り返ってみれば、殺し合い、飢餓、神判など、これまで私が研究対象としてきたのはみな、「ここ」にとどまっている限り、およそ日常的に目にとまることのない事象ばかり。どうも私は私で、「辺境」のかわりに「日本中世」に、現在の私たちが失った何かを見いだそうとしていたらしい。その意味では、私のほうも、高野さん同様、二十年経《た》っても中身は何も変わっていなかったのかもしれない。

さて、あれから二十年。現在の若者は「内向き」傾向が強い、などとよく言われる。確かに私のまわりの大学生で「辺境」に憧れて、バックパッカーをやっている学生などついぞ見かけない。「日本中世」もかつてほどの人気はなく、近年では「等身大」の人人を見いだせる江戸時代のほうが人気のようだ。ネットを見れば、「ここ」が世界で最も素晴らしい場所であることを声高に主張するような言説も、しばしば目にとまる。私たちが二十年前に「ここ」ではない何処かを求めた感覚は、もう今の若者には共有できないものになってしまったのだろうか。

それにしても、脚注の単語だけながめてみても、この本は何が主題であるのかよくわからない本である。「ジャン＝リュック・ゴダール」と「白村江の戦い」と「スーフィー」と「キジムナー」と「角幡唯介」が、一冊の本で語られるというのは空前絶後のことではなかろうか。本書は間違いなく「奇書」である。とはいえ、二人が今も「ここ」ではない何処かを熱く追い求めていることだけは間違いないし、その熱さは十分にこの本に乗り遷《うつ》っていると思う。はたして、たぐいまれな「奇書」である本書が、この国でどれだけの人に読まれるか。私はそれがこの国の「健全さ」を測るバロメーターなのではないかと密《ひそ》かに思っている。

最後に、この本の完成までにお世話になった方々への謝辞を述べねばなるまい。まずは二人の本の共通点をツイッターで指摘され、すべての始まりを用意してくださった柳下毅一郎さん。そして、本書の内容にピッタリな作品を表紙カバーにご提供くださった、私も大ファンの山口晃さん。二人が出会う場を設定してくれたうえ、それを「売り物」にしようという大それた決断をされ、もはや元ネタが何なのかもわからない絶妙なタイトルを命名してくれた集英社インターナショナルの河井好見さん。とりとめのない二人の会話をきれいに整理して、みごとな「売り物」にしてくれた秋山基さん。この方々なくして、本書は生まれ得なかった。深甚なる感謝の念を捧《ささ》げたい。

二〇一五年八月六日

清水　克行

追章　文庫化記念対談

本編であえてふれなかったこと

高野　今回は、文庫化にあたってのボーナストラック対談なわけですけど、清水さんは久しぶりにこの本を読み直してみて、どうでしたか。

清水　最初はお互いに距離があったんだなって思いましたね。今よりも丁寧な言葉を使って話しているし。これ、確か一年以上かけて何回か対談や飲み会を続けたんですよね。その間にだんだん二人の距離が縮まって、くだけた感じで話せるようになった。初めの頃は一人がわりと長くしゃべって、それに対してもう一人が同じくらいしゃべる、というふうに双方が見解を披露し合うみたいな感じだったのが、後半はテンポがかみ合ってきて丁々発止のラリーになっていますね。

高野　確かに。

清水　で、前に言ったかもしれませんけど、この本を出すときって、けっこう勇気が要ったんですよ。やっぱり研究者として同業者の目を意識せざるをえないから（笑）。

高野　よくこんな本を出したなって思いますよね（笑）。ほんとに言いたい放題だし。

清水　しかも、このタイトルですもんね。同業者に怒られるんじゃないかなって、ちょっと腰が引けていたところもあったんですけど、いざ出版されてみると彼らにも評判がよかったんです。

高野　ああ、ほんとに。どういうところがよかったんですか。

清水　やっぱり、そんなにおかしなことを言ってはいないんですよ。室町時代以前の日本[*1]は今の日本とはまったく異質な社会だったというのは、わりとよく指摘されてきたことだし、それについて語り合った対談なんだと好意的に受け止められたみたいです。ソマリ社会と室町期の共通点を取り上げることに関しても、世間の人たちが感じたほどのインパクトを同業者は感じなかったらしくて。

高野　もっともなことだと。

清水　世界の辺境と日本の中世社会の時空を超えた類似性というのは、研究の世界ではこれまでも、ぼんやりとはイメージされて

＊1　室町時代以前の日本
古くは戦前の東洋史学者・内藤湖南が「今日の日本を知る為に日本の歴史を研究するには（中略）、応仁の乱以後の歴史を知って居ったらそれで沢山です。それ以前の事は外国の歴史と同じ位にしか感ぜられませぬ」と述べて、室町時代以前の社会を近代日本とは異質な社会であることを強調している（『応仁の乱に就て』）。現代の日本中世史研究者の間でも、この見解はおおむね支持されている。

きたことなんですよね。

高野　勝俣先生も、山賊と関所が表裏の関係にあることに「インドで気づいた」と言っているぐらいですしね。

清水　ええ。ただ、この本の中であえてふれないようにしていたこともあって、それは武士と封建制[*2]の話なんですね。室町時代には、武士たちが土地を媒介にした主従関係を結んでいて、それが社会における一つの基軸になっていたんですけど、それはソマリにはないでしょう。

高野　ないですね。土地所有制度が発達しなかったから。もともとソマリは遊牧社会じゃないですか。遊牧社会というのは富が蓄積しづらいんで、平等なんですよ、比較的。まあ、近代化とか内戦の過程で、商売で成功した人とか政治家とか軍閥とかが台頭したりはするんですけども、彼らはべつに氏族の長というわけではなくて、単に力を持っている人が氏族の中で求心力を得ていった。要するに固定した主従関係みたいなのはできにくいんです。

清水　ソマリで氏族の長になるのはどういう人でしたっけ。

高野　血統ですから世襲です。でも、基本的にたいした力は持っ

＊2　**封建制**
中世社会の基本的な支配形態。封地の恩給と、その代償としての忠勤奉仕を媒介にして成立した主従関係に基づく統治形態。日本では、荘園制に始まり、鎌倉幕府の成立とともに発展、江戸幕府によって完成された。

てないんですね。もちろん、ふつうの人よりは尊敬されているし、暮らし向きも悪くはないんだけれども、だからといって特別な金持ちかというと、そうでもない。

でね、去年の一月にイラクに行ったんですけど、イラクでは今、氏族の仕組みが復活しているんですよ。氏族って、中東やアラビア半島ならどこでもあるんです。だけど、イラクではかなり廃れていて、遊牧民とか湿地帯に住んでいる人たちの間に残っている、田舎者的な伝統だったのが、今は首都のバグダッドでも強くなっちゃっているんですよね。

それは中央政府の支配力が弱くなって、何か事件が起きたりとかしても、警察は守ってくれないし、捜査もしてくれないからで、そうすると自力で解決するしかないから、氏族の団結に頼るようになったんです。そこはソマリと同じですね。

清水　自力救済の社会で生き抜いていくための、ある種の集団のあり方。

高野　そうそう。ただ、イラクとソマリでは違うところもあって、氏族の長、アラビア語で「シェイフ」って言いますけど、イラクではもともとシェイフが力を持っているんです。だいたい大金持ちだし、地主なんですよね。それは、一九世紀あたりのオスマン帝国*3の時代に、それまで遊牧民の氏族の長だった人たちが定住して地主になり、一般の人たちは小作人になっていったからなんですね。だから、そこには主従関係もあったんです。

イラクのシェイフは今でも地主としてのパワーを維持していて、僕がどこかの街へ行くと、地元の人に「あの人がシェイフだから」と言われたり、実際にシェイフの家に連れていかれたりしてね。そうすると、結婚式場みたいな豪邸に住んでいたりとか。

清水 そういった地主・小作関係とか経済力に裏打ちされたパワーがイラクのシェイフにはあるけれども、ソマリの氏族の長にはないと。

高野 イラクではシェイフははっきり特定されていて、ある氏族の話になったら、すぐにシェイフの名前が挙がるという感じなんですね。でも、ソマリはぜんぜんそうじゃなくて。僕がソマリに行っている間に、氏族の長の話なんて聞いたことないですね。いるのはいるんだけど、それが誰で、どこに住んでいるのかという

＊3 オスマン帝国 中央アジアから移住したトルコ人によって、一二九九年にアナトリア（現トルコ）に建国されたイスラム国家。一九二二年に滅亡するまで、六百年あまりにわたって西アジア、北アフリカ、バルカン半島、黒海北岸、カフカースの大部分を支配した。首都はイスタンブール。

話にならないし、まして会いに行こうなんてことにはまったくならない。AとBの氏族が抗争して、氏族の「長老」同士が会って話し合うといった話はニュースなんかで聞くけども、「長同士」が話し合うというのは聞いたことがないんですよ。

清水　じゃあ、ソマリの氏族はピラミッド型に組織されているわけじゃなくて、フラットなコミュニティなんですね。

高野　そう、集団指導体制。

清水　そこは日本の室町時代の惣村《そうそん》＊4に近いかもしれないですね。日本の場合は、村と武士という縦横二つのパワーの系統があって、武士が上に立って庶民に対する支配力を伸ばしていく縦方向のパワーと、庶民が横のつながりを強めていく横方向のパワーのせめぎ合いが起きるのが室町時代なんです。それが最終的に棲み分けされて整序されていって江戸時代を迎えるわけですけど。

高野　そのあたりはソマリと室町とでは明らかに違うんだなというふうに対談しているときから感じていました。

あと、この本を読んで、ソマリの氏族社会はヤクザ組織に似ているという印象を持つ人がいるようなんですけど、それは違うと

＊4　惣村
鎌倉後期から戦国時代に顕著に見られる自治的な村落。かつては戦国大名の登場により自治機能を喪失したと考えられたが、近年では江戸時代から高度経済成長期まで続く、日本の村落社会の母体となったと評価されている。

声を大にして言いたいんですよ。ヤクザというのはピラミッド型の階層組織で、上から下に命令するし、下からは上に上納金を納めなきゃいけないわけですよね。だけど、ソマリの社会はみんな横一線に並んでいて、上からの命令も下からの上納金もない。

清水 日本人って、たぶん、国内で人間同士が抗争するという話になったときに、もはやヤクザ映画ぐらいしかイメージできないんでしょうね。なので、ソマリについてもそういうイメージで語りがちなのかもしれないですね。室町時代だと村同士の抗争とかありますけど、今じゃ考えられないですもんね。ある商店街とある商店街がいがみ合っていて実力行使に及ぶなんていうことは。

近未来ニッポンに〝中学氏族〟が出現する

高野 でね、最近思うんですけど、日本もまあ、これから先、中央政府が信頼を失って中世化しないとも限らないじゃないですか。

清水 そうなったとき、どうするか（笑）。

高野 どうなるかを予想するとね、イラクと同じように何かでまとまって氏族化するんじゃないかと思うんですよ。

清水　うーん。

高野　で、その氏族の母体というのは学校じゃないかと。

清水　はい、はい、はい。出身校。

高野　その中でも、中学校じゃないかと思うんですよね。

清水　ああ、わかります。同じ中学出身のことを「オナチュウ」って言いますよね。

高野　公立の中学って地域に密着しているでしょ。高校はある程度遠い所まで通うけど。

清水　確かに。まして大学なんて全国から学生が集まってきますもんね。

高野　そうそう。それで今日、参考資料を持ってきたんです。ゲッツ板谷さんの『板谷バカ三代』[*5]（角川文庫）というご自身のトンデモファミリーについて書かれた面白い本で、その中に、板谷さんの弟のセージさんという元ヤンキーが初めてアメリカに行く話があるんですが、やっぱ元ヤンってすごいんですよね。ロサンゼルスに着いた直後にいきなり黒人に絡まれて、腹にパンチをく

＊5　**『板谷バカ三代』**
東京・立川市出身のライター が、自分の祖母、父、弟などが繰り広げる「戦慄のバカ合戦」を独特の愛情と笑いに包んで語ったエッセイ。

らうんだけど、セージさんは反射的に相手に頭突きを入れて「テメーら、何中だああっ」って出身中学を尋ねるんです（笑）。

清水　アメリカに行っても、そこなんだ、アイデンティティは（笑）。

高野　そう、これって、まさに氏族だなと。そういうアイデンティティの問い方は今でもあるんじゃないかと。

清水　高野さん、八王子でしたよね。あのあたりで高野さんの世代だと、けっこうバイオレンスな中学生時代でしたか。

高野　バイオレンスでしたよ。

清水　ああ、やっぱり。金八先生世代[*6]？

高野　そうそう。

清水　じゃあ、なおさらそういう帰属意識のあり方は実感できるでしょうね。

高野　今でもね、いや今だからこそかもしれないですけれども、中学の同級生たちのフェイスブックの結束がすごく固くなってて。ひっきりなしに書き込みが上がってくる。

清水　わかります。僕も中学時代の友だちとの飲み会が続いてい

＊6　金八先生世代
ＴＢＳ系の学園ドラマ『三年Ｂ組金八先生』初期シリーズ（一九七九年〜）放映時に中学生だった世代。『三年Ｂ組金八先生』は、熱血教師・坂本金八（演：武田鉄矢）が校内暴力や管理教育など当時の中学校で起きる様々な問題に奮闘する物語。

ますし、LINEでも濃密につながっているんですけど、みんなおじさんおばさんになっているから話の切り上げどきがわからないんでしょうね。延々と書き込みが続くんですよ。

高野　でね、中学氏族のすごいところは、いろんな人がいるわけですね。

清水　中学氏族って（笑）。

高野　出身中学の同級生ですよ。大学の同級生だと、だいたいホワイトカラーのサラリーマンになって似たような仕事をしていたりするけど、中学の同級生ってね、僕の場合でも、財務官僚もいるし、とび職もいるわけです。

清水　あとは、たまにテレビにも出ているノンフィクション作家もいて。

高野　そういうふうに多様な職に就いている人たちが一緒のグループに属しているっていうのはとても氏族的だし、だからこそ、有事の際に役に立つと思うんですよ。いろんな人がいるから、たいていの課題はその中で解決できてしまう。メンバーを通じて国際的なネットワークに働きかけるとか、武器を調達するとかっていうこともできるかもしれない。

清水　みんながお父さん、お母さんの顔まで知っているということも、結束の固さにつながりますよね。大学時代の同級生でご両親の顔まで知っているってケースって、そうそうないけど、中学の同級生のお母さんは近所のおばちゃんだから。

高野　実家の場所までよく知っている。

清水　その人の家の経済状況とかもだいたいわかる。

高野　これね、東日本大震災のとき新聞記者に聞いた話で、東北地方のあるエリアで本当にあった話らしいんですけど、その地域を取材するためには、地元の中学の元番長に挨拶してからじゃないと入れなかったそうなんです。

清水　元番長がそんなパワーを。

高野　四十代とか五十代の人らしいですよ。たぶん、ふだんから地域のことをいろいろとりまとめてきたんだろうけど、有事の際にはそれが表に出てくるんでしょうね。たとえば、消防団[*7]とか青年団[*8]とかって、地方ではそれなりに力を持っていたりしますけど、そういう組織の単位と中学の学区ってかなりかぶっているでしょ。

＊7　消防団
消防組織法に基づく非常勤の特別の公務員。ふだんは生業を持ちながら火災等の災害が発生した場合には、消火や救助・救出活動を行う。

＊8　青年団
日本の伝統的な地域青年組織集団。旧来の村の若者組織を明治期に近代化させたもの。現在ではスポーツや文化活動、郷土芸能、祭り・イベント、ボランティアといった活動を幅広く行っている。

清水　その中学氏族が勃興するとして、都会なんかで私立の中学に進学しちゃった人はどうするんですか。

高野　私立中は氏族としてはちょっと弱い。

清水　抗争が起きたら、すぐ負けるかもしれない。

高野　でも、氏族社会では、弱い氏族が強い氏族にお金を払って、その傘下に入るっていうことをよくやるんです。それはソマリでもあるし、イラクでも聞きました。私立中学氏族はお金を持っていそうだから、それができるんじゃないですか。お金を払って八王子のある中学氏族と手を組むとかね。

清水　じゃあ、地方出身者で東京に出てきた人は？

高野　出身地の氏族に属するんでしょうね。

清水　なおかつ、東京在住の同じ氏族の人たちと「なんとか中学氏族会」みたいなのをつくるんですかね。ソマリ人が出稼ぎ先の外国でコミュニティをつくったり、世界各地で華僑《かきょう》がまとまったりするみたいに。

高野　そうそう。

清水　僕は金八世代よりちょっと後の世代で、杉並の公立中学に通っていたんですけど、その頃もまだけっこう地域は荒れていて、その中でなぜかうちの中学だけは生徒がおとなしくて、番長みたいな子はいなかったんですよ。だけど、隣にツッパリ*9が多い中学があって、そこは怖いとは聞いていたんですけど、あるとき、うちの中学のちょっとグレた子がゲームセンターでその中学のツッパリに絡まれて、逆にやっつけちゃったんです。そうしたら、向こうが怒って復讐に来たんですよ。しかも、誰でもいいからうちの中学のやつをやっつけるって。

高野　それって……（笑）。

清水　そうそう、中世の国質《くにじち》*10みたいですよね。ツッパリたちが竹刀なんかを持って校門の前までやってきたのを、うちの中学の先生たちがとりあえず追い払って。ホームルームでは先生が「帰宅時は気をつけるように」って一応、注意喚起したんですけど、クラス内はもうざわついちゃって。「向こうは、うちの中学の生徒というだけで狙うらしいよ」って。僕と友達は詰襟の学生服から校章を外すことで帰属を不明確にしてダッシュで家に帰りました。

高野　そのまま『喧嘩両成敗の誕生』に事例としてまぎれ込ませ

＊9　ツッパリ
一九八〇年代に使われた不良少年を指す俗語。

＊10　国質
中世日本における法慣行・経済慣行の一つ。ある国に属する個人から受けた損害がスムーズに賠償されない場合、その被害者や債権者が同じ国に属する無関係の第三者に対して報復や強制的な債権回収に及ぶこと。

ても、読者はぜんぜん気づかないような話ですよ（笑）。

清水　最近、『今日から俺は!!』[*11]っていうドラマが話題なんですよ。知らないでしょ、高野さん、テレビ見てないから。八〇〜九〇年代のツッパリを主人公にしたバトル・ギャグマンガを実写化していて、舞台は高校なんですけど、若い人にとても人気なんです。うちの小学生・中学生の息子たちも見ていて、今の子はああいうのを知らないから、異文化として刺激を受けるみたいですよ。これからは大学の授業でも、中世の人々の抗争をツッパリの喧嘩にたとえて説明すれば、わかりやすいかもしれない。

高野　だけど、今の学生にとっては、中世の抗争も二〇世紀のツッパリもどっちも異文化でしょ（笑）。

清水　あ、そうか。このたとえは、われわれ世代だからわかるんで、今の学生にはわかりにくいか。

高野　「先生が中学生の頃まで日本は中世だったんですか」って訊かれますよ（笑）。

＊11　『今日から俺は!!』　二〇一八年に日本テレビ系で放映されたテレビドラマ。脚本・演出、福田雄一。一九八〇年代の千葉県を舞台に、不良高校生三橋貴志（演：賀来賢人）の日常や他校の生徒との抗争などを描くコメディードラマ。原作は、一九八八〜一九九七年に発表された西森博之作のマンガ。

「賠償の発想」はアラブの古い習慣でした

清水 高野さんは今回、再読してどんなことを感じました？

高野 最初の方で「賠償の発想」の話をしていますよね。ソマリや中東の氏族の仕組みが強く残っている社会では、人の命を計量可能なものと見なしてお金でトラブルを解決するという。これについて僕は「もともとはイスラムの思想」と言ってしまっているんですけど、どうもそうじゃないみたいですね。コーランや予言者の言行録に書いてあるわけではないので、たぶんアラブの古い習慣なんじゃないかと思います。

清水 どうします？　この文庫版で本文を訂正しますか。

高野 いや、今ここで話してしまえばいいんじゃないかな。今のイスラム圏には、イスラム以前のアラブの習慣が残っていて、実は氏族の仕組みもその一つなんです。アラブ発祥の地はイエメンだと言われていますけども、そのイエメンの氏族の多くは、「ノアの方舟《はこぶね》」*12の伝説に出てくるノアの息子のセムを始祖と

＊12　「ノアの方舟」　『旧約聖書』の「創世記」で語られる大洪水の物語。神は堕落した人類を大洪水で滅ぼすことにしたが、敬虔なノアには舟の建造を命じた。ノアは舟をつくり、自分の家族とすべての動物のつがいを乗せて大洪水を逃れることができた。

しているんです。だから、氏族の仕組みは、予言者ムハンマドがイスラム教を説いた時代よりずっと前からあって、それは、紀元一世紀とか二世紀の碑文に氏族の名前が記されていることからも存分に確認されているんです。

清水　ああ、そうなんですか。

高野　だけど、ソマリの氏族は、先祖を遡っていくとムハンマドの一族にたどりつくことになっているんですよね。

清水　アラブの方ではムハンマド以前に遡るのに。

高野　だから、ソマリ氏族の始祖はムハンマドの一族だって言うと、アラブ人は「なんて新しいんだ」と言って笑いますね。

清水　わりと最近出てきた氏族じゃないかっていうことですね。

高野　一つの推測としては、ソマリ人はアラビア半島からイスラム教が伝わってきたときに、氏族の仕組みも受容したのかもしれないなと。

清水　ソマリの氏族の長はイスラムの宗教的権威を帯びていたりはするんですか。

高野　いや、帯びてないです。

清水　じゃあ、ムハンマドの一族から出てきたというのも、つくった話？

高野　氏族の始祖にまつわる話は伝説ですから。ソマリの氏族を遡るとムハンマドに行き着くという話は歴史学的には否定されていて、ソマリ人はアラビア半島から東アフリカに出てきたわけじゃなくて、南のケニアのあたりから北上してきたという説が有力なんです。だけど、それとはまったく関係なく、彼らは自分たちのオリジンはアラビア半島だって言っている。

清水　氏族の仕組みを取り入れたのが、すでにイスラムに席巻されていた時期だったから、そういう伝承が生まれたということですね。

中国南部で見つけた黄金のビンテージなれずし

高野　もう一つ、この本の対談の中で、僕、清水さんに「なれずし」の説明をしてもらって、「へえ」なんて感心して聞いているんですよね。三年前は、なれずし、ぜんぜん知らなかったんだ、

＊13　**「辺境メシ」**
ゴリラ肉、ヒキガエルジュース、胎盤餃子など、高野が世界各地で食べた珍食奇食を紹介するノンフィクション・エッセイ集。清水も作中にたびたび登場する。

なんて無知だったんだってびっくりしましたよ。

清水　ああ、そうか。その後、『辺境メシ』[*13]（文藝春秋、二〇一八年）の取材なんかで食べるようになったんですね。

高野　なれずしには幾度となく出くわしました。最初は小泉武夫[*14]先生に滋賀のフナのなれずしをいただいたんですけど。

清水　どんな味でした？

高野　酸っぱかったですね。お茶漬けとかにするとおいしいです。

清水　じゃあ、特殊なやつではなくて、市販されているものですね。

高野　そうそう、有名な店の商品です。その後、岐阜でアユの専門店をやっている泉善七[*15]さんという人と出会って、その人はアユのなれずしを再現しているんですよね。アユのなれずしは記録には残っているんですけど、今は製造が途絶えていて、泉さんはフナのなれずしのつくり方を参考にしながらつくり始めて、だけど味がぜんぜん違うんですよ。

清水　僕はアユのなれずしは食べたことないけど、魚が変わるとそんなに違いますか。

＊14　小泉武夫（一九四三〜）
東京農業大学名誉教授。農学博士。ありとあらゆる微生物および発酵食品を研究対象とし、日本全国、世界各地を飛び回っている。著書に『超能力微生物』『くさいはうまい』など多数。

＊15　泉善七（一九六六〜）
早稲田大学社会科学部卒。岐阜市で明治二〇年に創業した老舗のアユ専門店「泉屋物産店」の五代目当主。アユのなれずしの再現に成功。日本とアジア大陸におけるなれずしの研究も独自に行っている。

高野　アユは内臓を取らないんです。というのは、フナは内臓を口からうまいこと引っ張り出すことができるんだけれども、アユでそれをやろうとすると、身がぐしゃぐしゃになっちゃう。

清水　ですよね。天然アユを焼いて食べるときも基本的に内臓を取らないし、その方がおいしいんですよね。川底の苔《こけ》を食べているから。

高野　そうそう。それで泉さんは内臓を取るのをあきらめて、そのまま漬けちゃったら、うまいことといって。酸っぱくないし、うまみが強くて、僕は断然、アユの方がうまいと思うんですけど。泉さんとはそれからおつき合いが深まって、なれずしをつくるところも見せてもらったし、中国の広西チワン族自治区[*16]に十年物、二十年物のなれずしがあるという話を教えてもらって、一昨年の六月に行ったんです。

清水　二十年物、それはすごい。

高野　トン族[*17]というタイ系の民族がつくっているんですけどね。どうなっているんだろうと思って探していたら、ある村で見つかって、なんか、昔の風呂桶《ふろおけ》みたいな木桶に石を重しにして漬けて

＊16　広西チワン族自治区
ベトナムと国境を接する中国南部の地域。チワン族をはじめ、数多くの少数民族（非漢族）が暮らす。人口約四千六百万人、首府は南寧市。有名な観光地に桂林がある。

＊17　トン族（侗族）
中国南部の湖南省・広東省・広西チワン族自治区などに居住する民族。タイ諸語に属すトン語を話す。人口は約二百九十六万人。

あって、水に浸《つか》っているのをザバッと上げるんですよ。
清水　水に浸っているというより、水分が出てくるんでしょ。
高野　でしょうね。それがドブの水みたいなにおいで、なんか、これ、知っているにおいだなと思ったら、あのシュールストレミング[*18]のにおい。
清水　ああー、あれか、あれか、あれか。
高野　『辺境メシ』を雑誌に連載していたとき、試食会を開いて清水さんにも食べてもらった。
清水　その節はお世話になりました。
高野　で、ザバッと上げると、でかいんです、ソウギョ[*19]という魚で。
清水　え、ソウギョで？　そんなダイナミックななれずしをつくるんですか。
高野　それが、僕が食べたのは十五年物だったそうですけど、まるで今捕れたかのような形状なんですよ。
清水　えっ？　へえー。
高野　ぐしゃぐしゃになっているかと思ったら逆で、生きていた

＊18　シュールストレミング　スウェーデンなどで生産・消費される缶詰。塩漬けニシンを缶詰の中で発酵させるため、猛烈な臭気を発する。一説には「世界でいちばん臭い食品」とも呼ばれる。

＊19　ソウギョ（草魚）　アジア大陸東部に分布するコイ科の魚。中国では古くより食用魚として人気がある。体長は〇・五〜一メートル、最大一・四メートルにも達する。日本では水草を食害することで知られており、環境省が生態系被害防止外来種に指定している。

ままの姿で冷凍保存したみたいな感じ。身はギューッと縮まっているから、ちょっとしぼんでいるんだけど、黄金色の光沢がピカピカしていて、ほんとにね、生きている魚みたいでした。

清水　コメは入れるんですか。

高野　腹の所とかに。もう溶けちゃって、周りにこびりついている感じなんですけどね。で、食べると、これが強烈にしょっぱい。相当、塩を入れているんですね。うまみもあるんだけど、これだけだとしょっぱすぎてかなわないです。

清水　フナのなれずしはしょっぱくはないですもんね。

高野　泉さんはあちこちのなれずしを見て回ってきた人なんですけど、アジアのなれずしと日本のなれずしは、もしかしたら別物なんじゃないかと言っていて。アジアのなれずしは魚とコメを同時に漬けちゃうんですよね。日本のなれずしは、先に魚を漬けて、その後でコメを入れるけど。

清水　そう、日本では最初に塩漬けにしてから、一度、天日干しにして、その後、ご飯を入れるんですよね。

高野　「漬けかえ」と言うらしいですけど、その工程がアジアのなれずしにはない。そこはとても大きな違いだし、結果として味も違ってくるから、果たして同じものと言っていいのかなって泉さんは言うんです。

清水　でも、一般的にはアジアから日本に伝来したと言われてますよね。

高野　そうですよね。ただ、僕が中国で見たソウギョのなれずしは、むしろ、なんだろう、きれいなでっかい魚をいつでも宴会の席に出せる状態にしておくためのもの、という印象だったんですよね。ほら、大きな魚がいつでも捕れるとは限らないじゃないですか、結婚式用にピンポイントでとか。でも、捕って漬けておけば、いつでも宴会に出せるし、うまみが増していたら言うことないわけだから。

清水　なるほど。捕れない時期に食べるための保存食だったら、せいぜい一年漬けておけばいいわけですもんね。

高野　だから、アジアのなれずしはもともとはさほど長期の保存食じゃなかったんじゃないかという気がするんですよ。

清水　それがいつの頃からか、ビンテージワインみたいに長く熟成させていくものに変わっていったと。

宣教師フロイス、間物を侮辱と見なす

高野　シュールストレミングを試食会で食べたとき、清水さんは「室町時代の『間物《あいもの》』を思い出す」と言っていたじゃないですか。

清水　鮮魚と調理した魚の中間的な形態で、あともうひと手間加えれば食卓に上るもののことですね。塩漬けとか天日干しとかも含まれる。シュールストレミングも、別の料理に混ぜたりあぶったりして食べたら案外おいしかったので、実は間物なんじゃないかと思ったんですよ。

高野　室町時代にもそういう魚の食べ方があったなんて考えてもみなかった。

清水　特に内陸の京都なんかに住んでいる人は、できるだけ新鮮な魚を食べたいんですよね。だけど、生きたものをそのまま運んでくるのは難しいし、かといって、完全に調理されたものや完全に干物になったものでは物足りない。なので、中間形態を好んだ

んじゃないですかね。京都では今でもハモを刺身にして食べますけど、あれは、ハモは生命力がすごく強くて、生で運んできても傷まないからだといいますね。

日本の中世の食べ物については、宣教師のルイス・フロイス[*20]が覚書に「われらにおいては、腐敗した肉や魚を食べたり、贈ったりするなどは（相手に対する）侮辱であろう。日本では、そういうものを食べるし、たとえ悪臭を放っていても、恥じることなくそれを贈る」と書いているんですよ（参考：松田毅一、E・ヨリッセン著『フロイスの日本覚書』中公新書）。おそらく腐敗した肉や魚というのは発酵食品のことで、これも間物に当たるのかもしれません。

だけど、ヨーロッパ人はチーズを食べていたはずなのに、日本人が発酵食品を食べるのがなぜそんなに奇異に映ったんでしょうね。

高野　チーズを腐っているとは認識してなかったんじゃないですか。

清水　ああ、そうか。

＊20　ルイス・フロイス（一五三二〜九七）
ポルトガル人のイエズス会宣教師。一五六三年に来日し、畿内・九州で布教を展開。織田信長や豊臣秀吉の動静や日本社会の情勢を記した著書『日本史』や日欧文化比較書『日本覚書』をまとめた。秀吉のバテレン追放令後、いったんマカオに退くが、再来日して長崎で没した。

高野　腐敗した肉というのは、たぶん、なれずし系統ですね。獣肉もなれずしにすることはあったみたいじゃないですか。
清水　それを日本人は自分で食べるだけじゃなく、プレゼントし合っている。
高野　異様な民族に見えたということなんでしょうね。

韓国のアジールはカトリック教会だった

高野　あとね、韓国のお寺がアジールになっているという話があったでしょ。
清水　ああ、労働組合のリーダーたちがソウルの寺に逃げ込んだという。
高野　対談の後、納豆の取材で韓国に行ったら、泊まったホテルの隣にその寺があったんですよ（笑）。
清水　曹渓寺ですよね。よく名前をおぼえていましたね。
高野　いや、おぼえていたんじゃなくて、ソウルに滞在していて時間があったときに、取材のパートナーで友人のカンさんという韓国人が「どこか見たい所ない？」って言うから、「労働運動で捕まりそうになった人たちがお寺に逃げ込んだっていう事件があったでしょ。あのお寺、どこ？」って聞いたら、「高野さんが泊まっているホテルの隣だよ」って。「すぐそこじゃん。見に行く？」って。

清水　みんな知っているんだ。有名な事件だったんですね。

高野　もちろん。

清水　曹渓寺って観光地なんですか。

高野　観光地ですね。都心のど真ん中にあるでっかい寺です。

清水　やっぱり独立した社会を営めるぐらいの、日本で言うと比叡山延暦寺ぐらいの大きさですか。

高野　そこまではいかないんだろうけど。

清水　都心だから増上寺[*21]ぐらい？

高野　そんなものかな（笑）。ただ、カンさんに聞いたら、寺に逃げ込むというのは韓国ではそんなに一般的ではなくて、「ふつうはカトリックのカテドラルですよ」って言うんです。

清水　いずれにせよ逃げ込むわけだから、それだけでインパクト

***21　増上寺**
東京都港区芝公園にある浄土宗の大本山。徳川家の菩提所の一つとして、江戸幕府の保護のもとに栄えた。江戸前期には百二十余の堂塔と三千の学僧を擁した。

がありますけど。

高野　韓国の寺って、だいたい山の中にあるそうなんですよ。街中の寺は少なくて、曹渓寺はそういう意味で珍しい寺なんです。それと、カンさんは八〇年代、軍事政権の時代[*22]に学生運動をバリバリにやっていた人で、捕まって投獄されたりもしているんですね。でね、カンさんは逃げ込んでないけども、仲間で警察に追われてカテドラルに逃げ込んだ人はいるって言っていましたよ。

清水　逃げ込めばやっぱりセーフなんですか。

高野　とりあえず警察は踏み込んでこないらしいです。あと、デモとか集会をわざわざカテドラルの前でやったりとかね。そうすると捕まりにくいそうです。

清水　やっぱりアジールとして生きているんですね。

高野　うん。じゃあ、なんでカテドラルなのかというと、カトリックが軍事政権を快く思っていなくて、民主化運動をしている人たちにシンパシーを持っていたということが一つ。それから韓国では宗教は政治よりも上という考え方があって、特にカトリックは日本の植民地時代[*23]にかなり抵抗運動をしたから、それで尊敬さ

＊22　軍事政権の時代
韓国における軍事政権とは色々な解釈があるが、ここでは一九七九年、軍のクーデタ後に成立したチョン・ドファン政権とそれを引き継いだノ・テウ政権（〜一九九〇）の時代を指す。この間、学生や左翼活動家を中心に激しい反政府運動と当局による弾圧が展開された。

＊23　日本統治時代
一九一〇年に日本は韓国を併合、植民地として統治した。一九四五年の第二次世界大戦の日本敗戦まで三十五年間続いたが、この間、抗日活動を行った人物・組織は韓国独立後に高く評価されることになる。

れている部分があるというふうにカンさんは言っていました。

清水　そういう歴史的な背景があってのアジールなんですね。

高野　という話を聞いたので、これは早く清水さんに伝えなきゃと思いつつ、すっかり忘れていて、でも今日ここで話せてよかった（笑）。

近代の所産と近代がのみ込んだもの

清水　ちょっと話が変わっちゃっていいですか。聞きたいことがあって。

　今、うちのゼミで卒業論文をつくっていて、「拍手の歴史」を調べている学生がいるんですよ。拍手って、知っている人は知っているんですが、日本では近代の所産なんですよね。演劇を見た後に手をたたく習慣は明治一〇年代ぐらいから普及し始めて、そのことは西園寺公望《さいおんじきんもち》*24の回想記なんかにもちょっと珍しげに記述されているんです。それが今では、われわれにもすっかり身について、舞台で何かが演じられて終わったときは必ず拍手をしますよ

＊24　西園寺公望（一八四九～一九四〇）
明治～昭和前期の政治家。公卿の出身で、フランスに留学し、自由主義を学ぶ。立憲政友会総裁となり、二度内閣を組織する。パリ講和会議首席全権。晩年は「最後の元老」として首相推薦の任にあたる。その明治初年のヨーロッパ回想録『欧羅巴紀遊抜書』では、パリの芝居では「見物人より褒むる時は、日本のごとく名を呼ばず、いづれも手を拍つなり」とある。

ね。

ただ、問題は能の場合なんです。現代の能って、お行儀のいい世界だから、見る側の作法があるじゃないですか。そこでけっこう議論になるのが、いつ拍手をするべきかという問題で。というのも、能は西洋演劇と違って舞台に緞帳《どんちょう》が下りてこないから、いつ終わったのかがわかりにくいんです。だから、主役が橋掛かり*25から楽屋に下がっていったときに拍手するべきだという説と、その後も囃子方《はやしかた》*26なんかがまだ後ろにいたりするので、その人たちが完全に下がっていった後に拍手するべきだという説があって、どちらでもいいという説もある。

でも、実はそれ、どれも不正解で、そもそも拍手の習慣自体が近代の所産なので、能を見るときは拍手をしないというのが正しい作法のはずなんですね。室町時代の人も能や狂言を見て拍手はしてなかったんですよ。

高野　代わりに何かしていたんですか。

清水　何もしていなかったみたいです。ということは、室町時代の能っていうのは、ダラダラ始まってダラダラ終わる、そういう

＊25　橋掛かり
能舞台の一部で、能役者や囃子方が楽屋（鏡の間）から舞台に出入りするための通路。舞台に向かって左手後方に欄干のある橋のように掛け渡されている。

＊26　囃子方
能楽で、笛、小鼓、大鼓、太鼓の演奏に当たる役。

ものだったんじゃないかなと思うんですけど、高野さんは外国の素朴な演劇やなんかを見ていて、どう思います？

高野　まったく同じだと思いますよ。たとえばアフリカのコンゴとかガボンとか、あのあたりの祭りや踊りを見ていると、「さあ、始めますよ」なんて言う人はいないわけです。だんだん始まるんですよ。で、いつの間にか終わるんです、明け方とかにね。

その極端な例を見たことがあって、ガボンで面白い楽器はないかなと思って探していたとき、田舎の村で話を聞いて回っていると、ある家の人が太鼓を出してくれたんですね。でも太鼓って、皮を火であぶって張らないと、いい音が出ないんで、僕はべつにたたいてほしかったわけではないんだけれども、その人はたき火をおこして皮を張って、試しにたたいているうちにだんだんノッてきちゃって。

清水　最初は調律をするつもりだったのが。

高野　そう。そうすると、ほかの人たちも家からそれぞれ太鼓を持ち出してきて、みんながたたきだして、祭りが自然発生的に始まっちゃったんですよ。

清水　へえ(笑)。

高野　ああ、こうやって始まるものなんだなと。

清水　終わりはどうなるんですか。

高野　みんな疲れちゃったりとか、酔っぱらっちゃったりとかして。

清水　ああ、やっぱりダラダラ終わるんですね。

高野　ミャンマーで旅芝居を見たこともあるんですけど、それもなんとなく始まって、最初はほとんどいなかった客がだんだん増えていって、途中、舞台の周りに布団を敷いて寝たりするのもべつにかまわなくて、で、明け方くらいになんとなく終わる、という感じでした。まあ、演目が一つ終わる度に一応、拍手はしてたかな。

清水　拍手の習慣は西洋から入ってきていたんですか。

高野　でしょうね。だから、僕たちが当たり前のように思っていても、実は西洋由来のものって多いと思うんですよ。

以前、アフリカのルワンダだったかな、ちょっと場所はよくおぼえていないんですけど、音楽とダンスの有名なグループが来て、大きなホールで公演したんです。それを見たときの違和感たるやなくて、まずメンバーがそろって出てきて、お辞儀して、「せーの」で音楽とダンスが始まって。

清水　完全にコンサートですね。

高野　そう。で、終わるときはちゃんと一斉に終わって、観客の拍手に見送られて出ていくんで、こんなのはアフリカの音楽やダンスじゃないって思ったんです。何か本質的な部分が抜け落ちているような気がしましたね。

清水　沖縄の飲み会は今でも、みんなが同じ時刻に集まって一斉に乾杯するのではなくて、なんとなくダラダラと始まって、参加者は三々五々集まってきて、なんとなくダラダラと終わるというスタイルが残っているっていいますよね。

だからよく、暮らしの中でハレとケ[*27]が隔絶しているのが前近代だという言い方をするけども、本来、ハレとケというのはもっと混然一体となっていて、その境目が見えづらいものなんでしょうね。

高野　それこそが前近代でしょう。時間の感覚は前近代ではそん

＊27　ハレとケ
晴れと褻。ハレは祭礼や冠婚葬祭など特別な時間と空間、ケは日常的な時間と空間を表す。日本人の生活リズムを表す対概念として、柳田國男によって提起された。

なにはっきりしていなかったはずだから、祭りの日は何時集合とか、オープニングセレモニーは何時からなんてことはなくて。せいぜい一日単位じゃないですか、この日からハレというふうに。

清水 何時から何時までというふうに時間を区切って切り替えること自体が、西洋的であり近代的なのかもしれないですね。

高野 そうそう、オン・オフとかね。

〝受動ポップコーン問題〟はなぜ生じたのか

清水 それと同じように語っていいのかどうかわからないですけど、以前はあれですよね、映画館でエンドロールを最後まで見ないで帰っちゃう人って、いっぱいいましたよね。

高野 外国では今でもわりとふつうですよ。エンドロールをみんなで最後までじっと見つめているのは日本人ぐらいだって聞いたことがありますよ。

清水 途中から入るという見方も許されなくなりつつありますよね。昔は、適当な時間に来て、もう始まっている映画を途中から見て、終わった後、次の回を途中まで見てから出ていく人がふつうにいた。

高野　映画がもっと気楽なものだったんじゃないですか。その名残がポップコーンでしょ。最近は、隣に座った人が食べるポップコーンの音がうるさいとかって問題になっているようだけど、あれ、おかしいわけですよ。

清水　どっちが?

高野　今のシステムなら、最初から最後まで静かにきっちり見なきゃいけないわけだから、ポップコーンを食べる方がおかしいでしょ。

清水　つまり、飲食しながら映画を楽しむのは迷惑行為だということになる。

高野　そう。だけど、じゃあ、なんでポップコーンが売られているかというと、あれは映画館にとってビジネスになるからでしょ。客が買って金を落としていくから。

清水　それなのに、マナーとしての是非が問題になって意見が拮《きっ》抗《こう》しているんですよね。

高野　昔はもっといい加減だったから、映画館で飲み食いしてもぜんぜんよかったし、多少しゃべったりしても許されたんでしょう。

清水　『ニュー・シネマ・パラダイス』[*28]に出てくる映画館のシーンでは、お客が私語をしたり、スクリーンに向かってかけ声をかけたりしていますよね。たぶん歌舞伎の見方なんかも昔はそうだったんでしょうね。

高野　相撲は今でもそうじゃないですか。客は弁当を食べて、酒を飲んで、おしゃべりをして、かけ声をかけてって。娯楽ですからね、芸術鑑賞しているわけじゃないから。

清水　近頃の映画では、お客は声を出してもOKっていう「発声上映」もありますからね。

高野　えー、そうなんだ。

清水　『シン・ゴジラ』[*29]でもやっていましたよ。スクリーンに向かって叫んでいいんです。あれは、上品さに凝り固まりつつある映画の見方に対する反動かもしれない。

＊28　『ニュー・シネマ・パラダイス』　一九八八年公開のイタリア映画。ジュゼッペ・トルナトーレ監督。中年映画監督が映画に魅せられた少年時代と青年時代の恋愛を回想する物語。シチリアの田舎町の日常を叙情豊かに描いた。

＊29　『シン・ゴジラ』　二〇一六年公開の特撮日本映画。庵野秀明総監督・脚本。長谷川博己主演。巨大不明生物（ゴジラ）の出現によりパニックとなった東京を舞台に、危機対応を迫られる日本政府関係者の動向を描く。同年公開の邦画実写部門の興行収入第一位となり、大きな話題を呼んだ。

アマゾンの事例から日本中世の飲酒習慣を推察する

高野　最後にまとめっぽくなってしまうけど、清水さんがこういう対談を通じて得ているものって何かありますか。

清水　高野さんと会ってお話をするようになって、未開という概念に対する理解がかなり深まったかなと思っています。特に、この本に続く『辺境の怪書、歴史の驚書、ハードボイルド読書合戦』[*30]（集英社インターナショナル、二〇一八年）で、一緒に『ピダハン』[*31]（ダニエル・L・エヴェレット著、みすず書房）を読んだことが大きかったですね。数も左右もない、親族呼称は親、同朋、息子、娘だけで、直接体験しか信じない、そういう特異な民族がアマゾンにいると知って、それまで僕は室町時代の未開的な要素についていろいろ語ってきたけど、室町期の日本ってそこそこ文明的だったんだなと思い直しました。といっても、この本の対談をしている段階ではまだ理解が浅いんですけど、今は未開という言葉は不用意に使えないなと思っています。

高野　僕は日本史の本を読むのがより好きになりましたね。清水

＊30　『辺境の怪書、歴史の驚書、ハードボイルド読書合戦』
高野・清水の二冊目の対談録。民族・国家・言語に関わる八点の課題図書（『ゾミア』『世界史のなかの戦国日本』『大旅行記』『将門記』『ギケイキ』『ピダハン』『列島創世記』『日本語スタンダードの歴史』）を読んで、その感想を縦横に語り合う新機軸の読書会記録。

＊31　『ピダハン』
ブラジル・アマゾン奥地に住む少数民族ピダハンのユニークな言語と認知世界をユーモアを交えて描く科学ノンフィクション。著者は言語学者にしてプロテスタントの伝道師。ピダハンを教化するために現地へ赴いたが、ピダハンの堅固な世

さんに会えて話を聞けるから、そういう前提で読んじゃう。

清水　ああ。でも、かなり面倒くさい読者になっているんじゃないですか。僕の悪影響を受けて。

高野　そうかもしれない（笑）。

清水　それを言うなら、僕は高野さんとのご縁で、シュールストレミングも食べたし、それからアマゾンの口嚙み酒[*32]の試飲会にも誘ってもらいましたよね。口嚙み酒を飲んだ日本中世史研究者はこの人ぐらいだって、ツイッターでからかわれていましたけど、ああいう体験は自分の専門分野を深めるのにもつながっていると思いますよ。間違った方向に深まっている気がしなくもないけど（笑）。

高野　清水さんはどんなヘンな食べ物や飲み物でも喜んで一緒に飲み食いしてくれるからありがたい（笑）。口嚙み酒は日本にも古代まであったし、沖縄には二〇世紀までありましたけどね。

清水　試飲会の席で関野吉晴さんに説明していただいたように、アルコール度数が低いんですよね。飲むヨーグルトに若干アルコールが入ったような感じだから、現地の人は大量に飲んで、お腹

界観に自身の信仰が揺らぎ、最終的には無神論に行き着いてしまう。

＊32　口嚙み酒　原始的な酒の製造方法の一つ。穀物やイモ類などを口に含み、吐き出したものを放置して発酵させる酒。古代日本・沖縄・奄美、中南米、アフリカなど世界各地で見られたが、現在はほぼ製造されていない。

がいっぱいになって吐いてしまう。
　その話を聞いたときに、室町時代の宴会と似ていると思ったんですよね。室町の人たちも飲んでいるそばから吐いているし、そのことを下品なネタにして笑っている。なんでだろうなってずっと不思議に思っていたんですけど、アルコール度数が低かったんだと理解すれば、すごく納得できるんですよね。

高野　アマゾンの口嚙み酒の事例からそう推察できると。

清水　そうそう。考えてみれば、室町将軍って、だいたい酒ばっかり飲んでいるんですけど、慢性アルコール中毒で死んじゃう将軍はいても、急性アル中で死んだ将軍はいないんです。それも酒のアルコール度数が低かったからじゃないかと考えられるんですよね。

高野　慢性アル中で死んだ将軍って誰ですか。

清水　九代将軍の足利義尚[*33]は間違いなく慢性アル中ですね。

高野　義持は違うんですか。

清水　義持はアル中じゃなさそうですね。あれはたぶん敗血症[*34]で す。お風呂でお尻のオデキを取ったら患部が腐乱しちゃって、その後、高熱を出して死んだので。

***33　足利義尚（一四六五〜一四八九／在職一四七三〜一四八九）**
室町幕府第九代将軍。足利義政と日野富子の子。彼の誕生により将軍職後継をめぐって叔父義視との幕府内の対立が生じ、応仁の乱の一因となった。将軍就任後、近江の六角氏征伐に出陣中に病没。

***34　敗血症**
化膿性の病巣から病原菌が血中に入り、その毒素が全身に広がって中毒症状や急性炎症をおこす疾患。

高野　この対談はこういうふうに話が広がるからいいんですよね。

清水　さっき名前を出したフロイスは、日本人の酒の飲み方についても記録を残しているんですよ。「われらにおいては、他人から強要されることなく、各々が飲みたいだけ飲む。日本では、たがいにひどく無理に勧めあうので、ある者を吐かせ、ある者を前後不覚にさせることになる」とか、「われらにおいては、だれかが酩酊すると、それは大いなる恥辱であり不名誉である（のに）、日本ではそれが自慢の種である」というふうに。これはお腹がいっぱいになって吐くという話とは多少ニュアンスが違いますけど。

高野　日本人は吐くまで飲むっていうのは、今でも外国人がよく言うことですよね。

清水　西洋人はアルコール耐性が強いからですかね。

高野　あと、フロイスが言うように、吐くまで飲むっていうのはけっしていいことじゃないと彼らは思っている。

清水　もともと日本では、飲んで正体をなくすことに対する社会的な許容度が高いんですよね。

高野　韓国もそうだといいますね。吐くまで一緒に飲むと友だちになるってカンさんが言っていました。ゲーッてやっている人の背中をトントンとたたいてあげたら、その人とは親友って（笑）。日本人にはその感覚、ちょっとわかるじゃないですか。

清水　ああ、確かに（笑）。お互いに自分のぶざまな姿を見せ合える関係っていうことですね。

高野　それが東アジアの伝統的な価値観で、欧米にはない。

清水　そうですね。近頃はアルコールによる逸脱に関しては日本でも厳しい目が向けられるようになっているから、なくなりつつある伝統かもしれないけど。

高野　こういう話ができるから、清水さんと知り合えて本当によかったと思います。

清水　僕も本当にそう思います、という流れで終わっていいんですか（笑）。

高野　いいんじゃないでしょうか。今日はどうもありがとうございました。

清水　こちらこそ、ありがとうございました。

解　説――歴史学者と探検家の目

柳　下　毅　一　郎

歴史学者と探検家は同じ目をしている。といってもインディアナ・ジョーンズの話ではない。安楽椅子探偵とハードボイルド探偵ほど違う存在がともに事件の解決を追い求めるように、古文書を掘り起こして歴史の細部から埃《ほこり》を払う歴史学者と、命をかける大冒険で世界の辺境に旅をするノンフィクション作家とは、実は同じものを求め、同じところを見ている。彼らは異世界を見て、異世界に旅することを知っている人たちなのである。

この本は、中世社会史を専門にする歴史学者と探検旅行を旨とするノンフィクション作家の出会いから生まれた。清水克行は『喧嘩《けんか》両成敗の誕生』（講談社選書メチエ、二〇〇六年）で中世における紛争解決から当時の社会のありかたを浮き彫りにした。一方で高野秀行は『謎の独立国家ソマリランド』（本の雑誌社、二〇一三年）において、崩壊国家ソマリアの中に奇跡のように生まれたソマリランドという未承認国家を訪れる。はるか過去の史実を古文書から丹念に掘りおこす作業と、戦争が起きているまっただ中、リアル『北斗の拳』の世界に飛びこんで、銃弾の下で頭をこごめること。そのふたつはおよそ水と油ほどに違う世界のように思える。だが、それは奇跡のようで必然的な出会いだったのだ。まるで辻仁成《つじひとなり》が中山美穂に会ったときのような……なぜなら二人は同じようにものを見る視線の持ち主だったからである。自分の知らない世界に飛びこむ力の持ち主だからだ。

たとえば清水克行が描いてみせる中世、鎌倉から室町・戦国時代の日本社会である。我々は日本という国を知っているつもりでいる。だが、日本人は本当に過去も我々と同じ考え方をする、同じような人間だったと言えるのか？　実際には、そこはほとんどファンタジーか幻想小説の舞台にも思える不思議の世界だ。中世人たちはなかば迷信に生きているようで、同時に平然と合理的思考もあやつる人々だった。共存しがたいはずの思考が共存する不思議は、思考がまったく異なるレイヤーの重ね合わせでできているかのようである。

たとえば『大飢饉《だいききん》、室町社会を襲う！』（吉川弘文館、二〇〇八年）では米商人たちが結託して意図的に京都への米流通をさしとめ、米価釣り上げをはかったことが書かれている。だが同時に彼らは飢饉がさらに進行するように呪術的な祈りを神に捧《ささ》げてもいる。合理性と迷信とが同じレベルで共存する。

さらに恐るべきは、彼らの強烈な名誉意識である。『喧嘩両成敗の誕生』では驚くべき名誉と報復の世界が紹介される。室町人の名誉意識は現代の我々とはまったく異なるものだった。清水は北野天満宮の僧侶が連れていた稚児が金閣寺の僧侶の立ち小便を嘲《あざ》笑《わら》ったために、両寺があわや全面戦争に突入しかけた事件を記録している。室町人にとって、体面を汚されるのは死をもって報復するのが当たり前だというくらいの強烈な侮辱だったのである。そして、死に対しては死をもって報いるのが当然なのであった。命がきわめて軽く、報復に報復をくりかえす室町人たち。力だけが頼りの自力救済社会では、当然よってたつべき論理と行動指針がある。現代人の視点で見るとまったく馬鹿馬鹿しく見える行動をいかに理解するか。そこにはそこにしかない論理がある。清水の「中世社会史」は、未知の論理が貫かれる未知の社会の探求なのだ。

もちろん「誰も行かないところへ行き、誰もやらないことをやり、誰も知らないものを探す」をモットーにする高野秀行にとって、異世界に行くのは得意中の得意だろう。だが、高野はもちろんただ行くだけでなく、その地の論理を知ろうとする。そもそもソマリランドとはなんなのか。終わらない内戦によって崩壊した国ソマリアの中に、奇跡的に平和が保たれているにもかかわらずどこからも承認されない〝国家〟ソマリランドがある。なぜソマリランドでだけは武装解除が成立し、内戦が終結できたのか、なぜ他の地域では安定した政体が築けないのか。それを探っていく中で、高野はソマリ人の喧嘩っ早い性格と、氏族による庇護と報復のシステムを知ることになる。そのシステムは国家のないところで身を守る唯一の手段であるが、同時に終わらない戦争を作り出すことにも貢献している。ソマリ人たちが戦争の泥沼から抜けられないのは決して愚かだからではない。ある意味では超合理的な判断の結果、彼らは殺し合いを続けているのである。

「謎の独立国家」を探求に行った結果、高野はソマリ人の論理を発見する。それはほとんどSF小説の異世界のようである。高野は見事にソマリ人のメンタリティを理解し、ついには同化してしまう。ソマリ人が見るように日本人を見るようになるのだ。価値観が転回する瞬間。それが「誰も行かないところへ行く」ということの本当の意味だ。

高野は戦乱のソマリアを戦国時代にたとえる。だが、それ以上に本質的な問いかけがある。通訳兼案内人だったワイヤッブから、「日本では昔、どうしていたのか？」と問われる瞬間である。高野はそれに答えられないのだが、その問いは深く沈み、来るべき出会いを予期していたと言える。そして、清水克行との出会いによって、その答えがついに浮上した。つまり、「現代ソマリランドと室町日本、かぶりすぎ！」だったのである。話はそこからはるかに飛翔し、縦横無尽に世界の辺境と歴史的過去を逍遥《しょうよう》する。

そもそも地理的辺境と歴史的過去を比較するのは特別な発想ではなく、歴史学においては当たり前の考え方だった。本文中でも、清水氏がインドに行ったとき、関所と山賊は紙一重の存在だと気づいた、と語っている（P．257）。インドには、山賊の略奪を制度化したものとして道路の非公式の「料金所」があった。それと似たような「関所」が中世の日本にもあったのだという。

「みなさんも、若いうちに発展途上国に行ったほうがいいですよ。ああいう国に行ってから古文書を読み直すと、今まで見えなかったものが見える」と言う歴史学の先生もいる。過去と辺境は、今、ここからの距離という意味では同じものなのかもしれない。それは人間がいかに変化するのかを、だが同時にいかに本質的には同じものであるのかを教えてくれることでもある。数百年の時間がたてば、人間のメンタリティは想像もできないほど変化する。だが同じ時代に生きる人間が、それと同じような社会構造を維持していたりする。二人の対話は人間の底知れぬ可能性を教えてくれるのだ。

歴史学者と探検家は、いずれも異世界を見る力を持っている、と言った。もうひとつ、異世界を見る力を求められる仕事がある。つまり翻訳家だ。

翻訳家はただ言語から言語へ言葉を移しかえる仕事ではない。それは二つの世界のあいだで概念を変換する作業なのだと言える。見たことのない（存在すらしない）異世界の論理を知り、それを日本語に変換する。それが翻訳という仕事なのだ。ならばぼくもまた異世界を見る資格を名乗ってもいいだろう。

本書の冒頭で、高野秀行は、

「室町時代の日本人とソマリ人が似ているというツイートがあって、清水さんの『喧嘩両成敗の誕生』を読んでみたら、本当にすんごく似ているんで、びっくりしました。ちょっとかぶりすぎなぐらいですね（笑）」

と語っている。『謎の独立国家ソマリランド』の書評に『喧嘩両成敗の誕生』を引き合いに出したツイートに好奇心をそそられた高野が清水克行の本を読んでみて、たしかにそっくりだとうなったという。出会いは思いがけないところに転がっている。もちろんツイートした当人はこんな結果は想像もしていなかったし、先に述べたように、これはそれほどオリジナルな思いつきでもない。だが、こうして見事な果実が結実してみると、少しくらいは先見の明を誇ってもいいいような気がする。このすべてはこのツイートからはじまったのである。

Kiichiro Yanashita @kiichiro

【謎の独立国家ソマリランド／高野 秀行】氏族による庇護と報復のシステムを読んでいて思い出したのが『喧嘩両成敗の誕生』（清水克行）で描かれていた室町時代の日本社会である。このふたつ、まったく同じ。

（やなした・きいちろう　特殊翻訳家）

本書は、二〇一五年八月、書き下ろし単行本として
集英社インターナショナルより刊行されました。
文庫化にあたり、新たに「追章」を加えました。

構成／秋山　基

高野秀行の本

謎の独立国家ソマリランド

そして海賊国家プントランドと戦国南部ソマリア

世界で最も危険なエリア「アフリカの角」で奇跡的に平和を保つ国。その謎を追い現代の秘境を探る衝撃のルポ。第35回講談社ノンフィクション賞受賞作。

集英社文庫

集英社文庫

世界《せかい》の辺境《へんきょう》とハードボイルド室町時代《むろまちじだい》

2019年5月25日　第1刷
2021年12月12日　第3刷

定価はカバーに表示してあります。

著　者　高野秀行《たかのひでゆき》
清水克行《しみずかつゆき》

発行者　徳永　真

発行所　株式会社　集英社
東京都千代田区一ツ橋2-5-10　〒101-8050
電話　【編集部】03-3230-6095
【読者係】03-3230-6080
【販売部】03-3230-6393（書店専用）

本文組版　株式会社昭和ブライト

印　刷　中央精版印刷株式会社　株式会社美松堂

製　本　中央精版印刷株式会社

フォーマットデザイン　アリヤマデザインストア　　マークデザイン　居山浩二

本書の一部あるいは全部を無断で複写・複製することは、法律で認められた場合を除き、著作権の侵害となります。また、業者など、読者本人以外による本書のデジタル化は、いかなる場合でも一切認められませんのでご注意下さい。

造本には十分注意しておりますが、印刷・製本など製造上の不備がありましたら、お手数ですが小社「読者係」までご連絡下さい。古書店、フリマアプリ、オークションサイト等で入手されたものは対応いたしかねますのでご了承下さい。

© Hideyuki Takano/Katsuyuki Shimizu 2019
Printed in Japan　ISBN978-4-08-745878-7 C0195